瀛社百年紀念集

主　　編：林正三
助理編輯：洪淑珍
書法編輯：謝健輝

臺灣瀛社詩學會叢書
文史哲出版社印行

臺灣瀛社詩學會成立一百週年紀念

雅頌悠遠

馬英九

中華民國九十七年十月

英九用箋

臺灣瀛社詩學會成立一百週年紀念

國粹薪傳

蕭萬長

中華民國九十七年十月

萬長用箋

臺灣瀛社詩學會慶祝成立百週年
全國詩人聯吟大會紀念專集

詠志抒懷

劉兆玄

台灣瀛社詩學會百周年誌盛

大雅扶輪

王金平

瀛社創社百週年誌慶

聲詩衍教

郝龍斌敬題

臺灣瀛社詩學會百週年誌慶

扢揚風雅

臺北市議會議長
吳碧珠敬題

瀛社創社百週年誌慶

高吟白雪

臺北市文化局

李永萍

【目錄】

序一

余聞世之文士，藉詩詞而詠風月，或寄興山水，放懷湖海，隱德不仕者，曾不可計。心有所觸而將所感，情發於詩，託物諷世，至于鬱鬱以終者，亦云數難計。又若才華洋溢，能計步而爲詩，或刻燭以成詠，迺至仗一時之興，呼知音、集同氣，會盟結社，起題、抽韻、刻到封卷，倣揭榜，略如科舉之法者，始宋、元以來，更盛於東南，且知其數無從計矣。奈其經營，卒皆倏起倏落，俄興俄衰，由來皆然。事在臺澎而舉，自光緒乙未以來，三臺士子爲維漢唐正音，被殖民五十年之歲月，詩社之設立，彷彿雨後春筍，蠭然蔚起，數至三百七十社云，豈匪盛哉。

惟彼詩社之衆，或興或廢，存亡不一，雖有數社猶維持至今者，卻際會不一，或名存或實亡，頓跌之間，能回甲子，登古稀，維八秩，邁入期頤猶盛況不替者，即唯「瀛社詩學會」見之，寧不足稱。

瀛社詩學會者，其先曰瀛社，溯其源始興割臺後之第十六年，方其時也，我臺淪於俎上之肉，科舉既廢，返復無望，斯以北臺舊日士子，既認清不足以武抗，仍求其次藉文相妥協，用維民族一線根源於舊學，即爲瀛社詩盟之成立，時爲異政下明治四十二年事也。既而蔚然爲北臺最大詩社，登瀛壖翹楚。逮及乙酉重光，凡歷明治、大正、昭和三朝，間於二戰末期，嚴受兵燹而運作稍斂，始迎重光。維後五年，會遇內戰而國府東移時，避禍之士，目睹詩之在臺，既盛且興，至於驚喜而歎曰：「不圖斯文之在茲也。」由是禮求在野，吟詠切磋，風雲際會，詩教復興，斷代二段，迨今歲通紀百歷春秋矣。

瀛社詩學會其先曰「瀛社雅集」，既發會，顏曰「瀛社」，重光以來相沿其稱。會自大正七年夏，社置社座始，凡歷洪以南、謝汝銓、魏清德、李建興、杜萬吉、黃鷗波、陳焙焜、林正三諸氏任社長。其下置佐貳爲副社長，薪火相傳，定歲時、傚嚶鳴，以倡以導，或設絳帳、勤從傳授，使吟哦不輟。迄今雖新詩風行，而舊學消沉之日，猶能樹一幟於三臺，凡吾鷗鷺中人，乃至舊學之士，仍維其感興即事，觸景紓情；毋論鳥蟲草木之細，山林湖海之大，政經文教之權變，人物世情之虛幻，以諷以頌，俱詩紀之。此靡他，百紀以來，匪詩教之屹立，微風流之不滅，烏以致歟！孔曰：「不學詩，無以言。」詩教之重，於斯又見也。

民國九十五年歲在丙戌，瀛社第八任社座林正三任內，經內政部立案，更稱爲「臺灣瀛社詩學會」。夫立案與更稱之旨，意在確立推行詩教之義也。厥則自茲以始，會由同氣聚興，而社長爲理事長，理事長由理事會以舉，其爲理事者來自會員票選而出，民選之義寓焉。寧非組織迎向新時代，立足新世紀之首步歟！

湯之盤銘曰：「苟日新、日日新、又日新。」康誥曰：「作新民。」大雅曰：「周雖舊邦，其命維新。」斯非君子所務，君子之所求也乎。

瀛社者，其興割臺之後，其蔚起出維時之君子。今社之重興，若微後繼大雅君子，嚴守道，勤守盟，其曷來守眞之吟，蔚興乎百年大慶之今日，邁開方步將迎另一百年歟！余雖末學，前於組織立案之日，蒙今座承邀列諮詢，而今日躬逢百年大慶暨及紀念專輯之將付梓，又屬余爲一言，因就所知，略述百年庢略以爲慶，更盼吟苑，更蔚風雲焉，以爲祝，是爲序。

中華民國九十八年歲在已丑三月

蘭陽史氏唐　羽序於淡北牛埔之畔

序二

「詩」和「書」是中華民族數千年來智慧和經驗累積的結晶，經不斷地創新發展而形成人文藝術史上一門獨特的藝術，在現代生活中不但有它存在的價值，吾人更要繼續發揚光大，使之成爲廿一世紀人文思潮的主流。

我國詩書發展至今，不祇是一門藝術，也是一門文字學、文學、哲學、考古學，一來可陶冶性情，變化氣質，發揮全人格教育的功能；二來可領悟實踐儒家思想和孔子教育理念的眞諦，此乃現代生活所欠缺，值得大家予以重視，多加學習、推廣。

在國人日常生活中，一方面「詩」可以抒情表志，直接訴諸情感，語短而意長，另一方面「吟詩」則可令人心情平靜舒暢，使自我情感投入其中而產生共鳴。一首好詩和一幅好字，都具有豐富感人的生命力，二者相得益彰。詩書之所以令人感動，扣人心弦，在於「詩詞」本身之內蘊意涵，透過「書法」的線條及氣韻，呈現於作品上，觀賞者藉以感受作者內心深處的情感和思維，深具陶冶性情的功能，古人所謂「溫柔敦厚」之詩教，良有以也。

在中華傳統文化寶藏中，詩詞和書藝二者實爲傳統文化之精華，歷經時間的千錘百鍊，成爲人文思潮的主流。回憶日據時代，臺灣實施「皇民化」政策，日人欲消滅我民族文化之根基而無法得逞，端賴有識之士於民間傳授詩文和書藝，宣揚中華道統，延續民族命脈。其中「臺灣瀛社」和「澹廬書會」乃當時民間社團之兩大支柱，充分發揮其社教功能，影響層面極爲深廣。

「臺灣瀛社」創立至今百年，而「澹廬書會」也有八十一年歷史，自日據時代延續傳承迄今，在詩壇或藝壇上根深柢固，屹立不搖，確是難能可貴。此二社團於長期發展及推廣活動中，相互交流輝映，維護中華文化於不墜，對社會國家之貢獻至大。據我所知，先師澹廬創會會長曹秋圃先生即早期瀛社資深社員，經常到各地以詩書會友，雅集吟唱，足跡遍及全臺，可見二社團關係至爲密切，更可看出當時臺灣社會之重視「振興漢學」及「宣揚書道」，兩者並駕齊驅，也因此締造了豐碩成果，深受肯定。

「澹廬書會」八十又一年以來，向以「宣揚書道，振興漢學」爲宗旨，創會會長曹秋圃先生十八歲即設帳傳經，所有入門弟子皆攻詩文兼習書藝。蘆溝橋事變前，秋圃先生應邀赴日，受聘於頭山滿宅第講學，並傳授書法，從其遊者，不乏名流俊彥。臺灣光復後，返臺重整澹廬書會，振興藝文。民國五十一年與藝文祭酒馬壽華、李猷等發起成立「中國書法學會」，帶動了臺灣書法社團蓬勃發展，蔚成風氣。民國五十八年舉辦第一屆澹廬一門書法展，賡續迄今四十年，從未間斷，其一生奉獻書道精神，爲書壇所欽敬。

本年年初臺灣瀛社舉辦百年紀念特展，特邀澹廬書會共襄盛事。兩會攜手合作，從詩書作品中，可看出百年來臺灣詩書發展的軌跡和風貌，其意義尤爲深長。本人有幸受邀參與活動，特向長期以來，堅持理念、默默耕耘之前輩，表達最崇高敬意外，至盼「臺灣瀛社」與「澹廬書會」繼續合作，戮力於未來臺灣詩壇及書壇之發展，爲延續民族命脈而共同努力，開創嶄新里程碑。玆應編輯「臺灣瀛社百年紀念特展專集」之需，爰就所知，敬綴數言爲序，祈請方家不吝指正。

中華民國九十八年歲次己丑五月下浣

澹廬文教基金會董事長　連勝彥

序三

爲慶祝創立一百周年，瀛社從去年（二〇〇八）起，即展開一系列活動，首先出版了四巨冊叢書《臺灣瀛社詩學會會志》、《歷屆詩題便覽》、《十年題襟錄》、《瀛社風義錄》，將百年來瀛社活動紀錄作了極爲詳細而有系統的整理。接下來辦理文物展覽、擊鉢吟會、詩書展覽等，最後敲定本年十二月在臺北市立社教館舉辦「詩心墨趣—瀛社成立百年詩書聯展」並出版這一本專集，把各項活動紀錄以及書法作品百餘件彙集成冊，圓滿完成大慶活動。

這一次的展覽，是由瀛社選出社員近期詩作百首，委由澹廬書會會員及若干國內書家，以各種書體寫成書法作品，公開展出以供各界觀賞，是書展，也是詩展。在國內尚屬創舉。更值得一提的是，兩個合作社團；瀛社與澹廬，一個是全國持續活動歷史最久的詩社，一個是全國最老的書會，相信將在臺灣的文學、藝術史上留下珍貴的一頁。瀛社成立於明治四十二年（一九〇九），社員遍布全國，其中不乏學界知名之士，現任社長林正三先生爲聲韻學祭酒，熱心會務，活動力特強，與澹廬書會的合作，就是他的提議。澹廬書會成立於昭和四年（一九二九），去年也才舉辦過八十歲盛大慶祝活動。門下號稱五代，學員數以千計，現時除了數十個子會之外，正式會員有二百餘人，其中監事主席蔣夢樑即屬瀛社成員；再往前溯，創辦人曹容秋圃先生，年青時也是瀛社成員，先賢陳友梅、林耀西、黃寶珠、張埴爐等，均身跨兩會。二會淵源深厚，今日之合作，可謂水道渠成早有定數。

正三社長在前開《十年題襟錄》序中有言：「耆舊凋零正是目前我臺傳統詩壇共同的隱憂……故培養心血，鼓勵有興趣年青族群投入寫作爲本會當務之急……」誠然，以臺灣詩壇整體生態言，確有人數越來越少的趨勢。然而社長又說：「閩南語及客語，不論語音或讀音，對詩詞之平仄，可謂出口即辯，乃是學習古典詩詞最方便處。」（大意如此）何以有此矛盾，本人以爲「語言流失」應是主因。有識之士，如不從此切入思考，問題恐怕不易解決。

此次「詩心墨趣聯展」，是詩書分家後再一次攜手，是詩社與書會合作的起步，日後切磋觀摩，書會同仁來習詩詞，詩友詞長也來寫書法，期盼有朝一日，詩書再合流！

二千九年端午星五林政輝於澹廬書會

序四

一社綿延百載周，無邪詩教緬從頭。瀛壖此日尊鄉土，雅道重恢儻可酬。

一百年了，整整的三萬六千多個日子，瀛社走過風霜雨雪、泥濘荊棘的時代途程；也歷經光華璀璨、赫奕昭彰的日子。於時間長河中迎逆著狂濤鉅浪，烙印出臺灣文學發展的軌跡。在這百年大慶的前夕，緬懷以往，及思考在未來的一百年，我社要如何去因應時時在急遽變化中的大時代。

本會創始於民國前三年（一九〇九），迄今正滿一百週年。爲擴大舉行慶會，自民國九十年代起即積極從事社史之蒐集與整理，至今已編纂完成《臺灣瀛社詩學會會志》、《歷屆詩題便覽》、《十年題襟錄》、《瀛社風義錄》等叢書，並於去年（二〇〇八）十月出版面世。此外，由國立臺灣文學館主辦、臺灣大學臺灣文學研究所承辦的「瀛社成立一百週年學術研討會」及臺北市文化局主辦、臺北市文獻委員會負責執行的「瀛社百年紀念特展」皆先後執行完畢。另由本社主辦的「慶祝瀛社成立百週年全國詩人聯吟大會」暨與澹廬書會合辦的「瀛社百年詩書展」等，亦皆順利完成。回顧本會百週年系列慶祝活動，自經費之籌募及舉辦項目之磋商乃至工作安排，無一不是全體成員同心協力之成果，實足以印證古人所謂「行者常至，爲者常成」之至理。正三在此深深感謝各有關單位，社會、宗教團體及全體社友對瀛社之厚愛與協助。

綜觀四百年來我臺文學，自始即以詩爲主流。諸如茶山褒歌、客家山歌、念謠等，無非詩也。早期文人，率皆以詩爲能事。詩，與夫全民日常之生活，可謂息息相關，亦是吾人生活之點滴記載。

《禮記・經解篇》云：「入其國，其教可知也。其爲人也，溫柔敦厚，詩教也……」大凡陶冶性情、轉移風氣、敦勵品德等，莫不以詩教爲先務。更由於詩的本身和諧之聲調，吟誦起來，特具抑揚頓挫之旋律美。能於潛移默化中，導人心於敦厚和平，故得以歷久而不衰。當今社會上暴戾之氣充斥，未嘗非因國人缺少人文素養及有司不注重詩教之緣故。吾等深感於欲轉移社會風氣，唯有推動讀詩與寫詩，利用詩教之功能，導人心於溫柔敦厚。因之本社之業務重點，旨在指導國人認識古典詩詞之美，藉諸文藝以陶冶性情，淨化人心，並弘揚固有文化。

由於時下物質文明掛帥，功利主義擡頭之際，社會風潮傾向徵逐近利，但求速成，對於需要長期沉潛於專業領域之工作，興趣缺缺。尤以古典詩需要深厚之文學素養者，更是乏人問津。又緣於教育、文化機關之不知重視，因之，致力於詩風之鼓吹，詩道之弘揚，鼓勵人人讀詩、作詩、吟詩，以陶冶性情，淨化身心，亦是本社無可推卸之責任。

藝術之可貴處，在於其有創造性，鑒於詩文亦屬藝術之一環，此一質性，亦是我輩詩人亟應追求之目標。此外，因體認到藝文與網路資訊科技結合之重要性，故自民國九十四年個人接篆伊始，既於八月二十四日架設專屬網站完成並上線。且因有感於詩文藝術應結合社會，以提昇全民文化水準，故致力推動詩道與書畫之聯合及藝文生活化、社區化。茲值本社百年大慶之際，有關系列慶祝活動，亟需一本專集以爲歷史之見證，而有《瀛社百年紀念集》之印行。書成之日，爰綴數言，以爲自勉，並勉吾瀛社之未來焉。

中華民國九十八年端陽　林正三序於惜餘齋　時年六十有七

（網址：http://www.tpps.org.tw/phpbb/）

榮賀篇什

瀛社百年大慶賀聯

李春榮

想臺灣當時，一旦江山易主，庶揆無依，遺民太半失據；
看瀛社今日，百年歲月長春，風騷不泯，詩壇歷久彌昌。

瀛社百年大慶賀聯

黃祖蔭

自宣統開張，點將何只百零八；
爲夏聲嗣響，揚名已傳三大千。

自注：汪辟疆著《同光詩壇點將錄》，列一〇八人。

瀛社百年特展

李梅庵

社創百年，驚動騷壇開特展；
名揚四海，欣逢會慶蔚奇觀。

瀛社百年特展

林正三

社壽陟期頤，探索館中，宏開盛展；
詩心傳萬古，瀛壖史上，永記脩名。

賀瀛社百年

張夢機

創社晚清源自遠，名家如雨格長新。敲金戛玉三千士，扢雅揚風一百春。
詩卷平收雄嶺美，鉢音遙答怒潮頻。左旗右鼓聲光懋，高卓吟旗壯海濱。

敬賀瀛社百年社慶

劉鎮江

網羅北彥與南英，馳譽騷壇百載賡。鉢韻敲殘淡江月，詞章紅遍杜鵑城。
鴻濛正氣彌箕斗，磅礴元音貫宇溟。此日群賢齊薈萃，吟聲撼動大陽明。

賀瀛社百年大慶

陳冠甫

其一

旗張日據冠名瀛，萬古詩心發正聲。總督遂邀官邸宴，附庸風雅政須明。

其二

百歲八賢賡祭酒，人才濟濟振騷風。吟成萬首堪華國，社運宏開積健雄。

瀛社百年大慶

劉榮生

其一

高樹吟旌大海東，百年社慶會群雄。堂堂筆陣驚風雨，共振詩魂啓聵聾。

其　二

百載蓬瀛著意培，今成滿苑錦雲堆。深紅淺綠忻同賞，盛會群英喜舉杯。

百年瀛社

黄祖蔭

鼎立三雄義寄詩，吾瀛積健百年基。沉吟彼日親薪膽，浩蕩今朝壯鼓旗。
不屑揚秦披孔輩，賡酬達雅采風師。無才肯學勤趨步，晝夜推敲勿笑痴。

百載滄桑話瀛社

洪世謀

滄桑屆百年，往事緬從前。歷看三朝盛，應教萬世傳。
高吟揚素志，彩筆煥奇篇。瀛社風騷客，艱辛鉢韻延。

瀛　社

游振鏗

清流蔚起繼三唐，翰墨論交聚吉祥。弘道移風勤不懈，怡情養性意尤長。
最難一社人才盛，至貴百年詩幟揚。氣象欣看屯嶺壯，文潮廣匯冠臺疆。

瀛社百週年慶

張耀仁

百年瀛社世推崇，文化弘揚奏偉功。八位時賢膺祭酒，千篇佳賦振騷風。

筆花直逼江郎艷，鳳藻沉於杜老雄。人與群芳歡兩慶，詩星朗朗耀蒼穹。

賀瀛社百週年慶

尤錫輝

瀛社淡江邊，欣逢屆百年。詩風長璨璨，騷客自翩翩。
創會思前哲，傳薪有大賢。共吟今日慶，我亦結因緣。

活動留影

96.03.31 第一屆漢詩吟唱與創作推廣研習始業式，於長安西路四十巷民安里民活動中心。

96.04.01 第一屆第二次會員大會於吉祥樓餐廳之一。

96.04.01 第一屆第二次會員大會於吉祥樓餐廳之二

96.09.15 第一屆漢詩吟唱與創作推廣研習結業式之一，於長安西路四十巷民安里民活動中心

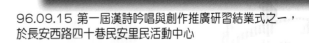

96.09.15 第一屆漢詩吟唱與創作推廣研習結業式之二

第二屆漢詩吟唱與創作推廣研習始業式之一，於長安西路四十巷民安里民活動中心。

第二屆漢詩吟唱與創作推廣研習始業式之二

第一屆第三次會員大會於吉祥樓餐廳之一

第一屆第三次會員大會於吉祥樓餐廳之二

97.03.16 第一屆第三次會員大會於吉祥樓餐廳之三

97.03.28 漢詩吟唱與書法揮毫之二，於國立歷史博物館

97.03.28 漢詩吟唱與書法揮毫之一，於國立歷史博物館

97.06.12 瀛社百年特展協調會於臺北市文獻委員會七樓。

97.03.29 第二屆漢詩吟唱與創作推廣研習上課情形。

97.07.13 瀛社百週年慶籌備委員會第一次會議

97.10.09 瀛社百年紀念座談會於臺北市文獻委員會六樓

97.07.13 瀛社百週年慶籌備委員會第一次會議之二

97.10.09 瀛社百年紀念座談會之二，於臺北市文獻委員會六樓

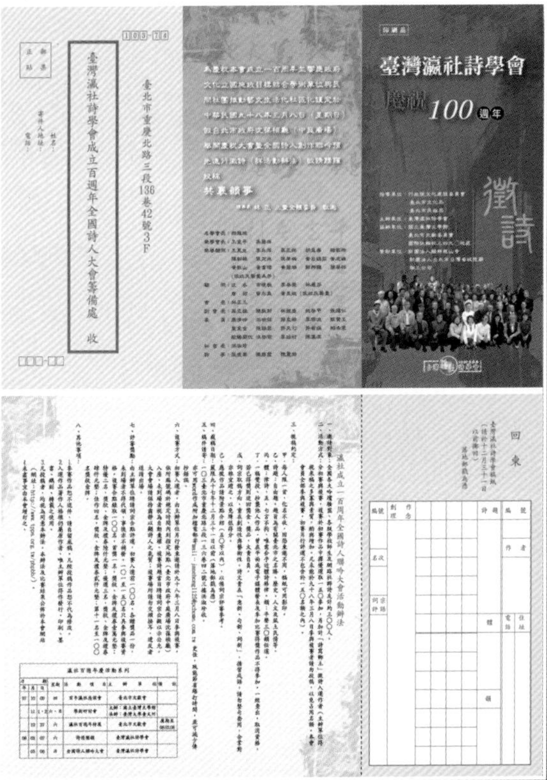

臺灣瀛社詩學會慶祝成立一百週年徵詩摺頁

97.10.21 瀛社百週年慶籌備委員會第四次會議，於長安西路四十巷民安里民活動中心。

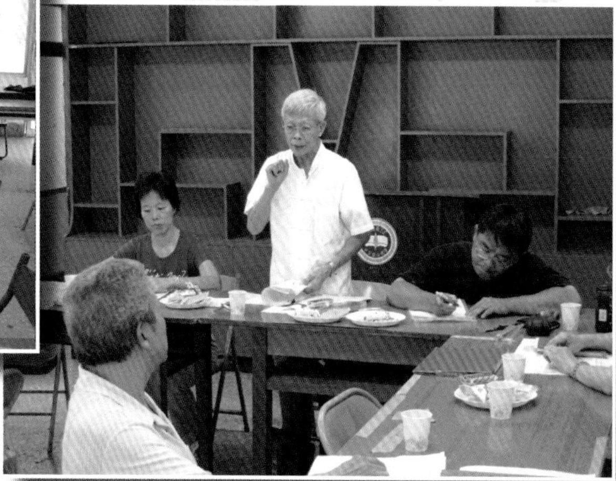

97.11.19 瀛社百週年慶籌備委員會第五次會議，於長安西路四十巷民安里民活動中心。

臺灣瀛社詩學會會志書影。

歷屆詩題便覽書影。

十年題襟集書影。

瀛社風義錄書影。

97.11.01 瀛社成立一百週年學術研討會

學術研討會海報。

瀛社成立一百週年學術研討會開幕式，國立臺灣文學館鄭邦鎮館長致詞

國立臺灣大學副校長包宗和教授致詞

國立臺灣大學國際事務處處長沈冬教授致詞

國立臺灣大學臺灣文學研究所所長梅家玲教授致詞

瀛社簡介：主講人林正三理事長

〈瀛社簡介〉後合影。左起前排：龔顯宗教授、包副校長、鄭館長、林理事長、柯慶明教授；後排：向麗頻教授、黃美娥教授、梅家玲教授、沈冬教授、江寶釵教授、莊萬壽教授、廖振富教授、卓克華教授

97.11.01 學術研討會

學術研討會會場一角

學術研討會會場：攝影者王啟文

特約討論人：國立彰化師範大學臺灣文學研究所所長周益忠教授

論文發表人：國立中山大學教授龔顯宗

主持人：中央研究院臺灣史研究所所長許雪姬

97.11.01 吟唱表演

論文發表人：國立海洋大學海洋文化研究所
助理教授卞鳳奎

吟唱表演主持人：瀛社秘書長洪淑珍。

吟唱表演：瀛社游振鏗。

吟唱表演：瀛社王尚義

吟唱表演：瀛社甄寶玉

吟唱表演：瀛社黃明輝

97.11.01 學術研討會會場一角之一。

97.11.01 學術研討會會場一角之二。

論文發表人：國立中正大學臺灣文學研究所所長江寶釵教授。

特約討論人：國立成功大學臺灣文學研究所所長施懿琳教授。

國立臺灣大學臺灣文學研究所教授黃美娥主持綜合座談。

97.11.02 瀛社成立一百週年學術研討會

97.11.02 國立清華大學外國語文學系教授兼國科會人文處處長廖炳惠參與座談。

論文發表人：長庚大學通識教育中心助理教授徐慧鈺。

97.11.02 學術研討會會場一角之三。

97.11.02 學術研討會瀛社參與會員合影。

97.12.20 第二屆漢詩吟唱與創作推廣研習結業式之一。

97.12.20 第二屆漢詩吟唱與創作推廣研習結業式之二。

瀛社百年紀念特展請柬。

97.12.27
瀛社百年紀念特展

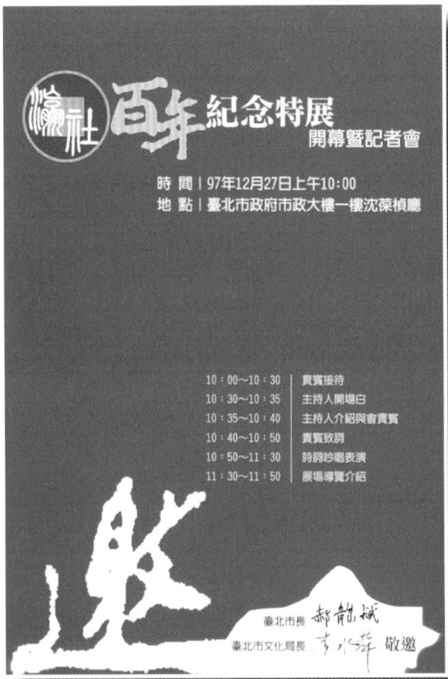

瀛社百年紀念特展開幕暨記者會邀柬。

瀛社百年紀念特展海報

瀛社百年紀念特展開幕典禮：臺北市文化局長李永萍致詞

瀛社百年紀念特展開幕典禮：國立臺灣大學國際事務處處長沈冬教授致詞

瀛社百年紀念特展開幕典禮：理事長林正三致謝詞

瀛社百年展 聆古調觀詩句

【記者楊芷茜／台北報導】百年前在台文人雅士如何推動詩學，又以何種方式較量詩藝高下？台北市文獻委員會即日起至98年3月8日止，在台北探索館推出「瀛社百年紀念」特展，邀民眾一窺百年詩歌字畫之美。

北市文獻會表示，「瀛社」於明治42年（1909）創設於台北艋舺，由於主要社員多任職於「台灣日日新報」，因善於運用媒體傳播及發表詩作，短期內迅速崛起，成為北台灣第一大詩社。

「瀛社」與台中「櫟社」、台南「南社」並稱為日據時期台灣三大詩社；時至今日，櫟社、南社均已不復存，僅瀛社代代相傳不輟，更顯其珍貴性。

昨天的展覽以一巨幅「1935年大稻埕蓬萊閣旗亭全島聯吟大會攝影紀念照」揭開序幕，多位瀛社成員輪番上台吟誦瀛社前輩所創作的詩詞。

展場除珍貴的史籍史料、當代名人來往信件、舊照片、古地圖、歷史影音、文器物等展品，還邀請耆老特別錄製的詩詞朗誦聲，搭配投影裝置將詩句映在入場處地面，讓民眾不只觀其字，還可聆其音，體會古調音韻之美。

特展開放時間周二至周日上午9時至下午5時；瀛社另訂98年1月18日辦理拓碑示範教學暨書法揮毫贈送春聯活動，3月8日舉辦「瀛社百周年慶全國詩人聯吟大會」，地點均在市政府1樓沈葆楨廳，洽詢電話1999轉8630。

瀛社百年紀念特展簽到情形

瀛社百年紀念特展展出詩書長軸等豐富文物，供民眾細細品味　記者楊芷茜／攝影

瀛社百年紀念特展97.12.28聯合報北市教育版報導。

瀛社百年紀念特展開幕式

97.12.27

瀛社百年紀念

瀛社百年紀念特展開幕式

98.03.08
瀛社百年紀念特展

瀛社百年紀念特展 展場一角之二

展場一角之四

展場一角之三

展場一角之六

展場一角之五

展場一角之七。

瀛社百年紀念特展團體合照之一

九十七年十二月二十七日

瀛社百年紀念特展團體合照之二

廳楨
Shen Pao-
瀛社
百年紀念特
A Ying Poets Societ
Centenary Exhib
時間 97.12.27～98.3.8

九十七年十二月二十七

98.03.08 瀛社百年紀念特展

展場一角之八

展場一角之九

展場一角之十

展場一角之十一

展場一角之十二

98.03.08 瀛社百年紀念特展 展場一角之一。

98.03.08
慶祝瀛社詩學會成立百週年全國詩人聯吟大會

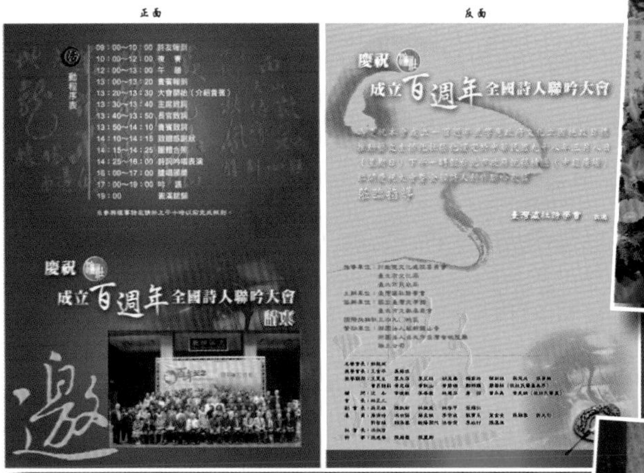

慶祝瀛社詩學會成立百週年全國詩人聯吟大會請柬

會場一角之一

會場一角之二

慶祝瀛社成立百週年全國詩人聯吟大會會場，
臺北市政府

報到處

會場一角之三

會場一角之四

擊缽（次唱）場所

擊缽場所一角之三

擊缽場所一角之一

擊缽場所抄詩作業。

貴賓報到，林理事長迎接臺北市文獻委員會編纂組長吳昭明

貴賓報到，林理事長迎接臺灣大學臺灣文學研究所所長梅家玲教授

貴賓席

司儀陳欽財

詩頌：洪世謀吟唱(後排為貴賓席)

詩頌：洪淑珍吟唱

會場一角之五

主席林正三理事長致詞之二

會場一角之六

文化局李永萍局長致詞

主席林正三理事長致詞之一

臺灣大學黃美娥教授致詞

國際扶輪三四九〇地區總監姚啟甲致詞

艋舺龍山寺副董事長黃書瑋致詞

中華民國傳統詩學會理事長簡華祥
致詞

致贈感謝狀予臺北市文化局，李永萍局長代表接受

致贈感謝狀予國立臺灣文學館，林佩蓉組長代表接受

致贈感謝狀予國立臺灣大學臺灣文學研究所，梅家玲所長代表接受

聯吟大會團體合照之一

慶祝瀛社成立百週年全國詩人

聯吟大會團體合照之二

慶祝瀛社成立百週年全國詩人

98.03.08
全國詩人聯吟大會

致贈感謝狀予國際扶輪三四九〇地區，總監姚啟甲代表接受

致贈感謝狀予瑞三公司，副總經理李正倫代表接受

致贈感謝狀予艋舺龍山寺，副董事長黃書瑋代表接受。

致贈感謝狀予謝賴琇兒女士，賴葆華小姐代表接受。

致贈感謝狀予台北市省城隍廟，黃明輝先生代表接受。

致贈詞宗聘書予薦卷詞宗邱天來先生。

頒獎國際扶輪三四九〇地區「詩寫鄉土」徵詩優選作者陳福裕

致贈詞宗聘書予劉福麟先生

國際扶輪三四九〇地區總監 姚啟甲致贈詞宗聘書予施文炳先生

頒獎國際扶輪三四九〇地區「詩寫鄉土」徵詩前茅作者。左起首獎張富鈞、特優許欽南、總監姚啟甲、會長林正三、清傳商職董事長連勝彥、特優邱天來、特優王命發

致贈詞宗聘書予吳舒揚先生

頒獎國際扶輪三四九〇地區「詩寫鄉土」徵詩優選作者楊維仁

頒獎國際扶輪三四九〇地區「詩寫鄉土」徵詩優選作者王鎮華

98.03.10
瀛社百年詩書展

瀛社百年詩書展請柬

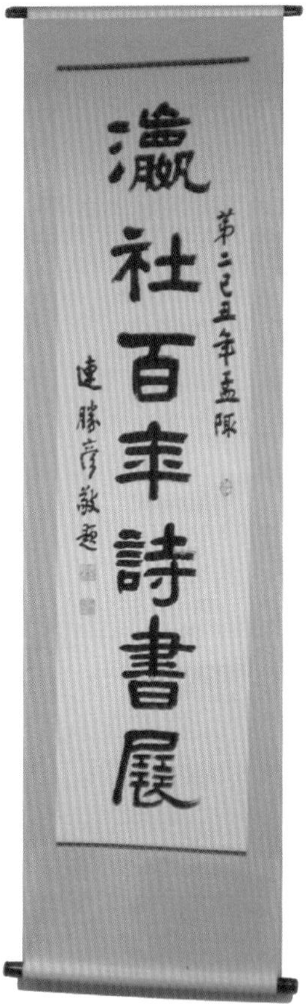

98.03.10 瀛社百年詩書展刊頭

瀛社百年詩書展開幕典禮，理事長林正三致詞

瀛社百年詩書展開幕典禮，澹廬書會理事長林政輝致詞(右者為其夫人)

清傳商職董事長連勝彥致詞

98.03.10
瀛社百年詩書展

中國書法學會理事長謝季芸致詞

瀛社常務監事張耀仁致詞

瀛社百年詩書展開幕典禮會場。

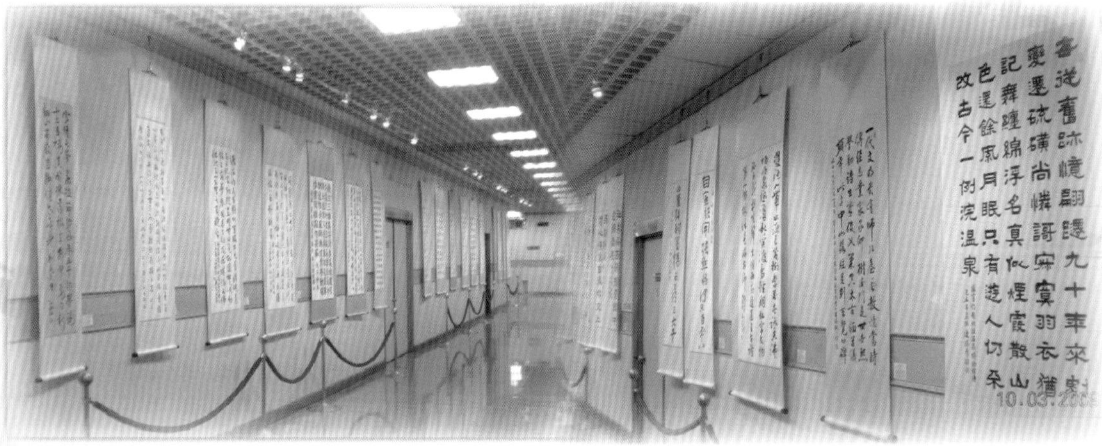

展場一角之一

展場一角之二

展場一角之三

第三屆漢詩吟唱與創作推廣研習上課情形之一，於長安西路四十巷民安里民活動中心

98.04.25第三屆台灣漢詩吟唱與創作推廣研習

第三屆漢詩吟唱與創作推廣研習上課情形之二

第三屆漢詩吟唱與創作推廣研習上課情形之四

第三屆漢詩吟唱與創作推廣研習上課情形之三

詩訊報導

臺灣瀛社詩學會慶祝成立百週年全國詩人大會徵詩辦法

一、邀請對象：全國各大吟壇騷盟、各級學校師生及網路社群詩友計約三〇〇人。

二、活動方式：分初賽與複賽，複賽於初賽作品中擇優選取一五〇名參加，另加計「詩寫鄉土」徵詩入選作者（主辦單位得視來稿之多寡與素質，酌與增加。凡未能於九十八年三月八日參與複賽者請勿投稿，以免占用名額。本會會員全部參與複賽，初賽另行評選不包含於一五〇名額之內）。

三、徵稿約定：

甲.每人限一首，化名不收，因恐柬邀不周，稿紙可用影印。

乙.詩題：自由題。題旨爲有關臺北市之名勝、歷史、人文及風土民情等。

丙.體：律詩，五、七言不拘，唯需合乎近體詩格律。韻：平聲三十韻任選。

丁.一稿雙投、抄襲他人作品、曾在平面或電子媒體發表及參加比賽得獎作品不得參加。一經查出，取消資格，若已得獎則追回獎金、獎品，文責自負。

戊.詞宗取稿方向，重在創造性與藝術性。詩文貴在「意新、句新、詞新」，循習成語，請勿整句套用，合掌對亦雅宜避之，以免降低得分。

己.應徵作品請附景點介紹（五十字以內），以備詞宗評審參考。

四、截稿日期：嚴限九十七年十二月三十一日以前（落地郵戳爲憑）

五、稿件請寄：一〇三臺北市重慶北路三段一三六巷四十二號三樓洪淑珍收。亦可用word作成附檔電郵寄mail: janehong1125@pchome.com.tw 更佳，既能節省繕打時間，並可減少傳抄錯誤。

六、複賽方式：初賽入選者，由主辦單位另行發柬邀請於九十八年三月八日參與複賽。依所編號碼於規定時間內到指定地點（臺北市政府中庭廣場沈葆楨廳）入座，未到場者視爲自動棄權。複賽詩題當日聘請詞宗公擬以示公允。大會會場請保持肅靜以顯詩人之氣質；複賽場所請勿交頭接耳，違反者逕請出場。

七、評審獎勵：由主辦單位聘請詞宗合點評選，初賽入選前一〇〇名，各贈獎品一份，未到場者不得代領，事後亦不補發。一〇一至一五〇名只具參與複賽資格。複賽合點錄取一〇〇名，首獎一名，獎狀、金牌及禮券壹萬元整；特優二名，獎狀、金牌及禮券陸仟元整；優選三名，獎狀、金牌及禮券肆仟元整；佳作四名，獎狀、金牌及禮券貳仟元整；第十一名至一〇〇名獎狀金牌。

八、其他事項：

甲·參賽作品恕不退件，請自留底稿。凡經投稿作品恕不代爲修改。

乙·入選作品著作人格權仍屬原作者，唯主辦單位得作發行、印刷、墨書、鐫刻、轉載之使用。

丙·凡投稿者，均視爲同意本辦法。

丁·本辦法及比賽結果公佈於本會網站網址：（網址：http://www.tpps.org.tw/phpbb/）。

九、未盡事宜由本會增訂之。

國際扶輪三四九〇地區「詩寫鄉土」徵稿簡章

壹、活動宗旨：爲推動藝文生活化、社區化。結合古典詩之美與景點之美，以提昇名勝地區之文化氣息，使勝景與名篇相爲表彰，並藉以提振詩風，宏揚詩教，特舉辦本活動。

貳、主辦單位：國際扶輪社三四九〇地區

參、承辦單位：臺灣瀛社詩學會

肆、活動辦法：

一、詩　題：自定，以描寫國際扶輪社三四九〇地區涵蓋範圍臺北縣、基隆市、宜蘭縣、花蓮縣之景點爲主。（註：台北縣只包括三重、蘆洲、板橋、新莊、樹林、鶯歌、林口、五股、泰山、土城和三峽。）

二、體　韻：五言、七言律詩不拘，唯需合乎近體詩格律。平聲三十韻任選。

三、徵稿約定：

1.全國各大吟壇、騷盟、各級學校師生及網路社群詩友皆可投稿，每人限一首。

2.作品投稿如用電子郵件更佳，既能節省繕打時間，並可減少傳抄錯誤。

3.投稿作品請附所描寫景點百字以內簡介，以便入選後宣傳之用。

4.一稿雙投、抄襲他人作品、曾在平面或網路媒體發表及參加比賽得獎作品不得參加。一經查出，取消資格，若已得獎則追回獎金、獎品，文責自負。

5.詞宗取稿方向，趨向各景點平均分佈爲原則，請勿描寫過於熱門之景點，以免造成一窩蜂情況而影響競爭力。

6.詩文之創作力求「意新、句新、詞新」，循習成語，請勿整句套用。又合掌對亦宜避之，以免降低得分。

四、截稿日期：九十七年十二月十五日以前（落地郵戳爲憑）

五、交卷地點：

1.文字稿請寄：台北市民權西路五十三號十一樓（三千貿易股份有限公司）

2.電子稿請寄：chen@sunchain.com.tw

五、評選辦法：先由薦卷詞宗剔除不合格律之作品，再聘請天地人詞宗合點選出。

六、獎勵辦法：首獎一名獎座一個、獎狀一紙、獎金一萬元整；特優三名獎座一個、獎狀一紙、獎金五千元整；優選六名獎狀一紙、獎金三千元整；入選九十名（視來稿多寡酌予增減獎）狀一紙、獎金一千元整。共計一百名。

七、頒獎日期：於九十八年三月八日臺灣瀛社詩學會百週年慶祝大會中頒發，首獎及特優除獎座外於國際扶輪社三四九○地區年會九十八年四月十二日頒發。

八、其他事項：

1.投稿作品，恕不代爲修改，亦不退稿，請自留底。

2.入選作品著作權仍屬原作者，唯主辦與承辦單位得作發行、印刷、譜曲、墨書、鐫刻、轉載之使用。凡投稿者，均視爲同意本辦法。

3.本辦法及評選結果，將公佈於國際扶輪社及臺灣瀛社詩學會網站。網址爲：國際扶輪三四九○地區：http://www.rid3490.org.tw/rotary/臺灣瀛社詩學會：http://www.tpps.org.tw/phpbb/

九、本辦法如未盡事宜，本會得隨時增訂之。

國際扶輪社三四九〇地區「詩寫鄉土」徵詩報告

編輯部

本會受國際扶輪社三四九〇地區委託承辦之「詩寫鄉土」徵詩，計收四〇七件作品，唯其中不乏絕句體裁、平仄通押、韻部雜用（如暈、亭、濱、明等）、重韻（如一首中雙押「情」字等）、缺詩題或採用新詩等違式之作，爲減輕服務人員之工作量，不予繕打送選外，共整理三四二件委請薦卷詞宗基隆邱天來先生薦評。經初選薦取二五二首，委請鹿港施文炳先生、花蓮顏崑陽先生及臺南吳榮富先生銓評後，採天地人合點計分方式，選取百名。有關詞宗之聘任，採學院教授與民間詩人兩不偏略之原則，其中施文炳先生爲民間詩壇之前輩詩家；顏崑陽先生則爲學院教授；吳榮富先生則是由民間詩壇轉爲學院教授。地域方面則採中、東、南均衡分佈而能相與兼顧之方式。經各詞宗之費心評審，得以圓滿達成（名次見下頁），正三在此代表承辦單位向各位評審詞宗及國際扶輪社三四九〇地區之全體工作人員致以由衷的謝意與敬意，最後，並感謝各詞壇中大雅方家的踴躍投稿，也感謝三四九〇地區總監之充分授權與信任，使本屆徵詩得以圓滿成功。（入選作品刊載於國際扶輪三四九〇地區二〇〇八—二〇〇九年度國民小學書法比賽暨詩寫鄉土徵詩比賽優勝作品專集《讓夢想成眞》之中，此不另贅）

瀛社慶祝成立百週年全國詩人大會徵詩報告

編輯部

本次兩題（含國際扶輪社三四九〇地區委託承辦之「詩寫鄉土」）徵詩，揚棄往昔動輒以週年紀念爲窠臼之命題方式，試圖給予創作者更爲寬廣的運思空間，故只限命題範圍及五、七言律詩，而題目及韻部則不予限制，雖是增加評詩詞宗略爲繁重的工作量，然爲期不流於雷同之弊，個人認爲頗値得嘗試。可惜因爲積習既久，一旦驟予改變，卻產生適應不良之症狀：不知命題者有之；題目過於籠統者有之，亦有部分創作者未曾詳閱徵稿說明，作品描寫景點超越北市範圍者。不過總算踏出微微的一小步，未嘗不是將來求新求變的一個契機。唯一遺憾的是作品過於集中化，就入選之一三五件作品中，泛詠陽明山者即達十一件之多；詠一〇一大樓者亦有十件；龍山寺者亦有八件；有關瀛社者則有九件之多，誠屬美中之憾。

由本次徵詩來稿的作品中，發現一個可喜的現象，即是稿件來源的多元化：其中除傳統詩壇的作者外，尙有大專院校的師生、網路上的詩友及島內各省籍之古典詩愛好者。於此可以驗證科技資訊極端發達的世代，網路對於藝文創作環境鉅大且正面的影響。最後，感謝各詞壇中大雅方家的踴躍投稿，使大會得以圓滿成功。

國際扶輪社三四九〇地區「詩寫鄉土」徵詩薦卷詞宗報告　邱天來

此次台灣瀛社詩學會爲慶祝成立一百周年，舉辦全國詩人聯吟大會，並受國際扶輪社三四九〇地區委託，承辦〈詩寫鄉土〉徵詩比賽活動。在截稿後承林理事長正三兄來電聘爲大會課題詩薦卷詞宗，感於正三兄眷顧懇切，未敢推辭，毅然允諾承此重任，由於稿件投遞因年假時間耽誤，延至元月五日才收到詩稿，爲勉力完成薦卷任務，倉促間難免老眼昏花，對於未獲荐之八十八卷詩作部份作者，疏漏之處深感負負，知我者其諒我也。

據主辦社所稱此次投稿踴躍達四百多首，經篩選後交付薦卷詩作三四二份。爲求評比公平，每分作品均以電腦打字處理並註明創作理念，其過程備極翔實，對於工作人員所付出辛勞用心與化費精神，令人肅然起敬。

本人因係擔負薦卷工作，不敢擅專，妄加評定甲乙，且課題薦卷詞宗與當場擊缽薦卷詞宗有別，在閱卷上而言，課題薦卷應較有充裕時間，就取稿方向合乎五、七言近體詩格律加予審愼推薦。惟鑒於詩題題旨爲有關臺北縣（只包括三重、蘆洲、板橋、新莊、樹林、鶯歌、林口、五股、泰山、土城和三峽等鄉鎮市）、基隆市、宜蘭縣、花蓮縣各景點之自由題，因詩題頗爲廣泛，各詩首首相題立意不一，取捨煞費周章，爰就各地域所詠合乎格律之作品薦卷略分如下：

一、台北縣部份六十六份；二、基隆市部份四十一份；三、宜蘭部份六十二份；四、花蓮部份六十份；五、其他自由題部份二十三份。

以上獲薦作品五、七律詩總計二五二份，按各地域所詠佳作，平均斟酌不定名次先後編列序號，完成薦卷任務；至入選者名次審定，則由主辦單位另聘詞宗合點評選。

綜觀此次徵稿比賽活動，主辦社投下心力、精神，爲騷壇開創一番新風氣，其擬出詩題概括懷古、登臨、詠景、風土民情諸作及評選有別於以往方式之作法，且藉網路擴大徵詩，更可引起新人參與，相信初選入圍者，再經複賽之詩作，定必字字珠璣、擲地有聲，合乎美教化、敦風俗之藝術水準，以此深具鼓舞風教活動，自可獲致各界迴響與認同，大大提昇傳統詩學素質，蔚爲騷壇盛事並勵來茲。

國際扶輪社三四九〇地區「詩寫鄉土」徵詩評審感言

施文炳

國際扶輪社三四九〇地區，爲推動藝文生活化、社區化提高風景區知名度，特藉漢詩之美，宣傳景點之美，務冀勝景與詩篇相益得彰，特委由臺灣瀛社詩學會舉辦『詩寫鄉土』全國徵詩活動，以期發展觀光，促進區域繁榮。更期望本活動能有助於「宏揚固有文化，重振騷風」。其宗旨與台灣社會建立「有高度文明的自由民主國家」以及國際扶輪社「增進人類社會和諧發展」目標相符合。故本活動消息一經發佈，便廣獲各界肯定與回響，投稿者遍佈全臺各角落。

本屆徵詩，以描寫國際扶輪社三四九〇地區，涵蓋範圍以臺北縣、基隆市、宜蘭縣、花蓮縣之景點爲主。台北縣包括三重、蘆洲、板橋、新莊、樹林、鶯歌、林口、五股、泰山、土城、三峽等地。或因筆者寡於見聞，記憶所及，早自日治時期，以至二次大戰終戰迄今，不論全國性或地方性詩會，皆由主辦單位出題，採取單一題目，以某事物，或某一地、某一縣、市之八景或十二勝爲題，讓作者撰寫，從未見過合數縣市的大區域，任人自由選擇景點、自定題目創作之例，本辦法優點在於作者可以從心所欲，發揮思路，因此內容涵蓋多元，有古有今，自天文地理、歷史人文、勝概風光，以至於政治經濟、交通建設，包羅萬象，讓人更深入了解臺灣各層面，尚有無數，少有人知的「人、事，物」，正待發掘、宣揚、善用，以利鄉邦發展。

本期詩稿經詞宗邱天來詞長評選薦卷，共取二五二首，多蒙不棄淺學，委爲評審，自知久疏於詩，深恐玉石不分而有負所託，因感主辦單位雅意，未便推諉，大膽妄定甲乙，並略述寡見於後：

炳素好遊歷，足跡遍於臺陽，自以爲對吾臺山水、事物瞭若指掌，綜觀本屆詩作，方知「聞所未曾聞，見所未曾見」者尚多，。如「吉野佈教所」、「千疊敷」、「五義埤」、「望幽谷」、「暖東峽谷」等等，皆屬少有人知的景點。又如「蘆洲李宅」，愛國抗日卻於二二八白色恐怖受難，其人文歷史，政治層面，皆有其不可磨滅地位。可以預見本次徵詩所作介紹與宣傳，讓大衆加深認識鄉土民情，必有其正面效果。

諺云：「選詩如選色」，燕瘦環肥各有所好，實難言其優劣。評審旨在將較具特色作品列出，以便於相互觀摩切磋。設獎目的在於鼓勵，換言之，便是對作品肯定的一種方式。高中也許會帶來喜悅與成就感，既然是「以文會友」，便無須在意當落，以歡愉心參與、交流，留取美好回憶，自有其不俗意義，不知以爲然否？

綜觀來稿，佳作連篇，取捨本難，況名額所限，珠遺滄海在所不免，尚希大雅君子海涵教正。

學術報導

瀛社百週年學術研討會報導

吳東晟*

民國九十七年十一月一至二日，在臺灣大學文學院演講廳，舉辦為期兩天的「瀛社成立一百週年學術研討會」。該會由文建會指導，臺灣文學館主辦，臺灣大學臺灣文學研究所承辦，活動策畫人為臺灣大學臺灣文學研究所教授黃美娥。為期兩天的研討會，聚集了詩人、學者、前輩詩人家屬、研究生，濟濟一堂，展示著臺灣古典文學研究的榮景。

這場會議的設計，除開幕式、閉幕式外，共有五場論文發表會、三場座談會，一場詩詞吟唱表演。五場論文發表會主題各異。第一場由臺灣文學館館長鄭邦鎮主持，該場著重於瀛社與其他詩社的比較。大會邀請研究櫟社的專家廖振富，以及研究南社的專家吳毓琪發表論文。在日據時代，臺灣傳統詩社，犖犖大者有三：北部瀛社、中部櫟社、南部南社。因此本場可謂是企圖透過比較的方式，彰顯瀛社在日據時代是否有異於他社之處。除廖、吳二文外，大會又邀請龔顯宗發表〈林馨蘭論〉一文。林馨蘭是南社社員，更是瀛社創社元老。此文可謂試圖以具體的實例，說明詩社之間的交融情形。

第二場論文發表會，由中央研究院臺灣史研究所所長許雪姬主持。該場著重詩人論，且俱為瀛社在日據時代的前輩詩人。大會邀請余美玲研究詩人王少濤的書畫藝術、邀請翁聖峰研究黃純青的文學與文學觀、並邀請歷史學者卞鳳奎研究洪以南對新思潮的受容情形。本場雖是「詩人論」，卻不是「專家詩」，三篇文章以詩人為中心，將觸角延伸到文學、以及文學以外的世界。

第三場論文發表會，由成功大學文學院院長陳昌明主持，該場採用社會學的角度，將瀛社視為社群進行研究。大會邀請謝崇耀及其指導教授江寶釵，發表〈從瀛社活動場所觀察日治時期臺灣詩社區的形成與意義〉，該文提出「詩社區」的概念，認為瀛社乃是臺灣北部詩社區之龍頭。本文顛覆過去以性格區分三大詩社的習

---

*吳東晟（一九七七－），號東城居士，南投名間人。成功大學中文系博士生。曾任國家臺灣文學館「全臺詩」計畫專任助理。創作領域包含現代詩及古典詩。現任瀛社監事著有現代詩集《上帝的香煙》，古典詩集《愛悔集》等。

慣，而改以地域作爲三大詩社之所以爲三大詩社的區分依據，頗爲清新可喜。此外又邀請王幼華，發表〈日本帝國與殖民地臺灣的文化構接——以瀛社爲例〉一文，該文指出日本帝國欲力張狂的本質，透過日華／日臺重疊的文化，培養出惠龍團體，瀛社的出現，可用惠龍團體來理解。

第四場論文發表會，由臺灣大學臺灣文學研究所所長梅家玲主持。該場次並無共同主題，應當是大會的彈性組：游勝冠〈魏清德的漢學觀及其國民性書寫〉可歸於第二場或第三場，陳盈達〈戰後臺灣傳統詩社的變革與轉型——以瀛社爲觀察對象〉可歸於第一場或第五場，黃鶴仁〈李碩卿及其詩探討〉亦可歸於第二場。其中筆名南山子的詩人黃鶴仁，以東吳大學中文所博士生的身分發表論文，是本次大會唯一發表論文的瀛社社員。作者具詩人手眼，就詩論詩。由於學界對瀛社個別詩人普遍不夠瞭解，本文可謂此次大會中，少數向優秀前輩詩人致敬的一篇。

第五場由中央大學文學院院長李瑞騰主持，本場的主題在光復後的瀛社。三篇論文，皆是以光復後的瀛社爲研究材料。其中孫吉志研究專家詩，研究對象爲詩壇大老羅尙；徐慧鈺研究近十年來的瀛社擊缽活動；吳彩娥關心瀛社詩人在光復後所關心的特殊意象「屈騷」。一屬專家詩、一屬文學活動、一屬意象，似不相侔，但都是以光復後爲題材。在五個場次中，是唯一一場以光復後瀛社爲研究主題者。臺灣古典文學的研究，至今仍以日據時代以前爲主，此場論文發表會，實具有開創意義。

三場座談會，也是主題各異。第一場，由清華大學臺灣文學研究所所長陳萬益主持。該場主題爲學院「臺灣古典文學教學與研究」現況。與會的四位教授，分別是任教於成功大學的施懿琳、中正大學的江寶釵、中興大學的廖振富、臺灣大學的黃美娥。江寶釵在古典詩的教學及研究過程中，深深感受到「解今人詩」是一件既困難又重要的工作。施懿琳、黃美娥，認爲臺灣古典文學，研究材料爆炸般不斷湧現，研究方法也像海嘯般洶湧而來。施懿琳欣喜之餘，也期待有更多的新血投入，黃美娥覺得這是天年到了，相當樂觀。但廖振富則不甚樂觀，他感覺不到臺灣古典文學的影響力，看不到古典文學的經典作品在哪裡。

第二場座談會，主題爲「瀛社社員及其後代」。該場由黃美娥主持，參與座談者有瀛社第一屆社長洪以南先生的曾孫洪啓宗、第三屆社長魏清德的孫女魏如琳、以及現在的瀛社資深社員王前。現場來賓，亦有第二任社長謝汝銓的外孫女賴葆華，以及創社社員王少濤的孫子王倘美先生。可惜並未發言。

洪啓宗現爲臺灣礦工醫院院長，由於對家裡長輩的事蹟有著保存的使命感，因此洪啓宗的父親將洪以南的資料傳承給洪啓宗。座談會中，洪啓宗說了洪以南與日人木村匡相知相交的故事，並將撰成文字，附於大會手冊中。

年近七十的魏如琳，以小孫女的角度，零零星星地說了一些與祖父有關的印象。例如魏清德喜歡作詩，常常有外省詩人跟本省詩人來家裡。外省詩人來的時候，因爲語言不通，大家都安安靜靜地作詩及筆談；本省詩人來的時候，便很喧嘩，喝酒抽煙吟詩嘔吐。她又很怕祖父，因爲祖父很喜歡穿著一襲臺灣衫，坐在家中，回到家要向祖父請安，遲到的祖父會點名。

資深社員王前，在座談中介紹瀛社例會的進行方式，並介紹瀛社和基隆詩學會的關係。與基隆詩學會的這段因緣，較少人知情，本欲詳爲述之，然因爲時間緊迫，未及述完。

第三場座談，主題爲「文學社群研究方法論的思考」。主持人柯慶明，本身也是參與座談的學者，此外國科會人文處處長廖炳惠、前臺灣歷史博物館館長吳密察亦參與座談。廖炳惠感慨理論已經不重要了，故事比較重要。吳密察則提到研究文學社群，不外乎回答三個問題：「這些人，爲何、又如何地，做了一個怎麼樣的團體？」但是這三個問題不見得被回答得很好。柯慶明提到預設讀者的問題，詩社的存在，必然詩人就會有一種較好的預設讀者，在有這種預設讀者的前提下，詩人寫詩會不一樣。

除五場論文發表暨三場座談外，此次大會特別之處在於還有瀛社社員的吟唱表演。參與吟唱的社員，有張錦雲、王倘義、黃明輝、甄寶玉、游振鏗及洪淑珍，上臺吟唱瀛社今昔社員的詩作，爲大會增添風雅的氣息。

此次研討會雖然是瀛社成立百週年的學術研討會，紅色的海報與柬帖洋溢著過壽的喜氣，但大會仍是本著學術自由的精神，並非寫祝壽的論文。與會學者依各自的研究方法，進行研究探討甚至批判。關於此點，瀛社社長林正三表示，對學者善意的批評，我社社員當虛心受教。由於時空環境不同，社中前輩深恐誤觸文網之心態，作爲社中晚輩，實亦不忍苛責。然而學者無此包袱，自可放手研究。

看見臺灣古典詩詞之美

記「瀛社百年紀念」特展

賴素惠*

「詩」不但是人類感情的依歸，且是日常生活中不可或缺的元素。臺北市文獻委員會自十二月二十七日至明（九十八）年三月八日止，在臺北探索館二樓特展廳推出「瀛社百年紀念」特展，邀請民眾一同前來見證傳統詩社的珍貴過往，並一窺臺灣古典詩詞的瑰麗與典雅。

「瀛社」，明治四十二年（一九〇九）農曆二月創設於臺北艋舺，由於主要社員多任職於《臺灣日日新報》，善於運用媒體傳播訊息及發表詩作，故得以在短期內迅速崛起，成爲北臺第一大詩社。成立迄今，已屆百年，該社百年來在臺北所走過的文化足跡涵蓋艋舺平樂遊旗亭與龍山寺、圓山陳朝駿別莊、板橋林家花園、溪洲網溪別墅、大稻埕春風得意樓、江山樓與蓬萊閣、太平國小、大龍峒孔廟、臺北城內中山堂、圓山飯店等地；爲使民眾了解其發展歷程、產生之影響及累積之文化成果，臺北市文獻委員會特地舉辦本特展以茲紀念，並期望能夠繼往開來，爲傳統詩開拓另一個境界。

爲充分呈現瀛社走過百週年的歷史歲月，刻畫在臺灣文學發展上的時代意義，並帶領民眾穿越時光廊道，去認識百年瀛社所帶給臺灣社會的文化資產，本特展規劃有「瀛社百年發展簡史」、「百年來的領航者」、「瀛社相關團體（跨社與衍社）」、「百年老店歷久彌新」、「百年來聚會場所的時空變化」、「鑑古知今展未來」、「擘畫瀛社未來藍圖（迎接下一百年世紀）」及「百年來的詩文創作」等主題，民眾在展場內，除可以看到瀛社百年來的領航者洪以南、謝汝銓、魏清德、李建興、杜萬吉、黃鷗波、陳焙焜諸社長生前所使用的文房四寶與其詩文創作外；也可欣賞到百年來瀛社會員或相關詩友們各式的藝文創作。更難得的是，瀛社相關吟會資料或社員擊缽之作品皆有存錄，所以展場內也將藉由瀛社創立六十、七十、八十、九十週年紀念詩集，

*賴素惠，臺北市文獻委員會編纂。

來見證戰後階段的瀛社活動軌跡。此外，展場內也將利用珍貴的一手史籍與史料、當代名人來往信件、舊照片、古地圖、歷史影音、文器物等展品來輔以展出。

除靜態展示外，配合此項特展，另由瀛社規劃假臺北市政府一樓沈葆楨廳，分別於一月十八日辦理拓碑示範教學暨書法揮毫贈送春聯活動，與三月八日舉辦「瀛社百週年慶全國詩人聯吟大會」活動及三月十日起假臺北市議會文化藝廊舉辦之「瀛社百年詩書展」，以爲這走過一世紀斯文壇坫邁向第二個百年預做熱身。

瀛社成立百週年全國詩人聯吟大會側記

吳東晟*

「慶祝瀛社成立百週年全國詩人聯吟大會」於九十八年三月八日圓滿結束了。這次詩會，在臺北市政府沈葆楨廳及元福廳舉辦。除首唱、次唱外，還結合了扶輪社三四九〇區舉辦的「詩寫鄉土」徵詩活動。首唱（初賽）自由題（題旨限詠臺北市之名勝、歷史、人文及風土民情），體韻僅限爲五、七言律詩而不限韻；「詩寫鄉土」徵詩之命題方式亦同，唯詠述範圍限國際扶輪社三四九〇地區涵蓋範圍之景點與風土民情，即基隆市、宜蘭縣、花蓮縣、以及臺北縣的三重、蘆洲、板橋、新莊、樹林、鶯歌、林口、五股、泰山、土城和三峽等鄉鎮市）；次唱（複賽）題目〈尊重女權〉七絕一東韻，係因比賽當天正逢婦女節之故。

大會當日早上，在元福廳舉行次唱（複賽）。午膳時間吃便當。下午一時三十分大會正式開始，有多位長官貴賓親臨致詞，本社也致贈感謝狀給玉成此次百年社慶系列活動的機關、單位及相關人士。致贈感謝狀後，所有與會者分兩批，在沈葆楨廳大合照。第一批是長官貴賓與瀛社社員，第二批是長官貴賓與各地詩友。大會提供專業的攝影機，與會者也紛紛掏出自己的相機託人拍照，各自留下珍貴的歷史畫面。緊接著有詩詞吟唱表演。除預定的表演節目外，又接受了現場報名。吟唱既畢，臚唱頒獎，共頒發首唱、次唱、詩寫鄉土徵詩三種獎（俱爲合點）。頒獎既畢，詩人們慢慢移駕到元福廳，開始晚上的吟宴。待吟宴結束，整個大會也就圓滿結束了。

筆者躬與盛會，從旁觀察，本次活動有一些特別值得一書之處：

一、創新

見前〈瀛社百週年學術研討會報導〉一文。

擊鉢詩因限時、限體、限題、限韻，發揮空間有限。近年來各地詩會已多有改變（如首唱改於詩會前寫好並評畢，韻部只限押平聲韻等），但仍會限題。尤其遇到社慶的時候，更容易以週年慶爲題。然而社慶詩題做得多了，往往難有新意。此次大會首唱詩題，刻意揚棄「祝瀛社成立一百週年」的祝壽應酬詩題（此種詩題在去年的例會已經寫過），而採歌詠臺北市名勝、歷史、人文及風土民情的自由題，每首詩都要加景點說明，使得參賽詩作各首面目不同，且富含知性美。同贊盛會的扶輪社「詩寫鄉土」徵詩亦秉持同樣的精神。扶輪社三四九〇區所涵蓋的範圍乃北臺灣、東臺灣局部縣市及鄉鎮市，徵詩亦以涵蓋範圍爲限，擴大了瀛社首唱「臺北市」的範圍。

二、傳　承

此次詩會，出現了多位二、三十歲的年輕詩人。由於首唱及扶輪社皆開放向全國詩友徵詩，加上等同於文學獎的獎金，吸引了詩社以外的各界人士共同投稿。北中南東各地、老中青三代詩友共同參與，眞可謂「少長咸集，群賢畢至」。其中最引人注目的，應推淡江大學中文所博士生張富鈞（網路筆名故紙堆中人）。他在初賽、扶輪社徵詩雙掄元，複賽亦獲得第三十五名榮耀，優秀的成績令人驚羨。青年詩人存在已久，但甚少參與民間詩會。此次全國詩會吸引年輕詩友參加，也爲詩會的傳承帶來一股新的活力。

三、均　衡

此次詞宗的遴選，採取學院、民間均衡的原則，讓各種不同美感的詩作都有機會出頭。扶輪社徵詩的三位，施文炳是民間詩人，顏崑陽是學院詩人，吳榮富則是具有民間經驗的學院詩人。初賽徵詩的二位詞宗，文華是學院詩人、李丁紅是民間詩人。在這樣的原則下，各種風貌的詩都有出頭的機會。複賽擊鉢的詞宗則現場與會詩人遴選，左詞宗劉福麟、右詞宗吳舒揚，均係民間詩人。

四、隆　重

此次盛會，可謂「少長咸集、群賢畢至」。據大會簽到處統計，報到者約三百人（由於事先經過甄選，錄取者方邀請與會），以人數而言，雖然只能算是中大型的詩會，但各地詩友、政府單位（如臺北市文化局、國立臺灣文學館）、學術單位（如臺灣大學臺文所）、民間社團（如國際扶輪社三四九〇區、艋舺龍山寺、瑞三公司、臺北省城隍廟等等）的支持鼓勵，讓這場詩會辦得相當隆重。

瀛社歷史悠久，在日據時代就是臺灣三大詩社之一，現在更是三大詩社碩果僅存者。一百週年詩會的場地選擇在臺北市政府，實具有特殊的象徵意義。既象徵瀛社確爲北部指標意義的詩社，也意味著民間詩社活動重新受到政府支持與肯定。

五、詩書一體呈現

本次百週年慶典，特地擷取部分瀛社歷來吟詠臺北及有關瀛社百年之詩作，委請澹廬書會及基隆、新莊、鹿港地區書家揮毫寫出，佈展於會場（另部分已於去年十二月二十七日「瀛社百年紀念特展」開幕時展出），以達到詩、書共同呈現之方式。這也符合大會主席林正三理事長所極力推動詩文與書法結合的目標之一。

六、重視吟唱

此次大會於詞宗評選複賽詩稿及工作小組計算名次時間。安排社員吟唱表演，雖具有塡補空白作用，但爲吟唱發表提供舞臺，頗值一書。此日吟唱，除了臺北地區常聽到的天籟調外，尙有瀛社顧問李春榮老師的灘音吟調及鹿港施文炳老師弟子帶來的鹿港調。未來此類全國型詩會，實可作爲各地吟調交流的舞台。近年來各地詩會吟唱表演似漸漸形成趨勢，這是一股値得重視的力量。喜歡吟詩的人，不一定會作詩。如果詩會能爲吟詩者提供舞臺，應能更好地提倡詩運。

這次詩會，不僅僅意味著一個詩社過百歲生日，更意味著詩文實有不可輕忽的蓬勃生命力，不論政治如何改朝換代、人物如何代謝遷移，只要有漢文化，就永遠有吟詠、永遠有詩歌。

詩人詩史

憶先父／謝汝銓

賴謝琇兒口述　賴葆華整理*

曾任瀛社社長的謝汝銓是我的父親，幼名廷選，字雪漁。祖先來自福建省泉州府晉江縣塔頭鄉十五都。在我的記憶中父親喜歡小孩，他擁有十八名子女仍不嫌多。元配夫人生下四男五女，生第九個小孩時難產過世；續弦夫人生兩男七女。每個小孩都有自己的奶媽帶到五歲，然後進幼稚園唸三年。我的年齡和父親相差五十五歲，排行第九女。

父親是日據時代的常置議員，所以我可以唸在當時極被重視的日本人學校—建成小學，其後順利考上第三高女，現在的名校中山女高。畢業後正值第二次世界大戰，因此受台灣總督府之命，到師專受訓當起小學教員。再則父親是前清的秀才，他一生在教育界貢獻不少，所以一些高級官員對我的背景感到十分興趣。擔任三年教員後，日本戰敗，國民政府來台，改用北京話。使我吃驚的是父親會說北京話，他說：「秀才哪能不會北京話？」，我的北京話最先是從父親學來的。

台北孔　子廟的祭典在日據時代是由父親主祭，子女們每年都被安排到來賓席觀看，可以看到父親穿著中式長袍馬褂主持，我們覺得很有趣。祭典用的牛羊牲禮在結束後部分被送到家裡來，數量很多，但其中一半以上都轉送給鄰居和親友。父親也精通日語、漢語，對中藥也有些認識，他一生都在教書，學生都是到家裡來學習。杜聰明先生是從學最久的學生，和父親相差二十二歲，來家裡唸書有十多年，他來時總是先在門口和母親寒暄問候，才到客廳讀書。杜先生的婚姻是拜託父親去說媒的，杜夫人的爸爸和父親是好友，促成這樁婚事成功，杜先生爲此終生感恩。他對鴉片患者的治療，也曾和父親討論過，這療法幫助很多台灣人。

父親喜歡吃海產和花生粉，不抽菸不喝酒。因爲有糖尿病不可以受傷，平日僅簡單梳洗，每星期一次由母親幫忙洗澡，母親是續弦，兩人相差二十三歲。父親在書房寫文章時，我常幫他磨墨，還幫他泡茶。由於父親

賴謝琇兒，本社第二任社長謝汝銓之女，賴葆華為謝社長孫女、賴謝琇兒之女。

因爲當議員的關係，對台灣有多方面改進。金融方面：向日本政府申請將昔日的稻江信用組合改爲現在的第一信用合作社。娛樂方面：申請在迪化街尾城隍廟的附近設立永樂座，請有名的戲班來演出，相當受居民喜歡。教育方面：爭取日新小學爲台灣人的學校等等。

父親常提到世界觀的重要，依世界的脈動調整國家的政策。但他在光復後的第八年（一九五三）去世，享年八十三歲，新生報曾報導他逝世的消息。

詩人礦業家顏雲年與九份山城之繁榮

唐羽*

前言

星期日往遊九份，九份是一個充滿傳奇性的山城，九份是迷人的地方，過去以產金著名！於是每逢星期假日，瑞金公路上車輛擁擠，格頂基山街人群熙攘；年青人帶著好奇，年老者抱著詫異，踩在舊稱暗街仔的每一角落，直抵大竿林頌德公園，抬頭仰望那高聳雲霄的頌德碑後，興盡踏上歸途。但這一行，除了記住「九份芋圓」，嚐到「草仔粿」以外，您又知道什麼？得到什麼！與其茫然無知，何如瞭解一下當地的歷史以及一個披沙揀金之徒，如何繁榮礦山，成爲礦山王以及與瀛社結緣，成爲一代詩翁之歷程。

一、一名落第童生之誕生

清同治十三年（一八七五）歲在甲戌二月，日人藉口三年前有宮古島人五十四名在臺灣極南，被原住民所殺事，設立「臺灣番地事務局」而後出兵臺灣，登陸琅嶠是爲著名的牡丹社事件。幾乎同一時候在淡北的內港北溪（今基隆河）中上游鰈魚坑，一個樸實的安溪移民家中，族人顏尋芳與其賢淑的妻子翁氏之間，有了第二胎好消息。如此經過十個月，在琅嶠一地歷經「番」日鏖兵，清廷抗議，中日和談，中國賠款了事後日軍決定退兵而去。於是，封疆大吏直覺臺灣地位重要，由沈葆楨向朝廷奏請臺灣善後之策，成爲後日建省的先聲。豈知，事到十二月甲戌日，事件亦早已落幕了，而在北京的同治皇帝卻因病急過去，成爲大行皇帝。但第二天的臺灣則鰈魚坑顏家，那名躲在母親懷內的男孩，呱呱墜地來到人間。

事件是湊巧也好，是冥冥中自有安排也好，但在這歷史性的年代，來到鰈魚坑的男孩，卻是成年踏入社會

唐羽（一九三三—），號蘭陽史氏，宜蘭人，長於金瓜石，方志學家，著有《臺灣採金七百年》、《臺灣礦業會志》、《臺陽公司八十年志》、《基隆魯國顏氏家乘》、《雙溪鄉志》、《貢寮鄉志》等多種志書。二〇〇五年聘為「瀛社」顧問。

後，畢生成爲九份山城繁榮的催生者礦山王與一代詩翁顏雲年其人的出生。

為興寶藏苦奔馳，二十年來力半疲。自是鎔山非煮海，卻因地利與天時。
人殊泰伯偏稱德，功不無懷亦建碑。多謝諸君深愛我，一生事業共扶持。
豐碑高聳接雲屯，怕聽人言說感恩。折簡獎才同謝朓，買絲繡像愧平原。
均霑利益無分域，自信毀譽有定論。但願兒孫能繼志，休貽鎮石笑吾門。

顏雲年，名燦慶，以字行，署陋園主人，生於同治十三年（一八七五）十二月初六日，卒於大正十二年（一九二三）二月六日，年四十九歲，他在二十歲以前，勤攻舉子業期以仕途進取，爭一席社會地位，卻因一次觀風之試，一次童子試，皆躓於八股文。之後，遇上乙未割臺，自此仕途絕望。豈知一次意外奇遇，成爲名礦業人、事業家、慈善家，並擁詩人之名，以及爲九份山城繁榮之催生者，前面二首詩即爲大正七年（一九一八）九份地方人士，鳩貲爲他建立頌德之碑時，顏雲年自詠以報建碑者與九份居民的感恩之作。

二、九份歷史與地產黃金之草萊時期

九份山在今日而言，係籠統指瑞芳鎮下基山，永慶，崇文，福住，頌德五里範圍之謂。其實，九份一詞在日昭和九年（一九三四）以前，猶名「焿子寮」，更往前則名「焿子寮庄」。至於「九份」在官方文書上，名爲「九份庄」或「九份」，係指今日金瓜石之石山，新山，銅山，瓜山四里範圍之意，境內自東而西，分別有內九份，金瓜石，外九份三條溪流，由南面山區向北而出，而後於基隆山下匯流，轉東北，向水南洞流人太平洋。直及昭和八年，日人認爲區域內既有產金而著之金瓜石山，地且爲金瓜石礦山所在，時之臺灣總督中川健藏乃以府令第一四三號，將「九份」一詞逐用於土地公坪以東之地的焿子寮庄，原「九份庄」，即以山嶂之名正式用於地名，稱爲「金瓜石」至於「焿子寮」一詞，則縮小範圍僅指濱海漁村之焿子寮〔今海濱里〕一地。

地名經此調整後，自土地公坪之東迄於濱海的焿子寮，區域內則有土地公坪，烏視坑，大竿林三土名，原應稱「焿子寮庄」者，自茲而徇民間之習慣，統稱爲「九份仔」，且籠統概括九份山南面之大粗坑（後之大山里），成爲正式用法。易言之，九份地名之定位，係首由民間之習慣用法，迫使官方徇民意而推移，成爲地名變革之最大矛盾。但勿論如何，九份與金瓜石兩個產金地，前者在基隆山背後，後者在基隆山前面，卻是事實。此外，基隆山原名「雞籠山」，不但爲最早見於中國正史《明史》上面之臺灣山嶽，其山形勿論由基隆市或瑞芳方面，乃至海上遠眺，均肖「雞籠」之形，象形如一「金」字，豐圓飽滿。日據時，總督府礦務課長福留喜之助曾提及「相傳有金所在，地名常有金字。」然則，山相若是「金」字形，是否也足以象徵附近藏有金礦呢？因爲九份與金瓜石所在，早於康熙間，首任諸羅知縣的季麒光之著述已云：「雞籠三朝溪後山，主產金。」而不無道理。

九份山的金礦，就地場而言，係分布在九份山小金瓜地表下向北延伸，又有部分分別在大竿林與小粗坑之間，乃至大粗坑，範圍極廣。山區在道光間，始有來自安溪的墾民進入，以種茶、伐樟木，煮腦與採大菁建立生計，漸開梯田，從來未具有採金之知識，而原始「九份」一詞，即由合夥九份，設灶煮腦而來。但自光緒十六年（一八九〇）夏，一群曾去過美洲，築過鐵路與參加過加州的淘金熱之廣東籍路工，受雇來臺建造七堵鐵路橋時，偶然於河中發見砂金，沿河淘洗。至十九年（一八九三），一名廣東人，循河流，溯溪採金，由大粗坑登上小金瓜，探出裂罅中蘊藏有金脈，始知爲金礦露頭，遂成九份山金礦之發見，且聞名於世。

由是，不但沿著河流淘金之路工與農民，亦依照臺灣巡撫設立之金砂局規定，納釐領牌淘金來到九份山，而來自三貂堡的農民，亦聚集於小金瓜連接基隆山中間的土地公坪東西面，旁著小溪流隨地搭寮，就門前或屋下淘洗砂金，成爲第一波九份淘金熱之始，迫使十九年起，承包釐金的金寶泉五商，也徇衆方便在九份山設立基隆金砂局九份山分局，發牌淘金。來者既多，也更努力尋找金脈而陸續發見大竿林，大粗坑與小粗坑諸礦脈；二十年，更發見金瓜石山嶂之金脈，成爲後之金瓜石礦山。

九份山之金礦，既爲世人所公開，洗砂金，掘金礦之冒險客由四方而至，即採金人在此間之營生，如當年曾遊山區之美記者達維得遜（JamesW・Davdson）所述：「漢人在以極原始的方武，彼此分割土地，每單位開一狹隘之豎坑，深約一三〇英尺，然後循礦脈開旁支隧道至與鄰接地區之界線，上下坑以竹竿刻凹處做為腳踏，而坑之大小疑非人類所能工作之程度，黃金卻由此狹隘之坑中源源採出。至於淘洗砂金者，即就地伐木取材，搭蓋茅屋，然後蹲在溪流旁，有時就地板下就地洗起金來。再則，搭蓋的小茅屋也極相似而密集。直覺從來沒有看過這麼小的地方，有這麼多的房子密集在一起，而黃金財寶也平均分配於彼等之間。」當為今日所見，密集的九份聚落，最初之原貌與形成過程。

豈知，這一富裕，自由，並帶奔放的金礦山，旋因光緒二十一年（一八九五）的割臺而日人南侵，以致生計方式迅速受到破滅。總督府施政未幾，即將九份與金瓜石二礦山，分別畀予侵臺之役，提供軍需等有功之商人，關西財閥藤田傳三郎，與釜石礦山經營者田中長兵衛。自茲而九份山更名為瑞芳礦山，由藤田組經營；金瓜石命名金瓜石礦山，由田中組前來開礦。

三、藤田組開山與鰈魚坑顏家的興起

經營大型礦山，資金既龐大，探礦與瞭解礦區而後提出申請，是先期作業而屬於重要工作。由此，在明治二十九年（一八九六）九月，日人將公布〈臺灣礦業規則〉時，藤田組已派其旗下得力技師近江時五郎，前來九份進行時約半年的探測與調查。相傳在此期間，近江時五郎在調查中，某次，欲向當地居民購買草鞋而言語不通，陷入困難時，適有一名受雇於瑞芳店駐軍的臺籍人路過，其人略懂日語而為之翻譯與溝通，而此人即為顏雲年，也是顏雲年與藤田組人員之第一次接觸。近江也在調查完成後，返回日本。

至於顏雲年原住鰈魚坑，為何來到九份呢？即須略自其成長，作一說明。蓋如前面已述，顏雲年為安溪移民之後，其高祖顏浩妥，早於乾隆五十年代，曾為承造中部大肚溪之水利工程，率領一班子姪來臺造石罍（又名蛇籠）。詎以歷經十餘年，屢遭洪水，無法完成，乃乘乾隆六十年（一七九五）春，彰化發生陳周全之亂時，棄工逃回安溪；最後，貧病交迫死於故鄉。但臺灣之耕地遼廣，年冬豐收，始終縈迴於其二子玉蘭、玉賜腦海中，遂於嘉慶十五年代，昆仲相偕再率子姪二次渡臺，居於梧棲一帶，從同姓漁民拉「地曳網」，打漁維生。不幸又遭遇漳、泉械鬥，不得已復以二次移民方式，北上雞籠，入居石碇堡碇內坑（今暖暖內山），受雇爲人長工或伐木，種菁維持家計，昆仲合爲一家經營五十年，始略脫貧窮生活，購地於八堵地方，建造一座三合院第宅而移此落戶。

豈知，顏家在南部所遭遇氣類之爭，亦早已尾隨其後，漫延到北部。咸豐三年（一八五三）雞籠漳州人與暖暖泉州人，發生舫頂之械鬥，燃燒及八堵，所謂「溪邊田，路旁厝。」安溪人雖未參加械鬥，卻因地緣受池魚之殃，屋宇儘被暴民焚燬。亂後，雙方進行和解，建立「雞籠中元主普」，結束血拚，但顏家族人仍認爲「雞蛋多放在一個籃子內是十分危險之事」。幸而顏家在鰎魚坑溪洲，曾購置有一塊溪埔連接山坡地，昆仲乃行分產，將顏玉蘭之季子斗猛一支，顏玉賜之第三子斗博一支，合而爲一遷往鰎魚坑，其餘二大房分仍留四支，重建家園於八堵，以與鰎魚坑互相照應，預防避免因戰亂，悉數遭殃，也是顏家自祖先以來，久積之經驗。

顏斗猛生有三子，正選，尋芳，正春；未來繁榮九份山，成功爲一代礦王與詩翁的顏雲年，爲二房顏尋芳之第二子，此間史家因顏雲年在日人據臺後，經營金礦與煤礦，位躋闤闠，或稱其爲「炭王，金霸」。其實，在顏家發展史上，顏斗猛在年甫十五歲時，因家貧，已隨大人到雞籠山下跌死猴地方，採掘煤炭售與船隻，運回漳，泉爲壅田用，久積經驗，移家鰎魚坑後，地場又位當著名之四腳亭炭田上面，一家俱學得採炭之法，迅速致富。顏雲年未出生以前，已將早期之田寮，漸次改建成一座擁有正身與左右各三條護龍之巨型三合院第宅，聳立於高崗之上，面對基隆河氣勢雄偉。

不但如此，斗猛第三子正春，在光緒中被舉爲鰎魚坑七庄總理以外，復於當地設立一處家塾名爲「培德軒」，親自教育族中子弟以及庄內兒童，成一方鄉紳。光緒十六年，河內砂金之發見，顏家堂前之廣大溪洲，地含極豐富的砂金層，也在族長正春指揮下，赴水淘金，更致富裕。由是，讀而優則仕，顏雲年與堂兄弟顏瑞年，在顏正春督促下，自家塾而就外傅，原期由秀才考而登仕途，自十六歲至二十歲，參加二次考試，雖未能錄取，卻亦結識北臺一班士子，於乙未割臺，科舉遽廢後，因瀛社之成立，雲年聞訊加盟，事業之餘，一吐心中積鬱，加上投身礦業著大成，成爲一代詩人而兼礦業家。

四、九份山與巡查補顏雲年

顏家在渡臺一甲子之後，其子孫位至七庄總理，而其第四世顏雲年，能因時際會位登九份山繁榮的催生者，是又有一段傳奇性的歷史須加以說明的。初光緒二十一年，清廷之欲將臺灣割讓與日本的消息傳來時，在臺軍民群起反對，並有臺灣民主國的成立，是衆所周知的。祇是，爲人保守與行動謹愼的顏正春，在舉臺軍民敵愾同仇之下，縱然未實際參加抗日，唯曾奉命組織團練保衛莊社一事，是可以理解的，詎及日人施政次年，即有地方上之不滿顏家者，向瑞芳店日方駐軍，密告顏正春曾預抗日組織。由是，兵荒馬亂之際，瑞芳店守備隊隊長村野，認爲事體嚴重，而傳令顏正春「即刻參衙」，致顏家亂成一片不知如何應變。

豈知，顏家上下正處一籌莫展時，年方二十二歲的顏雲年，竟自告奮勇，願代季叔顏正春前往應傳。既而依時來到瑞芳店的顏雲年，卻昂然不懼地在隊長村野面前，表明欲採筆談與對方講通後，竟以文字說明「保鄉衛族原委，係己所主張與叔無干，若所謀不當，願自領罪。」使村野大爲感動，既凜其膽識，亦感其孝義而生惜才之意，反勸其任日軍通譯，協助軍民溝通彼此意見。遂成爲顏雲年畢生投入礦業與九份山之繁榮，結成一體之契機，寧非奇遇。

惟顏雲年擔任通譯未久，日人亦因治安既告一段落後，將地方事務由軍政改爲警政，而顏雲年亦解職準備回鄉。但守備隊原與警察署相鄰，遂受署長永田綱明之邀，報爲巡查補任用仍兼通譯，並成永田屬下之得力人才；其間，藤田組之瑞芳礦山亦告開山，設礦業所於土地公坪附近。由是事及明治三十二年（一八九九），前已返回日本的調查員近江時五郎，復被派爲代理所長來臺主持此一礦業所的營運。當年，藤田組在九份的經營，一本承受其於本國所採行大礦山之採法，以主脈中的富礦與地表下之礦金爲主，對於太古以來由於山崩地裂，或受風雨浸淩流入溪谷中之砂金，也因顧及自清人之手時，納釐金即可自由淘洗這一生活方式，僅收牌費任臺籍人自行採金。

毋奈，礦山所屬之小粗坑地區，位距礦業所地場寫遠，一向且爲抗日份子嘯聚所在，開礦後雖嚴格管理，唯地既產金，出入份子更加複雜，使藤田組在所收釐金方面大打折扣。有一日，代理所長的近江時五郎遂以職責所在，走訪瑞芳店警察署商於永田綱明，希望藉其所知人脈，介紹一位稍能通日語，且於地頭例如龍蛇混雜的九份山，黑白兩道俱有影響力之臺籍人助其與道上朋友溝通，俾便經營順利云。

永田綱明在近江懇切央託之下，因言：「手下有一名顏雲年之巡查補且兼駐軍通譯者，原爲讀書人能通日語，既能助其推行警務，且爲警署之得力人才，但如今看在老兄面子上，願將其相讓。」云云。既而雲年與近江見面，卻爲三年前之舊識，頓使近江吃下定心丸般，而夙懷壯志的顏雲年，即認爲臺灣被清廷所遺棄，割讓與日本既成爲事實，如邱逢甲且云：「宰相有權能割地，孤臣無力可回天！」也就依從上司永田之安排前往九份山，漸獲近江之倚重。是年，近江年三十一歲，顏雲年二十五歲，自茲以始，近江在顏雲年心目中，奉爲永遠之「東翁」，而雲年亦由此意外之奇遇，打下其家族傳世事業第一道關卡。

五、承包小粗坑啓開九份之繁榮

日人侵臺初期的北臺地區，由於耕地飽滿而農村人口成長迅速，加上抗日軍活躍，日人清剿蹙迫，基隆河之砂金又被日人限制設定以去，人民生計之困難是可想而知的。但九份山所在，因其地產黃金，生活空間較多，遂成爲各地剩餘人口擁入之區，農村子弟一身薯榔襖，一條水褲，打赤足，挑綿被與鐵鍋破碗，踏上旅途來到九份，無非抱著一攫千金之夢，投入採金行列期以改善家計，甚至，盼望有一日能懷黃金，返回家鄉，榮宗耀祖，買田置產，成其共同心願；於是冒險者由四方八面而至。唯就明治三十三年（一九〇〇）代的九份而言，雖爲北臺地區勞力人口最爲密集之區，藤田組能容納之臺籍工人不過三百餘名，金瓜石田中組則三百三十餘名，僧多粥少，每人一日所得亦不過五角至六角工資而已，且不易謀得。

若能找到一席安置採金槽之地，蹲下來採金，即扣除釐金牌費二角四分，最少也有五角以上之盈餘，每個月省吃儉用，仍有十五元至二十元之收入，等於一名公學校教員之月薪，赴水淘金者也就趨之若鶩。祇是安槽之地在九份而言，是有地盤的，此一地盤大致操在三貂幫的曹田或石豐年；或瑞芳幫的蘇泉，蘇維仁等人手中，若非有靠山或同鄉兄弟爲倚援，自屬一席難求。至於較遠之小粗坑或大粗坑等地，即時有「抗日」爲名的一班兄弟，會來洗劫或要求分紅，藤田組尚且束手無策，苦哈哈的善良之輩，自輕易不敢前往。

近江時五郎就在此種困惑之下，看到顏雲年頗有領導之才，乃以六個月收一萬八百元之釐金，而先繳納八百元之前金，其餘一萬元則承包後分期繳納此一條件，任從採金或轉租爲約，先徵詢曹田以及蘇泉等人之意向，曹田原爲大平地方之抗日軍領袖，唯及其後受日人重金收買，殺死另一領袖朱呆後，提其首級投效日人並助剿林李成有功，爲一時人物；至於蘇泉則爲土地公坪大戶，專從收買砂金。但二人均逡巡不決，最後乃轉詢顏雲年，雲年認爲二位老大既然「遜拒」，遂放膽一試，回家籌來八百元前金繳納，組織名爲「金裕豐」之小公司進行承包。唯經過三個月後，竟亦提著「契約書」向近江反應，認爲無法收回成本而欲退租，近江則笑著而指顏之股間問：「是否缺乏那叫ＬＰ的傢伙！」於是，雲年祇好硬著頭皮繼續撐了下去。豈知未及一年之後，計算盈餘竟淨賺一萬多元。

其後，乃藉此資金繼續投入，至明治三十五年（一九〇〇），不但增加金盈豐，金盈利二家商號，承租區域擴及大竿林，大粗坑，凡遠來投入淘洗砂金之民衆，在顏雲年主持下稱爲「自由採金人」，利益均霑，都能分配到一席採金之地，人人稱顏雲年爲「金砂局長」，認眞工作，使九份山雖在大量人口擁至之下，經濟亦相與繁榮，是歲四月，一名《臺灣日日新報》記者，竟以「九份旺相」爲題報導云：

九份之運命……自乙未以來，藤田組總攬九份金山之權……命運遂一變，凡昔日娼樓酒館已不勝寂寞清涼之景。至近許，歸瑞芳富人顏雲年總辦採金，人必繳納牌稅，人以其金，日發而採掘者亦日多，一切營業之人始漸復其舊。…苟遇風日晴和之候，漫山遍野，實有一萬內人，即雨天亦有數千人，如日曜日則愈多，群逐隊激，人如蟻焉。

可以看出顏雲年經營之成功。

再則，次年（一九〇三）七月，又有一署名「北洲生」之礦務官員，於其所撰〈金礦視察記〉即云：

由九份礦山事務所，沿石階緩緩往前而下，忽可抵人家稠密之街路。該處約有五十戶本島人商家，並軒羅列，有異香撲鼻之阿片間，有以豚肉，雞肉做為商標吊出，達成廣告之料理店；既有賣點心之黑衣老婦，也如凝集艷粧五寸金蓮之嫖妹；有煙草店，有洋品店，其熱鬧湧沸。

此種驟然暴發而起的城市，撰文者唯恐讀報導者未能採信，又用更懇切之口吻續作報導云：

讀者諸君啊！九份礦山雖處海拔千尺之山上，回顧而觀，山既不如山，也非空漠之僻地，卻於此奧境深山，移來此夥多之商家。蓋彼等對於凡有利可圖之處，必定前來，彼等又以何種人為顧客乎？則既非金山主之事務員，也非全山之礦夫，彼等針對之顧客皆係採取砂金之自由勞動者焉。

易言之，「自由勞動者」亦則雲年旗下的採金人。

不但繁榮如此，是歲之顏雲年亦僅爲虛年二十八之青年事業家而已，卻目睹自瑞芳店至九份，唯一之孔道雖爲前代留下的郵傳馬路，久失維修，鳥道迂迴，高低不平，採金人懷金過此，時遇剪徑匪劫。顏雲年乃以獨到之眼光，認爲欲進一步發展事業，若未獲得在九份山已立有根基之蘇泉，站在同一陣線，以面對擁有衆多族群勢力之曹田，石豐年等三貂幫，取得均衡，事業勢難順利。由此，藉與蘇泉曾有八拜之誼，建言合資修建前述孔道，蘇泉贊同，於是全程約五，六公里，各負責一半，完成後，中途且建一處可供行人休息或歇宿，兼賣茶水之石屋，路通之日，即獲包括一向站在敵對之曹田與石豐年等人在內之北臺地方人士，凡五十六人醵資爲立〈頌旌顏君雲年，蘇君源泉修築道路碑文〉之高大貞石於中途之一廣場，紀其功績，於是族群之「情結」亦由此而打開。

道路既通，更由此一合作爲契機；次年即與蘇泉以及仲表蘇維仁，三方面合伙設立雲泉商會於焿子寮，除提供礦業所之採礦、製鍊等勞力人員外，並營供應員工生活物資之調進所（今之福利社）。是歲，適遇日本本國有「第五回國內勸業博覽會」之開于大阪，雲年認爲這正是建立事業人脈最適當時機，而以渡日參觀博覽會爲名，登門拜訪藤田組之主藤田傳三郎；既到日本，遂獲此位東翁之賞識，成爲後日傳三郎之子平太郎，欲將其全部礦山出租，結束直營返回日本時，力排衆多競爭者，廉價獨畀雲年，使顏家繼承藤田組所有，登礦山王之遠因。

六、貨殖中人登上詩翁之歷程

中夜皇皇草木兵，匪氛到處沸如羹。居民願慰雲霓望，爭向軍前道至誠。
為恐崑崗玉石焚，側身行伍願從軍。乞來萬紙良民證，生死關頭賴此分。
七尺鴻毛十日徭，敢云投筆學班超。同胞幸得分良莠，厥角如崩頌聖朝。

顏雲年之出身既係來自前清之士子，本於儒生，所謂書生本色，在其畢生四十九年之生涯中，雖然從礦大半生，卻未忘平生所學，時寄吟哦以吐心中之積鬱，或以詩紀事。且將九份山之美，推介於世人，將事業與文化溶於一體，見於行事。由此，後世舊詩人，非但列其爲一代詩人，亦尊爲一代詩翁。蓋顏雲年此種藉詩紀事之風格，在現存作品中，最早可見於明治二十九年（一八九六），代其季叔顏正春應傳瑞芳店守備隊後，受招爲通譯之題作，名〈乙未感事詩〉即爲前面所舉之三首詩。

因由以上第二首之最後兩句，不難看出其人在當年之答應出任通譯，協助日軍溝通民意，係附有應視百姓爲良民而出發之外，第三首之歌頌征服者，亦顯示自願出爲日人所用，也是基於一種無奈並且也是一個被征服者，勇敢面對征服者挑戰的做法。

其次，顏雲年也十分善於建立人際關係，例如明治三十一年（一八九六）八月，篤志孔孟論說之日人石阪莊作，來臺採金基隆河時，曾借居顏家一室，由是顏雲年亦藉此機緣與之結交。至是年九月，石阪受聘報社將往臺北，臨別之日，雲年不但設宴餞別，且與堂弟永年各吟一首贈送石阪云：

邂逅幾時欲別群，驪歌唱到不堪聞。臨歧握手情偏重，婉轉慇勤各自分。雲年作

道範薰人德萃群，攀轅不住淚紛紛。相知此別無他贈，祇藉青山遠送君。永年作

石阪莊作旅臺四十餘年，後在基隆經營事業有成，設立石阪文庫以及基隆夜校，以供未能進入中學校之臺籍子弟就讀，即以文化人、地方仕紳這一身份畢生與雲年昆仲結爲道義之交。但相交雖密切，卻亦少數居於基隆而未曾與雲年昆仲，共合作過事業之日本籍道義至友之一，而極難得。

七、以詩會友加入瀛社與招待社友來遊九份

顏雲年在九份山既奠下初步基礎，次則身爲士子而能詩，每遇舊日任職瑞芳店時之日籍故交，舉行終身大事；乃至藤田組之礦業所長爲新舊交接，亦均以詩相贈。如明治四十二年（一九〇九）石川源次郎與出田虎次二人同時在臺婚取時，即題〈賀石川，出田兩兄受室〉爲一律云：

周南篇首重婚姻，琴瑟雙調叶律新。百歲良緣成匹偶，兩家韻事結朱陳。

綿綿瓜瓞鍾祥遠，輯輯螽斯兆應頻。從此鳴雞齊戒旦，料應同作畫眉人。

再則次年元月，藤田組瑞芳礦山礦業所長阿部安積調職大坂，即以〈敬送阿部瑞芳礦山所長歸坂〉題一首云：

為興寶藏幾經秋，忽爾分襟淚欲流。千里關河縈別緒，一天風雨送歸舟。

財生九份將誰護，利冠三山賴孰籌。此去前途應得意，臨歧豫祝振鴻猷。

文字充滿豐厚之離情，與對故人前途之祝福以外，對於來接其任的所長上田徹，亦以用〈上田瑞芳礦山所長〉八字爲簪花格成一律表明其歡迎之意云：

上界長庚喜照臨，田間新沐芾棠蔭。瑞徵屢聽豐年玉，芳澤長留遍地金。

礦務肇興鴻翅展，山靈盡產馬蹄深。所期工學大而化，長者下車共式欽。

如此由一首律詩之贈與，使對方留下深刻之印象，直感溫馨以外，並展現出個人非凡之才華，令對方不敢輕視。況且，其先在明治四十二年（一九〇九）《臺灣日日新報》漢文部同仁楊仲佐，林佛國，謝汝銓，林湘沅暨淡北仕紳洪以南爲發起，集北臺詩人並數位日籍詩人，集會艋舺平樂遊，組織「瀛社」後，雲年亦報名加盟。

毋奈時在顏家，不幸而遇老母翁氏與小妾藍氏之喪相繼，既而又因事業至友蘇泉遽逝，使雲年格於禮教，未敢參加「瀛社」歷次月會。惟事業方面則十分順利，且兼及煤礦之經營。四十三年春，守制既滿，即邀「瀛社」社友洪以南，前清舉人羅秀惠，舊日同硯許梓桑，日詩人貴島梅里等一班詩人，各帶一名隨身藝妓，來到九份爲二日遊。此行除第一日，舉行歡迎宴於焿子寮私邸外；第二日登上九份山，觀看勝景並招來地方人士爲陪賓，舉行詩宴，賓主以詩酬唱，留下甚多佳作，其後俱發表於《臺灣日日新報》，而毋異推介九份山之觀光價值於文化界。

這一次瀛社友的九份山之遊，因値歲在庚戌（明治四十三年），筆者在民國八十五年間，編輯顏雲年畢生詩作，定名《陋園先生詩紀事編年註》時，將其歸納爲〈庚戌瑞芳金山雜詠〉編入。因由詩中之起句而知當年的九份交通，係由基隆乘船或坐轎，沿海到焿子寮（今之瑞濱），而後登上九份山。由此，身爲瀛社詩人的洪以南在抵達焿子寮，看到九份山時，即以〈九份山即景〉沿途口占二首，其一云：

吟朋聯袂趁春遊，無限風光一望收。鍾毓奇靈天地泰，黃金世界認前頭。

其二云：

煙霧迷茫積復開，生成一個小蓬萊。此遊勝入高唐夢，蓮步穿雲屐破苔。

洪以南，名文成，字逸雅，清代淡水廳人，生於同治九年（一八七一）因長雲年四歲，世爲艋舺望族。當割臺之際，正値負笈晉江，到了光緒二十二年，錄縣庠生之後返回臺灣。詞才揚輝，也能書能畫而名噪當世。

至瀛社成立，名氣更形宏揚，而依據以南在後日追悼顏雲年的〈感想談〉中自述，光緒二十年，顏雲年由其叔顏正春陪同，來到台北城參加道考時，曾居於石坊街洪騰雲家，而騰雲即爲以南之祖父。由此，初次論交，相處經旬，但顏雲年並未考上，卻也與以南互相植下深厚的印象。之後，到了明治三十三年（一九〇〇）稻江人士創設「步蘭亭」時，雲年已在九份投入採金事業，亦專程趕來參加。再與洪以南重逢。又次，到明治四十二年瀛社成立時，雲年雖亦報名參加，但曾否續與洪以南有過較深之互動，則資料尚缺。至於世之傳說，雖有耐人尋味者，眞相猶待考證。此次邀請洪以南前來九份，而身且爲東道主而言，也可視之爲一次頗爲特別的互動。

然則，做爲文人，彼此間能成爲知音之交，在相輕心理作祟之下，並非沒有條件的。由此，在臺灣而言，凡詩人在際會之際，最常見的莫過於以詩次韻，或以句步韻，顯出平生造詣，意在暗中較勁，達到彼此折服，最後成爲眞正文字知音。況乎，投入採金事業的顏雲年，在當時的士人社會而言，依然是被認爲披沙揀金之徒，其與北臺名士的洪以南，還有同行的前清舉人羅秀惠，以及割臺後已任基隆區長的許梓桑等人在以斯文自標清高的社會，是還存在若干落差的。現在這一班自認地位清高的當世文士，正應其邀請，來到屬於自家勢力範圍的九份山，居於賓客地位，作爲東道主的顏雲年，當然不願放過這一難得的機會，即分別步其十一尤與十灰押韻的兩首七絕，題以〈步以南社兄九分即景詩韻〉二首云：

招邀士女作春遊，曉徑無塵夜雨收。歷盡名山開眼界，此行君應占鰲頭。

層巒疊谷穴金開，逐利人爭闢草萊。有意入山興寶藏，何妨陟嶺踏蒼苔。

語句中之用「招邀士女」，係因是次之遊九份，除詩人本身以外，各自攜著美妓且不說，洪以南還攜著其子洪我鈞同行，更見這一批文士之風流，可云達到極頂，也無忌憚。而一行人又在九份一連兩日，受到隆重的招待，酒後又舉行摸彩以助興，獎品中也有牡丹花，也有女人的繡鞋，而繡鞋與牡丹花且被以南兒子我鈞摸到，寧不令人噴飯。至於這一次的九份之遊，除了洪以南留下八首詩、顏雲年二首、羅秀惠一首、許梓桑二首，其後也俱發表於《臺灣日日新報》以及載於《環鏡樓唱和集》，而被流傳於世。

八、九份山景觀與顏雲年地位之遠揚

前述洪以南、羅秀惠等人之受邀來遊九份，若換算陽曆應為明治四十三年二月十五日與十六日。其實對于此次邀遊九份山，原又有瀛社另一重要臺柱，任《臺灣日日新報》漢文版主筆的謝汝銓以及數名記者在內。唯謝汝銓對於這一日期認為並非星期假日而影響其編務，致未能參加云，且表露多少不愉之反應。但及應邀者回到臺北，提出詩作，並傾聽洪以南與許梓桑語及當地景觀之佳、招待之豔後，幾乎醉心嚮往的而於二月二十七日（或三月六日）利用星期假日，另約同同社記者林湘沅以及詩友葉汝馨、楊仲佐、江蘊璗等人尋前人之跡亦到九份以補遺憾，而同樣受到顏雲年與當地士紳之招待。由是這一補遊中，謝汝銓、林湘沅、葉汝馨三人亦留下〈遊九份金山有作〉共十六首，對於九份的特殊風光、氣候、地理與人文有深刻之描寫，而東道主之顏雲年，亦留下和林湘沅〈補詠原韻〉四首記事詩作。此一〈庚戌瑞芳金山續詠〉因多達二十首，今僅錄林湘沅四首、顏雲年四首、謝汝銓八首之五、葉汝馨四首於後：

林湘沅〈入九份雜詠〉四首

懸崖斷續草萋萋，煙霧空濛一望迷。滑滑新泥行不得，亂山深處鷓鴣啼。

結伴探幽到極顛，春風拂拂雨綿綿。當前即是新詩料，踏嶺輿夫盡聳肩。

斷岸奔流石有聲，黃金界近覺沙明。居民為道春來候，十日從無一日晴。

下輿喜見故人顏，金石交深套習刪。入座盡為鷗鷺客，聯床一夜話巴山。

雪漁，湘沅，汝馨，仲佐，蘊璗諸吟友過訪，和湘沅雜詠原韻賦呈四首

野花爛熳草萋萋，澗壑縱橫路欲迷。淡蕩風光春似海，黃金山上有鶯啼。

主賓相見笑開顏，縟禮繁文覺自刪。細雨霏霏行不得，登樓遙指看雞山。

論交時喜有同聲，夜雨巴山話到明。卻恨文旌留不住，別時門外見新晴。

送行望斷遠山巔，雲樹蒼茫此恨綿。一路天然詩料好，洽充囊錦重奚肩。

又遊九份金山有作　八首之五　謝汝銓

釀花春雨細成絲，滑滑紅泥步不支。度嶺輿夫伸健足，自言履險恰如夷。

澗壑峰巒未識名，茫茫霧裡看分明。野花無數亂紅紫，也惹遊人一繫情。

沿坡一線路盤蛇，茅屋縱橫幾住家。不事田疇自饒足，此間生計在披沙。

基峰高聳入雲端，漠漠春陰氣自寒。絮帽隨風時覆脫，雨晴專向此中看。

龍脈渡從滄海來，登高一望氣雄哉。遠山近水相環抱，美麗瀛洲於此開。

又遊九份金山有作　四首　葉汝馨

一路空濛畫裏行，好峰無數不知名。黃金隱約開生面，萬壑泉流聽有聲。

纏綿春雨雜溪聲，拾級輿夫緩步行。極目名山看不盡，似分明卻未分明。

蓬萊別有好蓬萊，寶藏尋源著意來。三窟營成勞指點，萬千氣象盡兼該。

四面明窗匝水濱，幽居得地羨高人。同儕有約尋知己，我亦追蹤步後塵。

此次來遊九份之謝汝銓，字雪漁，生於同治十年（一八七一），少從蔡國琳讀書，光緒十八年（一八九二）入泮。日據後來臺北，進國語學校畢業，任職臺灣總督府，後入《臺灣日日新報》漢文部，至主筆。林湘沅名馨蘭，亦臺南人，生於同治九年（一八七〇），光緒間進入臺南府學，二十年赴試未第，乙未後載筆來北，任《臺灣日日新報》漢文版記者，明治四十二年瀛社成立並爲發起人。葉汝馨亦臺南人，光緒間國子監生員，疑來北後與瀛社友以詩相過從，後且投資九份從事採金。楊仲佐字嘯霞，臺北中和庄人，生於光緒元年（一八七五），弱冠時，其詩文已聞名於鄉里，後入《臺灣日日新報》爲記者，成爲瀛社創社員。至於江蘊鋆則爲基隆人，鄉薦江呈輝之弟，以善交際而名。然則，由於以上瀛社友二次九份山之遊，其諸作與記事，俱發表於《臺灣日日新報》漢文版，佳作披露，自茲而不但九份山之名偕其美景傳揚遠近，而雲年之名氣也經由口碑遠傳及新竹以南，越過臺中，達於臺南而打入詩人社會，位躋瀛社之中堅人物。

此種明顯的象徵，即當年三月二十七日瀛社將開成立周年大會于艋舺之前，謝汝銓、林湘沅、楊仲佐等人獲知至期而顏雲年將親自來會，則約其先一日而至，以便回宴而盡地主之誼以外，至此而雲年在瀛社之名氣也相形提升。復其次，瀛社在成立後，凡在臺北連續舉行三次例會，第四次則須移至基隆舉行之事，其值東最初雖由時任基隆區長之許梓桑主持，自四十三年以後即漸由顏雲年取代。其推移之過程，係是歲六月十二日，會遇許梓桑因市區改正，居家被拆爲築港地之後，移建新樓於新店街告落成，而邀在臺北社友十餘人來基與本港來賓百餘位，共慶落成吟宴。唯復經二週後，瀛社例會亦移此舉開時，例會雖由基隆值東，卻與金山（九份）地區合辦爲名，由顏雲年與許梓桑聯名邀請，定時日爲二十六日。豈知，二十一日，適有南社主幹陳渭川（字瘦雲）來北，瀛社在北諸友慕渭川之名氣，歡宴相迎後，復由謝汝銓出面安排，將渭川留至二十六日，然後邀其至基隆，接受雲年與梓桑之殊禮宴請，留宿二日。

蓋當年之基隆八景中，有名「鱟嶼凝煙」者，因日人築內港而將土名「鱟公」，「鱟母」之二小嶼爆破鏟除，以利停泊萬噸級海輪，成爲後之一號至四號碼頭。雲年與梓桑等基隆廳下地方人士，即看中港口附近之萬人堆鼻，景觀雄壯，可以遞補失去之一景，因將例會之課題定爲「人堆戰浪」，不拘韻體而於中午之詩宴後，以平團船搭載與會詩人，駛往外港憑弔法將孤拔之墓、次仙洞、又次港外，觀浪萬人堆鼻激發文思，藉題前詩。是夕，又宴南社特別來賓與留宿社友，詩酒美人，飲至更闌。雲年之名氣亦由此豪放之性格，躋身一方名士之位，以及其在社中之地位，也是蒸蒸日上。

四十四年（一九一一）十月二十九日，當臺北正在舉行臺灣神社年度大祭之日，雲年又與著名宗教界人士，基隆月眉山靈泉禪寺主持釋善慧，兩人具名，邀請洪以南、謝汝銓以及衆多社友，前來基隆，而後乘轎由田寮港登上月眉山，舉開詩會於靈泉禪寺。

大正元年（一九一二），因與事業夥友木村久太郎，設立基隆輕鐵株式會社改善廳下之內山交通，擴充煤礦方面之經營以及轉投資其他事業，即斥資建造環鏡樓於基隆新店街。十一月落成，其先自八月間，已柬邀瀛、淡、桃、竹、櫟、南六大社詩人來基聚首，參與詩宴，世稱「環鏡樓六社吟宴」，首尾三日，吟宴二日，至期而有南北詩友百十人來會，為瀛社在日據時首宗最大盛事；且為雲年在其後被舉為全臺聯吟會會長，以及由一披沙揀金之徒，躍登為一代詩翁之關鍵。不但如此，其在發展事業版圖之間，亦經常運用贈詩與對手以及用詩詞紀下商場上遭遇，或運用所學於商業戰場，使對方知難而退。

九、藤田組之消長與顏雲年之盛興

九份山在藤田組開礦，顏雲年承採砂金招徠遠近農村剩餘人口，投入礦山工作後，人口迅速成長。初明治三十年（一八九七），土地公坪與焿子寮，連同水南洞，南仔吝四土名在籍人口，原僅有一百五十戶，人口七百十九人。唯及三十八年（一九〇五），僅包括土地公坪在內之焿子寮庄，即有現住人口三千九百十三人。此中，男丁二千六百三十人，女口一千二百五十六人，男多而女少形成二比一，其原因係來此營生者，多屬赤手空拳來打天下，也是傳說中，九份在當年為娼戶與酒家諸特種行業，最為蓬勃發展，此一原因。

但顏雲年在九份之經營，雖已概括全礦山之砂金區，且承包及礦金部分。唯其最終目的更捕捉於全部礦山，由日人之手回歸為臺籍人自行經營，此一理念。雲年此一期待，在其有心之下，果於明治四十年迄於大正初，次第達成。因為礦業所之產金成績自明治四十一年以後，產量逐年下降。大阪的藤田組本社乃於四十三年（一九一〇）春，派其高級技師山下成一來任所長；山下出身東京大學，為一精邃採礦與製鍊之優秀礦業人。眼光與見解超遠之顏雲年，特地到基隆碼頭迎接，並以流暢之日語，自動上前與甫到臺灣之山下成一建立交情，且吟詩相贈，使山下對於雲年留下深刻印象。其實，山下之來任所長是懷有特殊任務的，蓋藤田組之直營，所採均係條條大礦脈，其旁支所附斷斷續續之小脈、支脈，雖亦含有多少之金，卻為直營所不取。由是，顏雲年就以其父祖以來，從事採煤那種「狸掘法」之經驗，屢向礦業所提出納租金承包採掘之案。例若自開礦迄於大正二年（一九一三）而言，九份山之寄生於水成岩邊緣之礦體，大小數十條，上下一千尺到六百尺之區域間，縱橫無間均經採礦完成，並加採掘。由此，坑道之總延長雖達七萬尺以上，卻無論距地表達於數千尺之深處，亦通風良好，出入坑道運礦方便。雲年看中此一設備之優點，外加其所採之特長，以「狸掘武」針對棄置之礦脈，回收礦金。

山下來山後，在其嚴格之管理與努力下，年度之產金雖連續回升，唯及大正二年（一九一三），製鍊所回收之金再次急激下降。大阪本社認爲如此將拖累公司財政，而委由學者進行調查後，始知遇上安山岩，而依據學術之判斷，認爲採掘越深，安山岩將越爲膨大，其結論亦即礦山已無開採之價值。由此，於次年則作出售或租礦之決策，令山下在臺物色適當之對手，以便抽資返回日本。顏雲年乃在此一情形下，透過人脈向礦主提出全山承包之意願，本社乃議價爲三十萬元，租期七年，而雲年則提出三十萬元雖可以接受，卻亦商於礦主希望改爲分期繳納之法。詎料此一內容，迅速爲竹塹名望家鄭肇基，日人藤原以及大溪商賈簡阿牛等人士獲知，除分別各走門路外，若鄭肇基即揚言以「租金四十萬元」，「一次付款」此一優厚條件，欲藉以壓倒在九份山建立有基礎之顏雲年，外則走訪時已下野之前基隆廳長橫澤次郎，示惠以利益圖藉橫澤與藤田組之昔日交情，爲其作說客，卻爲橫澤嚴詞拒絕。

是時，第一代礦主藤田傳三郎已於晚年，受爵五等成爲藤田男爵，死於明治四十五年，爵位由其長子平太郎承襲。平太郎是一開明少東，因對九份這一多角競爭之暗潮，不爲所動，且念顏雲年在以往十餘年與其先考建立的交情，於役員會上鶴戾一聲，推反衆多競爭者，九份之經營遂由日人，眞正移轉入臺人之手，由顏雲年登上實際經營者地位。

十、三級轉包制與九份山成爲聚寶盆

藤田組於大正三年（一九一四）十月一日，將九份山辦移交於顏雲年後，其人員在顏雲年主持之隆重歡送會聲中，返回日本。當時，雙方議定之租金雖爲三十萬元，唯此價格僅爲礦區部分，另外又有焿子寮十三層製鍊所，以及其他地上諸項設施並未包含在內，例如製鍊所一項在明治間建造時，已費去五十餘萬元而僅使用過十年而已。藤田組亦念在交情上，由顏雲年另付八萬元，將製鍊所連同設備，建築物以及該組所屬各炭坑，一併交與雲年所有。再則，又考慮移交之後，關鍵性之機械含有高度技術者，臺籍人未能熟練，由此仍將所屬職員等留下三分之一，以供顏雲年使用，而末代所長山下成一就以此種關係，繼續留在九份受雇於顏家。易言之，顏雲年所付之代價，應爲三十八萬元。

其實，此一代價若依據山下成一在顏雲年死後，所作之回憶與評論，此一交易是租價既高且不值得的；因爲九份山每錢黃金之投人成本，總體而言已超越時值五元的金價以上，此種投入與回收未能平衡的礦山，是不符合資金投入的。由此，顏雲年在決定承租此一過程中，內心之痛苦自可以預見。但顏家若稍露退縮之意，即其他有心承租者將乘虛而入，顏雲年十餘年的努力，也將付諸流水；礦山一旦落人其他向與九份，未曾建立因緣之財團手中，則山區近萬人口之生計，將頓失憑依，更爲一向受地方與民衆愛戴之顏雲年，未能袖手旁觀者，從而顏雲年在作此決定時，內心的掙扎、良心之負荷，更非其他競爭者所可比擬。

但就顏雲年而言，也由其投入承租砂金區以來，洞窺世態，稔知臺籍人具投機傾向，凡有利可圖即有人敢爲冒險，此一僥倖心態。易言之，如時人之投入證券市場，有人折資，則有人獲利，永遠無從擺平，移之於礦山而言，失敗者往往認爲「運氣未到」，「土地公尚未關顧」；成功者卻感謝礦主之「厚愛與照顧」，「時思以圖報」，於是失敗者，造就成功者，採礦資金定會源源不斷，湧人九份山，實爲時人未曾注意到之顏雲年式運籌與思維所得結論。

因爲顏雲年在承租手續完成之後，即於礦山成立瑞芳坑場，廢除日人之集中管理制度，除保留直屬之金興利號以外，即將全礦區分爲七個區域，分別出租與有意承包之採金人，讓其自組商號或公司組織，出面承包。租金除首次之包銀以外，即視其以後所獲之採金量，收其百分比之二十五釐金，豐收不增加，減產亦不少抽，若一無所得則不必繳任何費用。至於礦主之顏家，即負責所有出入坑道，掘到那裡，鐵軌鋪到那裡。再則，裝照明，維護通風，提供製鍊場或水車與收金設備，任採金人免費使用。

此七單位租單位與區域分別爲：金和利分大竿林之一部，金茂利分大粗坑之一部，金瑞利分小粗坑之一部，金榮利分九份溪四號硐，金同利分九份溪一、二、三號硐，建成金礦部分九份溪五、六、七號硐，林金來分九份八號硐部分；如此非但礦山在短短一、二個月間來全部迅速貸出外，承包時，顏雲年亦允許此七家公司，視其方便亦可分劃出其區域內礦區，再轉租與資金較小之小股採金人，三、五人合夥以試運氣，成則一夕致富，失敗則籌資重來，一波又一波，不斷加入。如此，礦主之下分成數公司，分公司之下又有子公司，建立多層次三角關係，各就其所知；何處有豐藏，何處有支脈，俱可循規則以採掘。由是，黃金由日籍礦師認爲已無希望之礦坑中，源源採出，而顏家在此契約期之七年間，第一次則獲得四十八萬七千元之包銀，但承租者亦相對而頗多採得富礦體者。如金和利之顏赤九爲顏雲年之族姪，致富以後培養名畫家倪蔣懷成名；金榮利之蘇登賢原爲文山堡大平人爲農家子，即於所營區內遇龐大之富礦體致富，位躋鄉紳；簡阿牛原爲雲年之競爭者，分租得礦區後，遇上金包獲金數萬元。再則，曹田、林金來亦偕致富，其餘更難一一例舉。

但礦區既分劃爲七區以分租與採金人，顏雲年雖有包銀之盈餘與抽釐等收人，唯全礦山七萬餘尺之坑道須由礦主負責維修，費用龐大，顏家原無多少利益可圖，於是留用之山下成一，亦感於顏雲年之知遇，乃建言利用煉子寮製鍊所，提鍊九份山各坑口自開礦以來累積的捨石，雲年採納之，顏家之純益也由此批原被認爲不具價值之石塊回收到黃金。捨石又不斷被採出，意外成爲顏家之財源，而山下也在臺陽株式會社成立後，調升至專務取締役，成爲代表顏家之得力役員，直至昭和十六年（一九四一），自創事業出任臺灣燐寸株式會社社長，臺灣光復後返回日本。山下成一在九份，曾由其觀察，留下一句名言云：「九份山除了金山本身，地能湧金而名金仔山之外，其組織本身亦具力量從它處湊集資金投入，此一功能實爲一奇妙之現象。」易言之，九份是一座奇妙之「聚寶盆」云，時至今日，九份芋圓，九份魚丸或草仔粿，代替黃金引來各地人群來此消費，不也如此。

十一、崇功報德與山城文化之提升

大正六年（一九一七），九份山的黃金產量衝上二萬一千餘兩之高產量，此一產量爲開山以來最高產量，採金致富之業者隨處可見。「富潤屋，德潤身。」有人在致富後即行調整生活水準，家中購置洋琴樂器，過其洋式生活；有人置三妻四妾，大享齊人之福；有些思慮周到的就回家鄉，添田置產，或送子女前往日本受高等教育。公共建設方面，新興階層之仕紳且認爲九份山之繁榮，已不遜於基隆、大稻埕、艋舺等都市，日常之魚、菜、獸肉之類，若不指定固定地點交易，對於交通與衛生方面，甚爲不宜！乃由顏雲年提供土地，鏟平茶園，建築公共市場。落成後街衢順勢熱鬧，迅速向兩邊伸展，入夜燈火通明，時稱「暗街仔」，即爲今日基山街之形成過程。

至於兒童之教育，也在顏雲年推動下，自明治末已有瑞芳公學校土地公坪分校之設立，成爲其後九份公學校之獨立建校。

娛樂方面，由於草萊始興，男性多於女性，調節精神所需，煙花業者不下二百人，酒家、菜館到處林立。當年，除商人看上九份之消費力，而有「最好物品銷到九份」之語以外，在臺北的煙花界，也流行起「前往金仔山鍍金」的風氣，北里名花，青樓美妓，無不乘機前往九份，樹起艷幟，滿載而歸。其中，也有運氣較佳的，被採金致富者納爲小妾，當起二夫人。

九份人就將這一繁榮的功勞，歸於顏雲年與他的已故合夥人蘇泉，以及承租金礦山後的得力左右手，蘇維仁與翁山英等三人，但蘇泉前已有開路碑在紀念他，現在就再次動起爲顏雲年與其他二人，建立一座紀念碑以崇功報德這一念頭。大正五年（一九一六），已由幾名仕紳與日籍技師發動，一面呼籲其他從業者共襄盛舉，一面向顏雲年遊說，徵其點頭允許使用土地。因爲九份山既是發展於原皆茶園之山坡地上，建碑的計畫是準備開闢公園，再築碑於公園中，方法唯有如建造公共市場之鏟平茶園一途而已，乃一再商於顏雲年，而雲年一再婉謝。但事及六年，產金量更創二萬兩以上之最高紀錄時，連署建碑之臺日人士竟達六十六人，而向官方申請，亦已獲准，顏雲年也就無法再加推辭。

頌德碑之建立，在時猶龍蛇混雜之九份發展史上，以及文化史上爲一劃期性之大事。蓋明治間，瑞九道路之建，雖亦開發史上之盛事，其意義與附帶之作用，如其築路碑額所篆「有夷之行」四大字，僅促成交通之改善而發動建碑者即達五十六人，人事分布出自基隆廳下四堡，甚至亦見來自文山堡者；撰寫碑文者，文采雖茂，因其文末並未署名，至今猶難考出。相去十五年之後，建立頌德碑時，其發起人，除石底區長潘炳燭來自外庄，連同署名醵金者六十六人。此中，臺籍人五十八人，日籍人八人，俱爲營生九份人士。全部費用，初擬三千元，後卻增至五千元，時間化去一年又餘。碑分三層，爲底座、中碑段、上碑段，更上面爲一鎏金之大鵬鳥，振翼將飛；貞石之四面：上碑段之正面與左右面爲建碑沿革及發起人題名，由謝汝銓撰文，林正光書丹；碑陰之頌德碑頌由民族情愫強烈之樹林詩人李碩卿撰述，並專程由鹿港聘請名士施梅樵來遊九份，爲之書丹。中碑段臏空四面，有碑框而無文字，可窺係將留與後人，爲之題評。再則，碑座亦建造在一個有護欄之碑臺上。此一規模，可見係經臺日人精心之設計而成，整座建構高聳雲霄，由整個九份山俱可望見。

施梅樵來遊九份住於顏雲年新建之瑞陽別墅，賓主唱和爲詩；於是九份山之新興階層聞大詩翁北來，雖不文亦自附庸風雅，紛紛登門求字。數日之間，像贊、對聯、匾額、連書二百餘幅，幾至應接不暇；九份人客廳之文化氣息，亦由茲而提高。其後，李碩卿則在顏雲年資助之下，組織小鳴吟社，雲年亦鼓勵其屬下加盟入社，師事李碩卿學習漢學或詩作。於是，風氣既開，一些舊日文人也來九份，在地方士紳協助之下，設立書房傳授漢學，相沿成習，更及金瓜石地區。從而日據時期在九份與金瓜石二礦山興起之詩社，即有奎山，萃聚二社外，延及昭和中，並促成大型詩社，鼎社之成立。再若後之詩人，曾經遊踪九份、金瓜石，或謀生於此山區者，更不知凡幾。

十二、頌德碑落成臺陽社之成立與礦王之死 並代結語

大正七年（一九一八）十月，頌德公園與〈頌德碑〉，歷經一年又餘之歲月，共費五千元建造完成，乃於是月十三日舉行盛大之落成典禮。是日在九份是一個秋高氣爽的難得好天氣，因事先疑其曾由地方人士共同發柬，至期，包括臺灣總督府、藤田礦業株式會社臺灣出張所、臺灣銀行以及各級地方官吏與事業界，來賓達百名。會場亦搭起天幕，彩樓以示隆重。其儀式先由基隆神社神官，陳列祭品、讀祝詞，依神道教方法舉行名爲「大祓式」之典儀後，揭碑宣布落成。

其次，發起人潘炳燭報告開會，總代簡阿牛致開會辭，發起人蘇先致報告工程。次則，依順序由總督府代表礦務課技師岡垣秀忠、藤田礦業株式會社臺灣支店長與臺北炭礦株式會社專務取締役出口忠三、臺籍人總代大稻埕區長林熊徵、瀛社首任社長洪以南、金瓜石礦山臺籍人代表黃仁祥相繼致辭，其餘來賓則各爲口頭祝辭畢，被頌德者顏雲年亦致其與蘇維仁與翁山英之感謝詞後，全體繞行石碑一周，鳴炮撤饌，完成此一盛典。

顏雲年爲答謝各界之盛情，會既畢，旋則招待與會來賓與建碑者，至新建之俱樂部開宴。宴會中，酒酣耳熱，簡阿牛再次敘禮，感謝顏家之設宴；來賓如基隆支廳長伊關喜一、臺銀支店長兒玉、以及近江時五郎、木村久太郎諸當世之事業界名人以及顏家之故交，亦相繼各就雲年與諸家關係，經營手腕，輔助社會發展等，詳細陳述。最後，雲年復起懷舊之談，力陳謝意，席散之際，以金製鯉魚分贈來賓；建碑發起人，則俱贈以金製錶墜；諸醵金者即贈以綢製手巾，以作紀念。

至於民間而言，是日既爲九份開山以來最大之文化盛事，凡居民亦視爲一種公共慶典，街衢間，有日本藝妓之歌舞，臺籍藝妓之彈唱與演戲，盛大之慶祝直至深夜。

頌德碑落成時，顏雲年虛年四十四。是歲，藤田組再次與顏家合作，在平溪開發炭礦，並計劃開築鐵路。再則，另一事業即於中央山脈開發銅礦，乃將九份山全部礦權再作價三十萬元，賣斷與顏雲年，從此結束以往之主從關係，成爲新出發之事業伙伴，社名臺北炭礦株式會社而資金一百萬元。豈知，二年之後，受第一次世界大戰結束影響，國際銅價迅速低落，藤田組復結束在臺經營返回日本，臺北炭礦亦一併歸於顏雲年經營，嗣更名爲臺陽礦業株式會社，成爲擁資五百萬元之超級大會社。至於其他事業，如基隆炭礦、華南銀行、臺灣與業信託、基隆輕鐵、臺灣造船以及大小投資更達十餘家，顏雲年也就一年數次，來回於臺日之間，成爲臺籍人之最大企業家，一代礦王、一代詩翁，兼爲瀛社之主盟。

詎以顏雲年卻於事業如日中天之年四十九，在寒冷之大正十一年（一九二二）十二月下旬，於赴日參加三井礦山株式會社忘年會歸途，於船上偶染風寒，嗣轉爲腸炎，自茲病倒。其間，雖由三井礦山派來專屬醫生，會同臺灣之七名臺日名醫，組成醫療小組悉心治療，基隆、九份之多家寺廟在民衆發動之下，連日爲之舉行禳災法會；而三井本社與在臺之基隆炭礦，亦分別派人詣明治神宮，伊勢大社與臺灣神社，乞「神札」祈求神佑，卻亦終告無效，於十二年二月九日卒于基隆陋園私邸。

方其彌留時，日皇特下顏雲年敘從六位，勳五等之寵錫並賜瑞寶章。再而卒後，曹洞宗總本山永平寺管長北野元峰，亦以顏雲年在生前有功於佛教，爲之釋諡「瑞寶院殿雲濟大泉居士」之號，在異政之下，更爲異數。

雲年既卒，公祭日各方來弔，弔詞、輓詞、輓詩、輓聯、悔書、弔電，多至數百。此中，臺、日籍詩人五十七人，製有輓詩九十七首，或親自來弔，或遙寄輓泣。其間，有一日人田後文濤，輓詩一首云：

京國歸來罷遠征，陋園風物不勝情。詩歌實建千秋業，勳位虛追一代名。
家有黃金難續命，頭未白髮竟捐生。年華半百成何事，遺憾如君有不平。

曾被稱爲最能代表一代礦王與詩翁之蓋棺論云，時至今日，猶流傳於文人之間，更令聞者嘆惜。

百年之慶緬懷李建興社長

林正三*

瀛社成立迄今，之所以能夠歷經百載而屹立不墜，回溯其發展過程中，除歷任社長之睿智領導及全體社員之向心力以外，對於社務之推展卓有貢獻者，日治時期當推顏雲年先生，光復後則爲李建興先生。顏氏既已見於前述本社顧問唐羽詞長之大作，此則略述李建興先生之貢獻於後，藉懷典型。

李建興（一八九一—一九八一），字紹唐，祖籍與顏雲年同屬福建安溪，遷臺居北縣平溪鄉十分寮，世代務農。後入私塾「依仁軒」、「培德軒」從倪基元、李碩卿受業，因生性聰穎，過目成誦，年十八即設「成德軒書塾」於十分寮，後轉行入礦業，於一九一六年入瑞芳福興炭礦公司任書記；翌年加入爲股東，並升任總經理。一九一八年日商三井財團成立「基隆炭礦株式會社」，從事臺灣北部煤礦之開採；又次年兼併「福興公司」，乃轉而擔任包商，承採所屬煤礦，卻因不諳日語，常遭排擠。一九二一年因與日商小林交易時，退回多計工資三千八百元，日人讚其誠實，自此尊重與信賴有加，斯其採煤業務亦得以擴展，經濟情況亦日益改善，並自營芊蓁林、白石腳、同芳、大豐、德成、德和諸礦。至一九三〇年舉家遷往礦業重鎮之瑞芳，置屋取名「義方居」，創設「義方商行」。次年並成立「瑞三礦業公司」，轉營礦業致富。時日政當局，嚴格控制臺人思想。因其拒習日文，且事業有成而妒嫉益甚，於一九四〇年五月二十七日，將其昆仲及員工百餘人，以通諜祖國罪判刑入獄，史稱「五二七事件」，至台灣光復後始獲釋出獄。一九四九年二二八事變發，因值擔任瑞芳鎮長，乃不顧自身安危，挺身向群眾疾呼，破除省內外之隔閡，使激動之民情得以緩和，並奉母命晉謁卿命來臺之白崇禧將軍，分析致亂之原因純出誤會，應從寬發落，以安民心。果獲白氏採納，禍亂乃告平息。李氏事

*林正三（一九四三—），字立夫，自署惜餘齋主人。原籍臺北縣。歷任「瀛社」總幹事、副社長、社長。二〇〇一年獲臺北市府表為「推展社會教育有功人員」。現為「臺灣瀛社詩學會」理事長，《乾坤》詩刊雜誌社古典詩詞主編。著有《詩學概要》、《閩南語聲韻學》、《松山地區之古老詩社——松社》、《歷代詩話精華》、《臺灣近百年詩話輯》、《臺灣古典詩學》、《輯釋臺灣漢詩三百首》、《清詩話精華》、《千字文閩南語音讀》有聲書及〈瀛社社史之整理纂修與研究〉等。

親至孝，對其母白太夫人唯命是從。一九五〇年二月，當局曾有意命其出任臺北市長，李氏以才輕而謙辭，乃於同年三月獲聘爲省府顧問。平素熱心公益，並曾捐獻陽明山土地三甲以闢公園。「瀛社」自臺灣光復始，凡三十餘年咸賴先生獨立支持，得以綿延弗替。

因考諸李氏之加入瀛社，雖較晚於顏雲年先生，而見於大正十三年九月四日之《臺灣日日新報》八七三三號之〈瀛社題名錄〉中，時由基隆小鳴吟社紹介（推薦）加入者。至其領導瀛社亦在光復之後，然而李氏對古典漢詩及社會事業之貢獻則爲時甚早，正可與顏雲年氏前後媲美，相互輝映云。吾人已可於以下早年之數則報導見出概略。如昭和二年四月二十二日該報九六九一號〈翰墨因緣〉云：

平溪李建興氏，乘去十四日，十分寮橋落成式日，以個人招待瀛音、網珊、雙溪各詩友，於該地開擊鉢吟會，並呈贈品。庄役場黃梅生氏亦寄詩箋二千枚，出席十餘名，題爲〈新橋〉十四寒，得詩三十餘首……

又如昭和十三年六月十五日出刊之《風月報》六十六期〈瀛社例會〉一則，亦有：

（前略）次期輪值基隆組，許梓桑氏對眾聲明，經開議事，定來七月三日日曜日，即舊曆六月六日午後一時起，開會於瑞芳之炭山名所猴洞。社友李建興欲獨當會務，招待吟朋，並送往復車票。李君對社務極認真，此舉更足以豪云。

這一報導。此外，民國五十八年發行之《瀛社成立六十週年紀念集》中，林佛國於〈瀛社簡史〉一文並述及：

民國三十八年己丑，三月十三日，瀛社創立四十週年，社友李建興先生，為兼祝其母白太夫人八秩壽辰，以瀛社名義，召開全省聯吟大會於瑞三大樓。全省詩人三百餘人出席，于院長右任，祝主席紹周，梁部長寒操，孔子七十七代孫孔德成等諸先生，自大陸遷臺，首次與會。

由此而見李氏之爲人，即使不在其位，尚且出錢出力，況於其後接任社長，自是更形踴躍。蓋民國五十三年六月十六日，瀛社第三任社長魏清德病逝後，瀛社於該年七月二十六日下午一時，在台北市進出口公會會議室，召開夏季聯吟會時，席上即推選李建興爲該社社長。李氏自擔任瀛社社長，到民國六十七年因病堅辭社長一職，凡十五年之間，非但善用自己營造的黨政關係，將瀛社在台灣傳統詩壇的地位，由「北台第一大社」推向全國詩社的龍頭云。今若搜尋當時的報刊媒體，亦可以勾勒出當時李建興營造的黨政網絡以及豎立「愛國商人」的形象軌跡。

光復以來，先生先後出任「台灣石炭調整委員會」主任委員、中央銀行理事、台灣省政府顧問等要職。而他所經營的「瑞三煤礦公司」在當時開採瑞三、建基、海三等礦坑的煤礦，煤礦年產煤量總計達六十萬公噸，約佔當時全台煤產量百分之十二。雖坐擁鉅礦，然其樂善好施，先後捐資興學、建橋、造路、救濟貧困，爲數甚鉅。由此筆者爬梳當時的報刊媒體，例舉部分事蹟如下：民國五十一年，李氏捐獻新台幣三十萬元，作爲教育部助學貸金之基金。民國五十二年，李建興和其弟李建和捐獻陽明山公園給政府。民國五十五年，捐獻新台幣八十萬元，作爲「中正科學技術研究講座」基金，並恭祝蔣介石總統八十華誕。民國五十七年，李氏捐資百萬，在其經營的煤礦所在地侯硐，籌建瑞三介壽堂，當時參加觀禮者二千餘眾，會後「瀛社社友繼開擊缽吟會以揚風雅，誠極一時之盛會」。同年爲濟貧困及響應國民黨聯合服務，對平溪鄉、瑞芳鎮、雙溪鄉、貢寮鄉四鄉鎮捐獻白米六萬斤以濟貧困。由於因長年熱心公益，迭蒙政府題頒，「嘉惠青年」、「輸財好義」等匾額多方。[1]

〈瀛社簡史〉又云：

> 己酉(五十八年)花朝，瀛社六十週年社慶，社長李建興先生，假敦化北路民眾團體活動中心，召開社員大會以崇紀念外，並舉行全國詩人聯吟大會。與會者五百餘人，其午晚筵席及詩刊獎品等由李氏捐附。

其後，民國六十二年臺北市文獻委員會所籌組之中國詩社聯合社，李氏亦被推爲社長。籌辦自十一月十一

1參見陳盈達〈戰後台灣傳統詩社的變革與轉型—以瀛社為觀察對象〉，二〇〇八．一一．一—二國立臺灣文學館主辦、國立臺灣大學臺灣文學研究所承辦「瀛社成立一〇〇週年學術研討會」論文頁二一一。

日起，來自世界四十七國，總計七天之世界詩人大會，即可見出李氏責任之重，與譽望之崇。事見七月十一《中國詩文之友》三十八卷三期云：

臺北市文獻委員會為籌組中國詩社聯合社，於去六月廿七日下午三時，邀請全省二十一縣市詩社負責人，在臺北中山堂光復廳召開第一回籌備會。各縣市詩社負責人三十餘人出席，推瀛社社長李建興先生為主席。議決組織規程及各有關事項……今後由瀛社及臺北市文獻委員會負責進行籌組工作。

又該刊同年九月一日第三十八卷第五期云：

中國詩聯於八月十八日上午九時在臺北市中山堂堡壘廳召開創立總會。由瀛社社長李建興主持，審議會則原案修改通過。共推李建興為社長。陳皆興，易大德，陳進東為副社長；常務理事蔡錦棟，白劍瀾，王天賞，杜萬吉，劉斌峰，吳松柏，王大任；理事林江郁，李步雲，張晴川，陳曉齋，蕭獻三，王友芬，黃祉齋，賴祿水，陳增祥，洪春立，江紫元，林錫牙，陳輝玉，蔡月華，王少滄，莫月娥，許君武，陳懷謙，吳延祉；監事吳保琛，何木火，李添福，邱敦甫，林濱，蘇宜秋，吳燕生；秘書長：江紫元……

又同年十月一日第三十八卷六期云：

中國詩聯訂於十一月十一日起七天在世界詩人大會期間中，預定排在十五、六兩天的全國詩人大會，擬在臺北市孔子廟召開。屆時將有五百名以上國內詩人參加之外，來自世界四十七國，即歐洲：英國、愛爾蘭、法國、比利時、義大利、捷克、奧國、希臘、西班牙、西德、瑞典、匈牙利、拉脫維亞、愛沙泥亞、瑞士、挪威、荷蘭、土耳其，美洲：美國、加拿大、牙買加，非洲：南非聯邦、象牙海岸、利比世、賴比利亞、塞納格爾，大洋洲：澳大利亞、紐西蘭，亞洲：印度、伊朗、巴基斯坦、錫蘭、茅立西斯、印尼、馬來西亞、新加坡、越南、泰國、香港、日本、韓國、菲律賓等約壹佰伍拾以上之外國詩人及僑居海外之中國詩人參加觴詠或觀摩。該社現正積極籌備中，並希望全國詩友於此有歷史性之雅會踴躍參加，以促進文化復興之機運。

筆者於數年前訪問社中耆老王精波先生，據云李氏於此次世界詩人約花費二百餘萬元之夥。於此可見其於詩學運動之熱心。

李氏卒於民國七十年九月二十四日，擔任「瀛社」社長歷十餘年，著有《致敬紀要》、《歐美吟草》、《七渡扶桑紀遊詩》、《紹唐詩存》、《日本見聞錄》、《國是芻言》、《紹唐文集》、《治礦心得》、《治礦五十年》、《臺煤管制實況》，編有《丘念臺先生紀念文集》等行世。

由此而觀，瀛社成立近百年來，之所以屹立詩壇而歷久不衰，其中固然是全社數百位社員承先啓後，努力延續斯文命脈的結果。然顏、李兩位先賢生前對本社之貢獻，實有不可磨滅之功，尤足爲我等後起者引爲以爲效法者，於茲特予揭出，以彰其德。

臺北市文獻委員會中國詩社聯合社與瀛社的淵源

林正三*

民國六十一年九月，國際桂冠詩人學會會長余松博士（菲律賓籍），第一屆世界詩人大會會長正式函邀我國主辦第二屆世界詩人大會。當時我國在聯合國的會籍及席位因中共之杯葛而風雨飄搖，且國際空間屢屢遭受對岸的排擠與打壓。為突破此一困境，遂由教育部文化局（當時機關編制如此）王洪鈞局長於十月二日函邀中華民國新詩學會、中國詩經研究會（中國詩人文化會前身）、臺北市文獻委員會所屬端午詩社等十五個詩學社團，在該局二樓會議室討論是否接辦此一國際性大會。會中決議「團結一致，發揚詩人愛國精神，擁護政府全面推展國際文化活動，以突破中共孤立我國際空間的企圖。」同月十七日假中國文藝協會交誼廳召開第一次籌備會，商訂組織簡則。次年（六十二）一月二十四日復在同址舉行第二次籌備會議，推舉鍾鼎文先生擔任主任委員，何南史、鍾雷、易大德、王大任、宋膺為副主任委員，而以監察院長張維翰（一八八六—一九七九）為名譽主任委員、陳逢原、李建興、左曙萍、紀弦為名譽副主任委員，秘書長則由隸屬於端午詩社的臺北市文獻委員會執行秘書王國璠擔任。

同年，臺北市文獻委員會籌組「中國詩社聯合社」，於六月二十七日下午三時邀請全省二十一縣市的詩社負責人，在臺北中山堂光復廳召開第一回籌備會。各縣市詩社負責人三十餘人出席，會中推舉瀛社社長李建興擔任主席，議決組織規程及各有關事項①。……會中並決議由瀛社及臺北市文獻委員會負責進行籌組工作。

第二屆世界詩人大會於六十二年十一月十一日起，共計舉行七天。當時國內詩人有五百餘名參加，而來自世界者，則有四十七國②約

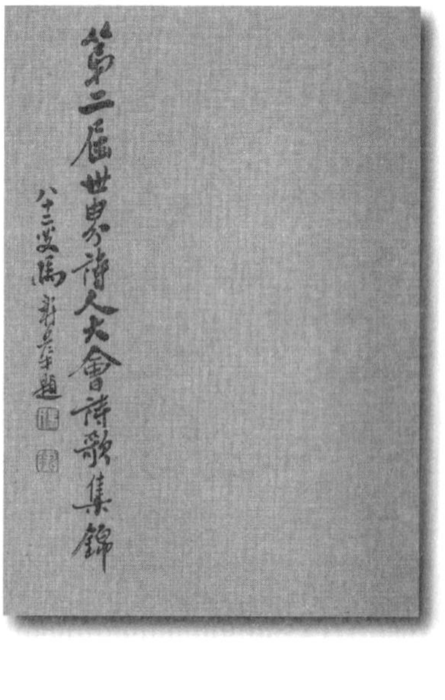

百五十名以上之詩人，以及僑居海外之中國詩人也回臺參加觴詠與觀摩三③。

據《第二屆世界詩人大會詩歌集錦》（見附圖書影）載有梁寒操〈李建興先生舉行歡迎世界詩人全國聯吟大會賦長句奉祝〉云：

地角天涯等比鄰，詩人齊聚海之濱。正心首務靈魂潔，勵志恆將宇宙新。
戰禍祇教成廢史，塵寰相與慶長春。還醇自是吾曹責，聖域同探善美真。

當天於孔廟共賦二題，首唱爲〈歡迎第二屆世界詩人大會誌盛〉七律冬（原作「東」誤）韻，左右詞宗爲梁嘉謨與張達修；薦卷詞宗爲張鶴年、陳子波、張奎五、李可讀四氏。左元吳慶堂詩作爲：

梅花早綻值初冬，寰宇詩家聖域逢。菲島首開風雅會，鯤溟繼印雪泥蹤。
筆揮魯殿詩千首，塵洗圓山酒萬鍾。展望和平張正義，狂瀾共挽靖妖鋒。

右元高文淵詩作爲：

世界詩人喜駐蹤，堂皇官冕儘雍容。百年勝會佳辰及，二屆詩盟此日逢。
振玉金聲揚魯頌，川澄嶽峙壯堯封。仔肩吾輩和平策，樽俎惟期共折衝。

次唱爲〈宏揚詩教〉七絕陽韻，左右詞宗爲許君武與陳昌言；薦卷詞宗爲洪月嬌、高泰山、陳竹峰、周椅楠四氏。左元施文炳詩作爲：

磅礴元音震八方，天留海嶠紹前唐。興詩待借如椽筆，重寫中華史冊光。

右元郭茂松詩作爲：

文章治國師朱子，雅頌昌詩法素王。四海一家同鼓吹，風騷日月並爭光。

對於這一次詩會的過程，已故的瀛社社長李建興曾經回憶當時籌組「中國詩社聯合社」以及舉辦世界詩人大會時的情況，他如此說道：

六十二年癸丑八月，詩社聯合社成立。揭櫫昌明詩教，鼓吹中興之大義，列名發起者三十餘社，其他未及參加者不與焉。翌年甲寅④十一月，世界詩人在臺召開第二屆大會，全國詩人特舉行歡迎世界詩人全國聯吟大會，介紹我國詩人流風餘韻與詩教之淵源悠久。……

又據王國璠〈第二屆世界詩人大會紀實〉一文：

在第二屆世界詩人大會的同時，國內的詩人團體——中華民國詩社聯合社，也集結了七十五個（黃鷗波則謂七十三個，見下文）詩社代表八百五十七人，在理事長李建興的領導下，假臺北市孔子廟，召開傳統式的擊缽聯吟大會，表示對從世界各國來的代表一種由衷的歡迎之忱。……

另據本社第六任社長黃鷗波於《丁巳年詩人節慶祝大會手冊》編後記云：

我國傳統詩人口比率之多，占文藝界之冠，其平均年齡之高也是文藝界之冠。詩社之多，數在上百。但群龍無首等於一盤散沙。近三十年來，雖有熱心的詩社，或單獨或與政府合辦全國詩人大會之舉，但是均屬臨時性，時斷時續，並無恒久性之組織。到了民國六十二年二屆世詩大會要在台北舉行，有關機關示意，要礦業鉅子瀛社李社長紹唐（建興）出馬為領導核心，消息一出受到熱烈的反應，網羅全國七十三個詩社，組成中華民國詩社聯合社。……以地主的身份接待來自世界三十八個國家⑤的詩人們，……克盡地主之誼，並作國民外交之實。……後來，發現詩社聯合社為應付二屆世詩，在匆忙中未按照政府程序進行，因未

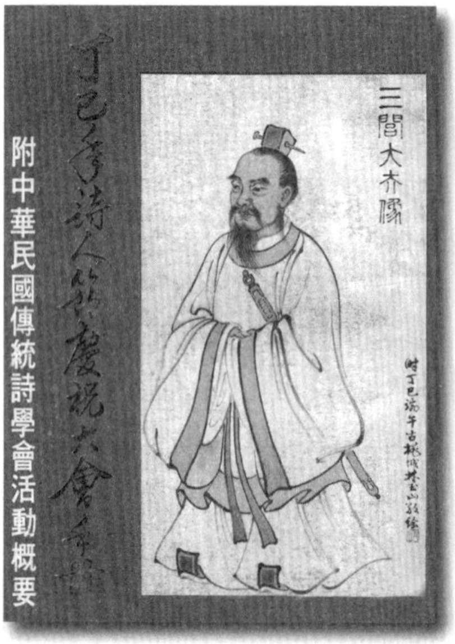

> 能正式立案，於民國六十五年，擴大組織，依法進行籌備手續。斯時適紹老健康違和，乃由陳皆興、杜萬吉、陳進東等三位耆宿任發起人代表。屢次召開籌備會及拜訪有關機關，並由江秘書長策劃進行，終得如願所償。於民國六十五年五月二日成立大會。並進行理監事的選舉，眾望所歸，選出陳皆興為理事長……。

由上述文字中可以見證臺北市文獻委員會與瀛社的淵源暨共同籌組中國詩社聯合社之始末，以及中華民國傳統詩學會成立之經過。此段三十幾年前之往事，於今已經鮮有人知。茲值瀛社百年大慶之際，特爲揭出，以爲徵史之一助。

---

*見前〈百年之慶緬懷李建興社長〉一文。

一、見民國六二年七月十一日《詩文之友》三八卷三期。

二、王國璠則謂三四個國家與地區，見六三年六月三〇日《臺北文獻》直字第二九期〈第二屆世界詩人大會紀實〉一文。

三、據王國璠〈第二屆世界詩人大會紀實〉一文所略述大會所有程序為「本國代表一八九人於十一月八日至一〇日在鎮江街一號大會秘書處辦理報到手續；外國代表一一九人十一月十一日在圓山與國賓兩大飯店辦理報到。十一日午後五時，大會籌委會在圓山舉行歡迎酒會，共到來賓一四〇〇餘人，酒會後，外國代表由臺北市報業公會在國賓飯店設宴招待。十二日上午九時，中外詩人代表三百餘人，先赴忠烈祠獻花致敬；一〇時於中山堂行開幕禮，觀禮來賓約為一五〇〇人。午後二時三〇分假圓山飯店交誼廳舉行預備會議，選出主席團四六人（瀛社李建興與焉），會場指導員四二人（本社魏壬貴與焉），評審十五人（本社黃得時與焉）；下午四時，在圓山飯店舉行國際詩歌朗誦會，使用語文有中文、英文、法文、西班牙文、日文、韓文、阿拉伯文、馬來文等。六時三〇分於由教育部長蔣彥士及新聞局長錢復於圓山飯店麒麟廳聯合晚宴。十三日上午十時於圓山飯店二樓交誼廳舉行第一次會議，討論主題『詩與音樂』，主講人邢光祖；下午二時三〇分假故宮博物院大禮堂舉行第二次會議，討論主題『詩與畫』，主講人葉公超；十四日上午九時在圓山飯店交誼廳舉行第三次會議，討論主題『詩與人生』，主講人方東美。

四、按據《詩文之友》三九卷一期及六十三年六月三十日《臺北文獻》直字第二九期王國璠〈第二屆世界詩人大會紀實〉一文所載應是同年（一九七三）。

五、王國璠則謂三十四個國家與地區，見六十三年六月三十日《臺北文獻》直第二九期〈第二屆世界詩人大會紀實〉一文。

百年瀛社風義師友錄

百年大慶契鷗盟，瀛海詩吟發正聲，壽社壽花還壽國，一觴一詠有餘情。

翁正雄*

我入瀛社，在民國七十四年。社員名冊冬至組有蘇鴻飛、林玉山、曾慶豐，林承郁、鍾淵木、黃鷗波、楊圖南、黃德順、陳焙焜、玉翼豐、翁正雄等十一人。其中曾、林、楊、陳四位詞老，與余三十三年前曾共同發起，創立「大觀詩社」；其實我更早就入瀛社，只是沒趕上「瀛社創立七十週年」刊詩那批而已。初入瀛社，榮幸被推爲詞宗，與承郁老分評〈望遠鏡〉次唱。該次課題爲七律〈冬松〉。瀛社現有社友，鄞強最資深，六十週年紀念集，已刊其照片及詩作。許哲雄、陳榮玶二位比我略早人社（據《會志》）。

大觀詩社是民國六十四年五月四日，瀛社前賢劉斌峰與陳昌言、曾慶豐、林韓堂、翁正雄等發起創立於南京西路大光明餐廳。原始名冊難覓，六十八年改編之社員名冊載有魏經龍、吳蘊輝、吳漫沙、林天駟、楊圖南、周植夫、陳焙焜、蔡秋金、施勝隆、鄞強、翁正雄等瀛社人二十二位參加。大觀詩社社員三十五人，瀛社人佔百分之六十三。新莊小西園掌中戲團，團主許王演文戲口白：「一筆壓倒江西客，全榜皆是福建人。」正雄則曰：「一筆驚醒騷壇輩，大觀皆是瀛社人。」斌峰先生，常帶社友赴中南部參加詩會交流。住宿旅館，暢遊夜市，小酌雅敘。風流瀟灑，仙風道骨，「飄然思不群」。惜逝世太早，大觀因此停擺。後由總幹事焙焜兄舉辦全國聯吟大會數次於台北市立圖書館，均請余協助辦理各項事務。大觀社員，今日僅存陳祖舜、張國裕、葉世榮、林振盛、鄞強、施勝隆、翁正雄等七人而已。老成凋謝，徒嘆奈何！

曹秋圃先生是我在民國五十七年，由輔大學弟陳維德引見認識。翌年元旦，余與新莊地方耆碩陳國治、摯友郭黃文等，舉辦光復後「第一屆新莊書畫展」，聘高拜石、曹秋圃、李普同、胡恒等評審書法。此後因書法機緣，與曹、李二位瀛社前賢，書柬往來不斷。

何志浩將軍，詩書並佳。新莊大衆廟故主委陳國治，與其私交甚篤。凡新莊寺廟碑文聯對，均請將軍指導。余早歲忝為大眾圖書館籌建委員，後應聘為館務指導委員，經常參與文事，故對將軍認知極早，並非常敬佩。

倪登玉、林玉山、黃鷗波故社長等，與我大姊夫有往來。又松山陳槐庭詞兄曾舉辦松社、網溪詩社聯吟會於其布莊，次唱「春柑」乙首，余選倪先生登榜首，自此結下「詩緣」。

瀛社社兄前賢，壽過九秩、百歲者多矣。與我過從較密者有曾慶豐、吳蘊輝、吳漫沙、陳炳澤等多人。正雄忝陪驥尾，何其幸焉。

周植夫詞老，早年多社同為社友。民國八十二年起，曾安田兄力薦來新莊講授詩學，余嘗應邀赴課堂觀摩夫子教學，時在三月九日，正講解到陳陶〈隴西行〉：「可憐無定河邊骨，猶是春閨夢裡人。」教法大抵先正音讀，然後逐章講解，採用《歷代詩評註讀本》。先生風塵僕僕，「誨人不倦」，令人感佩。其實在植夫老來新莊教學前十二年，民國七十年起，我已應省文復會聘，在新莊大眾廟講授四書唐詩賞析，及教授書法十二年矣！當時只是沒開「詩學習作班」而已。故新莊能詩者較少，而書畫風氣卻極盛。大眾廟現有藝文班八班上課中，余則退居幕後為大眾國學書法班創辦人，至今滿二十七年。

孔德成、臺靜農、史次耘三位都是我讀輔大的老師。三位上下課時間，校方美意排在一起，三人共乘孔老師的「黑頭仔車」來校講學。孔聖人依齒序在三人中算是最小的，因為其他二師，大聖人很多歲。孔師教我「金文」，臺師教我《楚辭》，次耘先生大學教我《左傳》、《莊子》，並且是我碩士論文指導教授。我很榮幸，有時陪老師上台北聚餐，孔聖人襟懷爽朗，臺老酒量極佳，史師亦能飲。學生我恭陪末座，近距承教，如沐春風。時間荏苒，至今四十年。孔德成先生四十多歲，即擔任瀛社顧問，曾任國大代表，總統府資政、台大

翁正雄（一九四三—），字守癡，輔大在臺復校首屆中文研究所畢業，一九七八年中文副教授離職轉業，一九八五年任傳統詩學會監事，「網溪詩社」創立發起人，一九八七年獲行政院頒發優秀詩人獎，一九九七年於臺北詩、書、畫個展。著有《曾國藩學術思想研究》、《問學齋詩文書畫集》、《問學齋印譜》及其他各類論著十多種。曾任新莊書畫會會長。現任「瀛社」副理事長、「松社」總幹事、「問學齋藝術中心」主任教授。

博士班教授，於今年逝世，享壽八十九。我學詩於葉嘉瑩，學詞於王靜芝，學曲於鄭騫師。中文系、所課程極多，不贅述。

余二十多歲入騷壇，蒙劉斌峰、陳焙焜、施勝隆先生勉勵。六十五年南下屏東教書，受王獎卿、陳皆興二老提攜，與高屏諸君子，時有唱酬。當時高屏詩人有丁鏡湖、高文淵、許成章、徐子蔚、洪春立、傅紫眞、朱鶴翔、曾人口等與余契交或熟識。屏東詩人聯誼會還特別爲我開歡迎宴，擊鉢出題〈送鷗迎鷺〉。送鷗乃送熊一鷗詞兄赴北，迎鷺是迎正雄南遊盟鷗是也。高屏詩友前輩，賜我光彩，永生感念。

今逢瀛社百年大慶，正好有社員一〇八位（一定發）。群賢匯集，臥虎藏龍。或詩風穩健，或詩才敏捷，皆一時之選。限於篇幅，無法逐一介紹。在此僅列述對本社貢獻較多、或教學卓有成就社友十八人於後，其餘容後薦舉。

林正三：瀛社社長，帶領本社轉型擴展，立案成功。做事任勞任怨，厥功至大。多處講授詩學，閩南漢語聲韻，績效卓著。著述多種。

洪淑珍：瀛社總幹事，襄助社長認眞會務工作。並於長安詩社，擔任漢詩吟唱教師。

林振盛：松社社長，扢雅揚風，辦理松社八十週年慶，圓滿成功。

楊振福：台北社區大學詩學教師教學績效卓著。

李宗波：吉祥樓餐廳（很多詩社在此開例會）董事長，慷慨好義，曾任獅子會會長，各公益社團會長、顧問。

鄭　強：台北孔廟吟詩班教師，爲本社最資深社友，於民國五十多年時加人瀛社。

王　前：基隆詩學會前總幹事，張明萊書法教室詩學教師。

蔣孟樑：基隆詩學會前理事長，精擅八法。

黃天賜：長安詩社社長，詩學教師。嗜莊好易，精研佛理，不爲佛徒。
陳欽財：基隆詩學會理事長，基隆長青學苑詩學教師。
許哲雄：本社資深社友，鼎助社長，推行社務，奉獻極多。
劉清河：台中鄭順娘文教基金會詩學教師。
姚啓甲：慷慨好義，與夫人陳碧霞，贊助本社極多，曾任二〇〇八—二〇〇九年度國際扶輪社三四九〇地區總監。
蕭煥彩：於新莊國中任國文老師、詩詞吟唱教師，曾任新莊國中退休聯誼會會長，兼能書畫。
陳保琳：桃園社區大學詩學教師。
康濟時：宜蘭社區大學詩學教師，精擅吟唱。
張錦雲：龍山寺國學班詩學教師，文山詩社前社長，吟唱教學，著述多種。
翁正雄：六七年任中文副教授，七四年任傳統詩學會監事，七六年獲行政院頒優秀詩人獎。曾任新莊青商資深會第一、二屆主席、國際青商會全國資深會顧問（一九九〇），創立新莊大衆廟國學書法班擔任教授（一九八一）六年。

此外本社尚有教授、博碩士、教師、名醫、企業家多人。凡此種種，皆足證瀛社實力不容小覷。〈百年瀛社風義師友錄〉敘述到此，皆有時、地、人可稽。恐有遺誤，敬請指正。

瀛社十年浮光掠影

黃天賜*

前言

民國八十八年，瀛社開完成立九十週年慶祝大會後，我們幾個台灣歌仔學會台語唐詩班的班友，我和許又勻、李珮玉、林素華、張慧民、葉金全、林禎輝等七人，經蔡秋金詞長介紹加入瀛社，後來又加入甄寶玉、廖碧華二人，而前不久我們也剛加入松社，從此登上詩壇的舞臺。

想不到歲月匆匆，轉眼又到瀛社要開成立壹百週年的慶祝大會了。回首來時路，眞有不少雪泥鴻爪，印存腦際，縈繞不去。又因我有寫詩記懷的習慣，我也把這些雪泥鴻爪寫入詩中；在此盛會將臨之時，讓我再來重溫一些往事吧！

一、

我們幾個班友，第一次成爲瀛社的社友，參加第一次的瀛社雅集，想不到我就和瀛社資深社員洪玉璋詞兄，發生大吵，引起騷動，令人側目！還好，我們都是性情中人，不久都變成好朋友了。洪玉璋詞兄少我四、五歲，我認識他三十幾年了。他是天籟吟社老社員，加入瀛社也二、三十年了；出道很早，詩才敏捷，而風流倜儻，穿著入時，樣子像黑狗兄。他開計程車爲業，報紙曾大幅報導，若有人坐上他的車子，能和他談詩論藝，令他折服，他就不收車費。我不敢問他：有沒有不收過人車費？但對他的自信，倒頗感佩。

瀛社開會，都有吟宴，以前吃素的人少，不開素桌。我們參加以後，一下子多了四、五個吃素，因此就多開半桌素食，我也和她們一起吃素，因而常和林振盛詞兄同桌吃飯。

林振盛詞兄大我五、六歲，是一貫道的前輩點傳師，爲人樸實，言辭忠懇，也好談經論，卻不忌酒。第一次初逢見面，就和我論起經典，論之不足，就鬥起酒來；我們常常爭得面紅耳赤，不肯罷休。有一天，忽然聽說他要作七十壽慶了，我就寫了一首醉歌行送他：

醉歌行/祝林振盛詞長七十大壽

人生七十欣何有，我欲呼朋敬君酒。知君學道究天人，能知天道不窺牖。閒來無事即長吟，風流恥居在人後。與我相逢醉必爭，豪氣沖天光射斗。不知我醉君醉先？斗酒未空詩百篇。放懷誰是李青蓮，長將白眼望青天。餘子風流復誰在，不如歸抱清風眠。

二、

我們唐詩班幾個班友，是因蔡秋金詞長的介紹才加入瀛社，其間亦有一段因緣。蔡秋金詞長是台北市聯吟會會長，每年都在指南宮舉辦一次全國聯吟大會，我們在參加瀛社以前，就曾被蔡會長邀請，參加過幾次指南宮詩會。後來有一次林正三老師介紹他來唐詩班講詩，結果賓主盡歡，因而轉介我們參加瀛社。

蔡秋金詞長，恃才傲物，對詩壇常有評論，痛詆時人不好讀書，不知經史，作詩沒有氣格等等；給人的感覺咄咄逼人。不過他對我們唐詩班倒是不壞，時加勉勵。蔡秋金詞長，好酒成癖，每日必飲，自稱醉佛：聽說以前中風過二次。在我認識他以後，就少見他飲酒；有時同桌有人向他敬酒，他也想喝，我們常會勸他勿飲，他也從善如流。後來又聽他再次中風，手腳微抖，行動遲緩，見之令人唏噓。

民國九十二年，他首次出版個人詩集，遍贈社友，我想寫一首詩賀他；詩未寫成，就聽到他過世了，要寫賀詩變成弔詩，亦可謂世事之無常矣。

黃天賜（一九三九—），臺北市人。建國中學初中部畢業，少壯風月，幾毀家計，乃謀生於市井。平素好讀書，唯無師承，雖研佛理，不為佛徒，嗜莊好易，脫略自矜，有歌詠而不喜斤斧，唯其所以自樂也，乃號「無悔翁」。

弔蔡秋金詞長

我與君交時也遲，蒙君提挈長懷思；初招猴嶺登仙墀，復入瀛社情兼師。大雅久衰誰護持，喜君直言天下知；詩酒無愧名交馳，每為月旦無偏私，都下拍手嗤群兒。醉後稱佛尤特奇，好酒傷身亦何悲，泰山隳矣恨長遺！而我平生拙言辭，卅載落落惟耽詩；與君時或心相期，文章匡世捨我誰？焉知一病終何為，人間翻添墮淚碑，此心欲報人已杳，英魂長哭秋江湄！

我不會寫字，也不懂繪畫，卻喜歡到處參觀書畫展。十幾年前我在某個地方參觀翁正雄先生書畫展，看見其中一幅寫意「延年松鶴」簡單幾筆，拙趣天成，我當下寫了一首詩，預備贈給翁先生：

參觀翁正雄先生書畫展題贈

拙筆揮來妙趣濃，延年松鶴是誰翁？而今始識君天賦，墨海悠游氣正雄！

我寫了這詩，並沒送給他；而在我參加瀛社以後的某個場合，我才當面請他過目，他看了後對我說：「這首詩眞妙，把我的名姓都嵌在詩中。」

聽他一說，我才發現眞把他的姓名都寫入詩中。但這非有意，只是偶然碰到。本來這首詩第四句「墨海悠游氣正雄」，我想改成「墨海悠游一矯龍」，久疑不決，聽他這一說，雖然我就暫時定稿如此，還是不能決定哪一句好？翁正雄先生是瀛社詩學會常務理事，年輕才俊，平時人很好，但喝了酒以後，常會失態，令人擔心。

我參加瀛社到現在，歷經三位社長：第一位社長黃鷗波先生，爲人儒雅，謙恭有禮。他是一位名畫家；畫事之餘，在家義務傳授漢文，兼教詩學。我曾到他家裡，聽過幾堂課。我到他家聽課，另有一個目的：即黃社長講完課後，另一位他的學生，擅長易經，就接下來講易經，而這一段易經課，討論熱烈，常常講到半夜還欲罷不能。但這位講易經的先生，講的是堪輿風水或占卜之類的東西，非屬正統，所以聽了幾次，我就不去了。

黃鷗波先生作社長時，可謂垂拱而治，天下熙熙。

黃社長民國九十二年過世，瀛社重新推選陳焙焜先生繼任社長，這時他已八十多歲了，德高望重，久爲詩壇重鎮，身材高瘦，人很和氣，獎掖後輩不遺餘力；由下一例，可見一斑：

有一次松社開會，剛好由我們這一組値東。當天我有事晚到，某老正爲詞宗還少一人，大傷腦筋，陳焙焜詞長(當時爲松社顧問)在旁建議：「何不請値東組的人來作？」某老說：「値東組有什麼人可以作詞宗？」陳焙焜詞長說：「可以請天賜兄作。」某老說：「黃天賜可以作詞宗嗎？」陳焙焜詞長說：「至少値東組的人都叫他黃老師。」某老說：「老師？還早吧。」他雖沒有替我爭取到詞宗作，我卻倍感溫馨。

陳焙焜詞長出生在福州，長大後才隨父返台；從此奔馳詩壇數十年，有「福州才子」之譽；他作瀛社社長後不久，又膺任中華民國傳統詩學會理事長，身兼二職，正待發揮長才的時候，卻在隔年遽逝，令人惋惜，我也寫了一首詩悼念他：

悼陳焙焜社長

福州古閩地，才子自風流。春風方待發，遺恨淡江秋。

三、

瀛社成立伊始，就走貴族式的路線，成員不是文人學者，就是富紳名宦；其間是不是有互相標榜之嫌，不得而知。但百年風華過後，到現在已蛻變成一個眞正的愛詩人的天堂。這其中固然是時代的改變，也有個人的推助。

黃鷗波社長、陳焙焜社長，都是老式文人，守成就是他們的堅持，所以改變不多。到林正三老師擔任社長，他就銳意思改，首先向內政部申請成立全國性的社團，擴大招募會員，把瀛社改成瀛社詩學會，以便運作。這一改變，立見功效；他辦了幾次詩學訓練班，招募很多學員，幫瀛社吸收了許多新血。

林正三老師專精閩南語聲韻，也編寫了幾本詩學著作；爲人不阿，個性剛烈，而不善言辭。他和唐詩班淵源很深，曾在唐詩班教了一年多的詩課，後來又在覺修宮開了詩班，培養出很多瀛社的社員。瀛社的改造，林正三社長居功厥偉。但我對他的一些觀念有些相左；他認爲詩社負有教育社會的功能，要負起社會的教化，提振文風，發揚道德等等。但我認爲詩社只是一個文人聚會的地方，讓一些詩人，在此以詩會友，以藝論交；就像西方的文藝沙龍，只是一個培育個人天才的所在而已，何須那麼多的雜務？爲此，我曾在社員大會，和他針鋒相對，鬧得很不愉快。

後來又有幾件事情發生，如我曾在集會上對康濟時詞兄大聲咆哮後，餘波蕩漾，使我心情很悶，就再寫了一首醉歌行：

醉歌行

我有美酒君有何？君若欲問我且歌。世事紛擾何其多？不如愁腸一洗傾江河，長使人海無纖波。有酒相逢誰不飲，千杯頓使醉顏酡。振老醺醺人欲睡，李侯掀髯笑呵呵。人生得失終幾何，一局仙碁幾爛柯？不如簪笏歸煙蘿，壺裡天地長醉歌；夜郎謫去人誰識，長安市上空吟哦。空吟哦，長醉歌：何不提壺長歸去，直上西嶺邀霜娥！

這首詩最後一句的「邀霜娥」，我本寫是「嘲霜娥」，一字之改，詩意全反，亦我心境之改變也。

四、

四十七年前，我一位朋友想跟當時大書法家曹容先生學書法，要我陪他去。那時候，曹先生住在三重戲院旁，我們去後，我朋友也慫恿我一起學，我隨口說：「也好，我就試一試。」曹先生在旁聽我這樣說，就大聲斥責我說：「想試一試的學生，我不收！」其實我也不想學，只是礙著朋友面子應一下；但聽他這一斥責，讓我對他肅然起敬，覺得這才是文人的典範。以後每有澹廬師生的書法展，我都去參觀。

約在二十年前，有一次我去參觀澹廬師生書法展，喜歡上二、三個人的書法，其中之一就是蔣夢龍先生。

想不到我參加瀛社以後，發現他也是瀛社社員，欣喜過望，但我不是書法圈的人，也不善攀交，和他只是點頭之交。我曾經撰文，批評擊鉢詩非詩，引起不少人的反譏，甚至敵視。有一次瀛社雅集，在洗手間碰到蔣先生，他對我說：「你對擊鉢詩的批評，很多是不錯。但在現在的環境下，要一個人從不知詩是什麼，一直到會寫詩，要用多少歲月才能做到？但用寫擊鉢詩的方法，來誘發訓練他們，則可以在短短一、二年間，就可立收成效。這對老成凋謝的詩壇來說，不是值得重視嗎？」

蔣先生就是這種個性溫厚的人，說話不疾不徐，和我相比，差別太大了。前年他在基隆市文化活動中心舉辦「蔣夢龍百聯創作書法展」，我跟幾個唐詩班班友去參觀，回來後寫了一首飛龍引送給他：

飛龍引／參觀「蔣夢龍百聯創作書法展」題贈

夢龍乃真龍，真龍猶恐不如其勢雄；下筆淋漓元氣充，千姿百態誰與同？或見其草狂而逸，來去飄忽追無蹤；或見其行清且麗，莊矜脫略皆從容。我固不知書法妙，我獨愛其墨韻濃；今見百聯筆更恣，蒼虬飛躍凌長空。其字也若此，其人則謙恭。我雖與之非莫逆，年來瀛社時相從。每與傾談無疾色，恂恂真乃儒者風。而我平生自傲岸，與人寡合如孤鴻。乃今一見長揖讓，敢不謂之乃猶龍。猶龍猶龍誰識汝？掀髯笑我一禿翁。

五、

我個性粗獷，言行不羈，常遭詆議；但也交到幾個個性相似的朋友，其中一個就是王前詞兄。王前詞兄大我八歲，個性豪直，快人快語，尤善酒量。每逢雅會，我常找他拚酒；而在拚酒中，相知漸深。但我對他的好奇，不在喝酒，而在他的名字：「王前」。從前我讀戰國策，有一篇文章「顏斶說齊王」開頭就說：「齊宣王見顏斶曰『斶前』，斶亦曰『王前』，宣王不悅。」這段對話太精彩了，把隱者的傲骨，表現得淋漓盡緻，足爲文人的表率，因此我對「王前」這兩個字，印象深刻。想不到在眞實的世界，眞有「王前」這個人，又在瀛社裡，所以很早我就想寫一首詩送他。而瀛社詩學會成立大會就在這個時候舉行，我有所感，就寫了一首詩送他：

飲者歌／贈王前詞長

王曰汝前，汝曰王前；每憶王前事何鮮；笑我平生亦如是，相逢意氣莫相煎；昨日豪飲若不足，今朝且共抱甕眠。古來飲者何足數，其誰乃敢自稱仙？縱教太白今重世，我亦相逢不讓賢。人生得失但須飲，何用斗酒詩百篇；長鯨一吸四海盡，乃使滄海三成田。揮鞭縱馬追其後，直上天河傍日邊；下窺群星駕雲霧，並與飛龍舞帝筵。仙班朝闕迎新主，我獨箕踞青雲顛；手把斗瓢坐箕尾，欲與天地長周旋；仙人騎鹿汗漫外，四海遨遊孰比肩；我輩風懷當若此，何為鬱鬱空悲憐？但願相逢一飲盡，千杯何問誰醉先；王郎王郎且莫醉，我欲抱甕呼汝前！

六、

我喜歡讀易經，有一次唐詩班下課後，大家就近聚餐，李春榮老師，也和我們一起吃飯。席間閒聊，談到易經，李老師忽然問我：「易經說潛龍勿用，你知道要怎麼才能用嗎？」我說：「潛龍勿用，就是不能用。」李老師說：「就是要問你：不能用時，怎麼用？」我說：「照易理說：初九潛龍勿用，因爲陽在下也，就是不能用。一定要到九二見龍在田，利見大人時才能用。」

李老師卻堅持潛龍勿用也可以用；我就問他，那要怎麼用？他卻不肯說，要我自己去想。但我遍搜易經的註解，都說初九潛龍勿用，就是不能用，李老師卻說可以用，使我百思不得其解！有一天我忽然想起：李老師年輕時曾經作過堪輿師，他說的是不是指風水中，把不能用的潛龍之穴，變成可以用的堪輿之術嗎？李老師既不說，我也不能斷定他是這個意思。但堪輿之與易理，相去何止千里！此後不久，在瀛社集會上，我碰到蘇逢時詞長，他開相命館，應該對易經和堪輿有所研究，我就問他這個問題，他不直接回答，卻說：「六經之中，詩經的文字最深，意思卻最淺；易經的文字最淺，義理卻最深。」善哉斯言，我雖失之東隅，卻收之桑榆；瀛社眞可謂人才濟濟矣。

瀛社改名之前，約有五、六十名社員，分四組加社長組，每年共開詩會五次。我曾任組長，民國九十三年組裡增加二名新社員，姚啓甲先生、陳碧霞女士，這二人我都不認識；且不久他們就改到別組，在我印象裡，不曾和他們接觸過。後來他們的名字常常被人提到，在瀛社裡成爲重要人物。此後在詩會上和他漸有接觸，漸漸熟絡，才知道他和歐陽開代詞兄有親戚關係。歐陽開代詞兄大我三、四歲；約在八年前，我常到覺修宮聽林正三老師講課，就認識他了；但他下課後就走，從未有過深談。直到有一次他問我，在什麼地方可以買到有關漢詩的日文著作？我才知道他的日文造詣很高，也擅長寫和歌俳句，而他深藏不露，卻更讓人感佩。

七、

姚啓甲詞兄則年輕很多，少我七、八歲，他和歐陽開代詞兄一樣，是一個事業有成的商人，熱心公益，不遺餘力，我就聽過一位和他同組的人說：「我們這一組的，輪值開會都不用擔心，有什麼事姚先生都會承攬下來。」但我關注的不在這一點，而在他的富而好學，努力推動詩教，開放辦公室，廣邀耆宿講學。至於私誼方面，歐陽開代和我及他，三人都是建中校友；故每相見，叫我同學，其情殷殷，讓我汗顏不已，因爲我實在不能和他們相提並論了。

姚啓甲詞兄今年更榮膺國際扶輪社二〇〇八—二〇〇九年度三四九〇地區總監。歐陽開代特別爲他開了一場慶祝酒會，我蒙邀參加，看到場面熱烈，氣氛溫馨，好像要揭開一個新時代。我悵然有感，回去後，就寫了一首詩：

望仙辭／酒會側記

有美臨兮白鷺飛，素衣搖曳何多姿？我望仙人繞帝畿，恨無仙籍與相隨。雲糾縵兮心獨悲，日忽晏兮駕六螭，經若木兮歸崦嵫。帝鄉去我遙難思，空留此兮望仙辭，人間有夢長嗟咨！

姚啓甲詞兄今年榮膺國際扶輪社三四九〇區總監，瀛社詩友全都賦詩爲賀，我也寫了一首詩賀他：

同學歌／贈姚啟甲詞兄

富而好禮樂施仁，呼我同學情彌真；駟馬高軒不自得，相逢但論文章頻。江湖愧我久落拓，與君不敢相攀親；高標卻喜清照水，人間幾見稱鳳麟；更聞奮志推詩教，廣邀彥碩為傳薪。廿年我亦懷斯志，空山跫響誰為鄰？長安十載幾回首，篳路藍縷多苦辛。前日祝君酒會上，聞君一席言何振；欲為詩壇盡綿薄，要使風騷屬我人；昨宵更喜同論酒，千杯一掃愁眉新。囊中有詩人自富，天下何人敢笑貧？英雄氣概本如此，聲氣相激力千鈞！建安風骨遙相慕，大雅久衰欲誰陳；贈此一歌君莫笑，但期共建開元春。

洪淑珍小姐是瀛社詩學會祕書長及天籟吟社副總幹事，乃一時代女性，聰明能幹，或因庶務雜多，壓力很大，平日不苟言笑，令人有不易相處之感。一日不知何故，和我相遇，盈盈一笑，燦如春花，讓我發現，原來她生得如此嫵媚動人，不禁寫了一首詩送她：

笑我看卿多嫵媚，看卿嫵媚燦如春。老來自愧無餘事，惟剩一心看美人。

詩有何用？答案很多，如今我又增列一條：詩可以令人年輕。倒不是因爲我們看到了天地之大美，而是因爲我們可以寫出這天地之大美的詩，我們心中的愛。

詩人幸而得此，何其樂哉！

今日瀛社概況

洪淑珍*

臺灣在日據時期，日人爲推行皇民化運動，禁讀我國文史，但對於詩詞則幸未禁止。故全省詩社林立，詩風甚盛。臺北瀛社迄今百載，成立之初，社員皆博學之士，亦有前清遺老，能維祖國文化於不墜，厥功甚偉。光復後詩風益盛，主持社務皆臺籍名宿，新秀亦乘時而起。

筆者於九十一年五月加入瀛社，那時便將「詩」列爲人生功課之一。在社裡放眼均是中高齡前輩，旋知當今社會以功利取向，即便喜愛詩詞的風雅，但面對生計，取捨兩難，誰會再去重視。故當時雖有五、六十位社友，但每次例會僅四十人左右，甚至不足。部份年長免不了身體違和，猶記得看過好幾位老詞長是由家人攙扶來的，精神可佩。心想應爲詩社引進新血輪，於是鼓吹同好入社，大家互勉以繼絕學。所以近年多有年輕輩出，目前每次實到例會有六十多人，大會則更多。

回想在當時我屬最年輕，舉凡社務皆力任其事，故得衆前輩提攜愛護。復看到社裡缺乏基金，每次若有支出，便用募款方式集資。久則實有不宜，尤其詩作無人彙集保存恐被散失。便斗膽提議每年每位社員繳交年費五百元，作爲社務、詩學推廣、及將來印詩集的基金，幸得同仁響應。於是我自費購置電腦、影印機、傳眞機專供社務使用。當時我不會打字、操作電腦。幸有民選師兄，教我操作，協助解決各種疑難。此後打字、收稿、彙集，往來訊息傳遞更有效率，期能帶動傳統詩社運作追上時代科技潮流。猶記得第一次會員大會，更以三部電腦聯線繕打詩稿，現場列印送詞宗評審，在大家通力合作之下順利達成，誠屬創舉。至今總共彙編五本題襟集，並於九十五年初春舉辦一次盛大的詩書畫聯展。

洪淑珍（一九五四－），字璧如，空大畢業，原任職於大同公司，後轉數學補教。先後從黃冠人、楊振福、李春榮、陳焙焜、林正三、張國裕學，二〇〇三年加入「瀛社」任總幹事、秘書長，二〇〇四年加入「天籟吟社」，任「天籟吟社」副總幹事，現任「瀛社詩學會」常務理事、中華民國傳統詩學會監事。

詩社爲求永續經營，提高社員的向心力，在九十五年四月向內政部申請立案，定名「臺灣瀛社詩學會」，自此規模更加完備。每年定期召開理、監事會議，並發動理監事和社友熱心捐輸，以支持社務運作發展，我輩幹部則更負任重道遠之責，務必將每一分資源，用在對詩學、社務有所發展之處。

爲使絕學不中斷，持續推廣是今日所面臨最重要的使命。遂在九十六年三月，本社開辦詩學推廣研習班，由林理事長擔任詩學教授，我亦分任吟唱教學。回想我是由吟唱而興起創作欲望，故亦欲藉由吟唱來觸動學員心中的詩弦，以吟誦聲傳達詩的韻律，鼓勵兼誘導應是可行。果然，學員努力成績有目共睹。第一次參賽獲獎，至感欣慰。研習推廣班今年仍續開辦，看到大家學習興緻高昂，深感後繼有人！去年（二〇〇八）三月二十八日且應國立歷史博物館之邀，在「二〇〇八年中華插花藝術展」開幕之日舉辦吟唱、揮毫活動，整晚花藝、墨香、詩韻，彌漫著仲春鵑城夜空。最後以張九齡的五言律詩「望月懷遠」圓滿謝幕。

而今年欣逢本社成立百週年大慶，這在臺灣的文壇上可說是難逢的盛事。我全體同仁又何其有幸，恭逢盛會。雅承臺北市文獻委員會爲我們舉辦隆重的「瀛社百年文物展」；及由國立臺灣文學館主辦，臺灣大學臺灣文學研究所策畫承辦的「瀛社成立百週年學術研討會」。以及三月八日由本社主辦的「慶祝瀛社成立百週年全國詩人聯吟大會」暨三月十日至十九日假臺北市議會文化藝廊與澹廬書會共同舉辦的「瀛社百年詩書展」等，在全體社員戮力同心的推動下，皆已盡善盡美順利完成。而十二月於臺北市立社會教育館與澹廬書會聯合舉辦的「詩心墨趣—瀛社百週年詩書聯展」，亦正積極籌備中，相信到時必有另一番盛況。

參加「瀛社詩學研習班」偶得

李龍國*

一個幸運的機緣中，經邱進財學長的引薦一腳踏入臺灣瀛社詩學會學堂，歲月荏苒，不覺間將近一年。在林老師與洪老師諄諄教誨下，我已從一個對漢詩吟唱的門外漢，成了一個能自娛娛人的漢詩吟唱初學者。

詩是中國文學的精華，最能陶冶性情，使人的喜怒哀懼愛慾皆能中節，如《禮記・經解篇》說：「入其國，其教可知也，其爲人也，溫柔敦厚，詩教也」。不但如此，《論語・季氏篇》說：「子曰，不學詩，無以言」，〈陽貨篇〉說：「子曰，小子何莫學夫詩，詩可以興，可以觀，可以群，可以怨，邇之事父，遠之事君，多識於鳥獸草木之名」。〈陽貨篇〉的意思是「你們這些孩子，怎麼不去研究研究詩呢？那詩可以感發人的志氣，可以考見政教的得失，可以和睦樂群，可以抒寄哀怨；從近處來說可以學得侍奉父母行孝的道理，從遠處來說可以學得侍奉君上盡忠的道理；也可以多記些鳥獸草木的名稱。」我們的社長也說：『詩』不但是人類感情之依歸，且是日常生活中不可或缺之元素。在日常生活中，『詩』可以說扮演著極其重要之角色，如沒有了『詩』，人類生活，將是枯燥而貧乏，人生之所以美麗，實在是因爲有了『詩』之溉潤。學詩有這麼多的好處，所以孔門弟子以及後世讀書人，都把詩學當作一門重要的功課。

臺灣瀛社詩學會本屆的漢詩吟唱與創作推廣研習班的教學內容如后：一、古典詩誦讀、解析、欣賞（國台語雙聲帶教學）；二、詩法之解說；三、對聯、詩鐘、絕句、律詩之創作指導；四、詩詞吟唱教學。由林正三老師負責：誦讀解析、欣賞、創作。洪淑珍老師負責吟唱教學。

林正三老師是台北縣人，字立夫，號「惜餘齋主人」。幼承庭訓，於古文稍曾涉獵，中歲始折節向學。先後隨黃篤生、廖禎祥老師學書法；周植夫、許君武老師學詩聯；蔡雄祥教授習篆刻，陳新雄教授習聲韻，近年專攻詩文及閩南漢語之聲韻。曾任台北市圖書館讀書會詩學班指導老師，瀛社總幹事，松山慈惠堂詩學班及基

*李龍國，公職退休，偶然機緣，入瀛社詩學研習班，重拾學習樂趣。

隆中原正音班指導老師，覺修宮、鹿港社區大學詩學及聲韻老師。現任臺灣瀛社詩學會理事長、「乾坤詩刊」古典詩主編。在我的心目中林老師是一位樸實的賢達，是一位學驗俱豐的長者，他不爲功名利祿，將寶貴生命奉獻給這塊土地，默默的做一個漢詩園地的耕耘者，他的道德文章、學問與精神是非常的值得我們敬佩與學習的。

洪淑珍老師是一位俱有深度學養且姿態優雅、和靄可親的女士，她的漢詩吟唱教學是我們的快樂時光，她循循善誘教學不倦的精神，讓我們這些老的老、小的小，程度參差不齊的同學們只有興趣，沒有壓力。她牽引著我們一字一句的注音、畫下平仄符號，並吟唱出作者的心聲，也舒發了自己的情感。有人說學琴的孩子不會變壞，我想學詩吟唱的朋友將會一心迎向優雅舒暢。俗話說：「前三腳難踼，前三步難走」，洪老師帶領著我們走過艱辛，度過低潮，現在同學們會吟唱的詩詞已是一大籮筐，連我這個笨學生也至少可吟唱三十首以上。洪老師辛勤的耕耘，現在只要聽到同學們信心滿滿的自在吟唱著，她都滿臉掛著豐收的得意微笑，這應該是她無私奉獻的最大報酬。

「詩」是人間感情漲到最高潮時候的聲音。我們生在這無始無終的宇宙，推移不定的社會總有喜怒哀樂來觸動我們心弦的時候，靈性一定會喊叫、心神一定會跳躍，一定想要用甚麼形式將它表現出來。「詩」就是把這悲喜、怪訝、禮讚的情感，藉有音節的文字而表現的形式。惟有以具有音節的文字，表現眞情感的作品才可稱爲「詩」；基於這個前提，非出於眞情感，專以歌頌爲能事的「狐媚文人」所寫的就不足以稱爲「詩」；拘泥形式「只對對平仄，整整格律，東扯一句，西拉一句，湊成八句」的也不足以稱爲「詩」。學詩的人要將自己營造成一個具有哲學家、思想家的本領，並扮演著「先知者」的角色；不但要有過人的智慧和洞悉力，同時要有熱烈澎湃的情感，對人間至美的耽愛，對社會民衆的關心和大愛，對自己的同胞乃至全人類有著深厚的情誼。學詩讓我們懂得對眞理、眞情的堅持，對社會國家同胞的關愛，也讓自己能歸眞返樸，一心迎向優雅舒暢。值此臺灣瀛社詩學會百歲生日，對百年來做出無私奉獻的先賢前輩致上萬分的敬意，並以一顆虔誠的心，點燃一束心香，祝福臺灣瀛社詩學會千秋萬世直到永遠。

終身學習在瀛社

余雪敏*

為傳詩教聚精英，授業開班惠晚生，今日欣逢百年慶，敬陪末座亦光榮。

自知不過是宇宙中一粒微塵，暫居人間之過客，既有幸爲人，除了關心家事國事天下事，更重要的是讓自己樂活。尤其退休後，不甘坐吃等死，於是上網搜尋何事可爲又能符合興趣者，正好才女妹珮騏邀入瀛社，又搜尋到網頁，驚歎於浩瀚豐碩之內容，見瀛社將開班授徒，自是雀躍不已即刻報名！

於是乎，每週六精神抖擻去上課，平日的腰酸背痛都豁然痊癒！重做馮婦當學生後，在滿腹經綸的林正三老師殷殷教誨下，終於通平仄知格律，習作亦日漸上手。而最快樂的是聆聽洪淑珍老師甜美的吟唱，同學們也跟著朗朗上口，老師不藏私又慷慨的任學生錄音回家練習。因此平日居家，除了樂音，還瀰漫著茶香，和美妙的詩音。

入社後，參加中秋例會擊缽，方憶起多年前曾在吉祥樓用餐時，聽到蒼勁美妙的詩詞吟唱，當時心想有朝一日定要加入這種團體。但因俗務纏身，又斷了心念！不意退休卻能遂願，因此於次唱時有感而發，短時即書就篇首之七絕。雖有擊缽不如閒詠之論，總也不失練習之機會，故有空即參加，幸好老師也不勉強。

人生至樂，莫過於志趣相投的同學共研同遊，除了教室授課，最有趣的是課外教學。猶記炎夏時經里長同學推薦，淑珍老師領隊，赴獅頭山公園之旅，雖晴空烈日，大家不畏其熱，在觀海亭賞景並暢快吟詠，才貌雙全的老師還吟唱許多私房詩呢！而年輕貌美的秀貞班長吟唱秋風辭，亦是饒富韻味！面對蔚藍的大海，奇峻的燭檯嶼，和美麗的沿岸風光，一票同學吟唱欲罷不能，若非要祭五臟廟，只怕還樂不思蜀，當時曾引起遊客駐足詢問和羨慕呢！

余雪敏（一九五六－），字學敏，筆名汐之敏，臺北市人，現居北縣汐止市。輔仁大學畢業，歷任行政院新聞局廣電處輔導員、國小代課老師，扶輪社幹事等。工作生涯多擔任文字編輯、採訪、特約撰稿等，現已退休。曾編寫公共電視兒童節目劇本《民俗畫》。每因心中有感，則發而為文；有新詩、臺語詩、散文、雜記等。作品散見汐農月刊、北縣農會月刊、社區報、中國時報等。因李珮騏之引薦，得以加入臺灣瀛社成為會員。

入社資淺卻欣逢百年慶，年初在歷史博物館舉辦的花朝吟會，因事未能躬逢其盛，只能上網飽覽群芳。但深秋在台大優美的文學館，參加瀛社百週年學術研討會，聆聽各方專家學者的論文講評，或君子之爭的踢館論等，眞是趣味橫生大開眼界；加上淑珍老師等的詩詞吟唱，悠遊二日，實在是快樂週末的至高享受，更深感受益良多！座中許多碩博士生，若能加上吟唱課，相信對詩詞記憶必有助益，也容易心領神會，更能憑添許多生活樂趣！

上課雖僅半年餘，卻讓生活重新有了目標，開啓塵封的線裝書，沉浸在美麗的詩詞國度裡，尙友古人，更欣賞現代前輩的佳作。昔日踏青或出遊，快樂之餘，頂多以散文誌之，而今則多了詩的選擇！慶幸能入瀛社，得遇良師益友之助，讓平凡人生裡，除了柴米油鹽，還有吟詩習作充實餘生，夫復何求？

勝會佳什

臺灣瀛社詩學會百周年慶徵詩初賽入選作品

詞宗陳文華教授、李丁紅先生選

題北投溫泉博物館　左一〇〇右一〇〇總二〇〇　張富鈞

每從舊跡憶翩躚，九十年來劇變遷。硫礦尙憐歌寂寞，羽衣猶記舞纏綿。
浮名眞似煙霞散，山色還餘風月眠。只有遊人仍不改，古今一例浣溫泉。

景點說明：北投溫泉博物館前身成立於一九一三年的北投溫泉浴場，一九二三年因迎接皇太子裕仁來臺，擴建成為北投最繁華的溫泉浴場。光復後逐漸荒廢，一九九八年指定為三級古蹟。

左詞宗評：從溫泉切入，寫北投一地之變遷。歌舞二事，自是當年繁華勝跡，而風流雲散矣。結聯以今人仍舊來此洗溫泉，反襯舊跡之不存，感慨無限。

右詞宗評：景物依舊，人事已非，緬懷當年風華絕代，終歸沉寂，富含警惕。審視人生榮華富貴，有如過眼雲煙，寄意深遠，符合詩之宗旨，故拔為首選。

景美仙跡岩　左九八右九〇總一八八　龔必強

聞說神人到此遊，已乘雲鶴返丹丘；何曾綠野萍蹤現，祇在青山屐印留。
星聚建城成富邑，永河探礦是荒陬；仙岩見證興衰史，景美煙溪帶月流。

景點說明：仙跡岩傍景美溪，相傳呂洞賓留有足印。清康熙三十六年，郁永河北投採硫磺；知府陳星聚，一八八四年建好台北城。

左詞宗評：「萍蹤」、「屐印」扣仙跡，「何曾」、「祇在」及「荒陬」諸語，則抒興衰之感。「煙溪帶月流」，以景結情，餘韻無窮。

台北城懷古　左九六右八七總一八三　陳國威

開墾陳公世所尊，銘傳銳意建城垣。寶成難見尋無跡，景福仍留尙有門。寬闊湯池成大廈，巍峨雉堞變名園。撫今思昔滄桑感，牆沒樓高對曉昏。

景點說明：台北市在清康熙四十八年泉州人陳賴章與平埔族人訂約開墾，首任巡撫劉銘傳建台北城，如今寶成門已不見，只剩麗正、景福、承恩、小南門。城牆拆掉成名園大樓。有滄海桑田之感。

左詞宗評：從陳、劉二公開墾建城說起，以寶成、景福二門一亡一存見證滄桑之感，選材概括性強。結語「牆沒樓高對曉昏」，亦有餘韻。

八德路舊鐵道旁感賦　左九一右八九總一八〇　張允中

人盡其才貨暢流，飆輪輾過幾春秋。渦爐久罷燃蒸氣，汽笛難堪擾夢樓。臥隧飛橋新鐵軌，功成身退舊車頭。他年歸燕應驚問，枕木何時變柏油。

景點說明：民國九十七年松山火車站鐵路地下化之後，原本位於八德路的舊鐵道，目前仍存若干鐵軌尚未拆除完畢。車頭：台語所謂車站也

左詞宗評：從廢棄鐵道興感，亦是小題大作之例。「臥隧」一聯，不勝物換星移之感。結聯以舊燕歸來設想，驚嘆於枕木變柏油，造語新奇，殊可稱道。可惜四句「夢樓」一語意思不明白，白壁微瑕。

遊台北一〇一高樓　左九三右八二總一七五　江　沛

世界誇無二，樓高百一層。推窗星可摘。舉步月堪登。俯瞰紅塵遠，遙看紫氣騰。何須仙羽助，頃刻得飛昇。

景點說明：一〇一大樓，位於台北市信義區，樓高五〇八公尺，分一〇一層，有高速電梯升降，為北市地標，登斯

樓也，有如暫離紅塵，置身仙闕之感。

左詞宗評：詠一〇一大樓者多矣，此首或可列前矛。以其落筆明快簡淨，無冗贅拖沓之弊也，此在五言律中最須講究。

龍山寺覽勝

左八三右九二總一七五　楊維仁

艋舺繁華地，紅塵闢普門。殿堂開境界，鐘鼓覺晨昏。

寶宇風騷盛，名家翰墨存。詩聯皆雋永，憑此弔吟魂。

景點說明：艋舺龍山寺，主祀觀音菩薩，為國家級二級古蹟，寺中留存甚多前賢詩聯，極具文化意義。

右詞宗評：首以開境界，覺晨昏，展現智慧，不落迷信之凡俗，次以各家翰墨，憑弔吟魂為結，更是詩人本色。

過林語堂故居

左九四右七九總一七三　陳友雲

別業居幽處，晴和啓賞心。白牆搖竹影，藍瓦臥松陰。

風範譽中外，文章評古今。當時幽默譯，一代大師欽。

景點說明：林語堂晚年居於陽明山腰，是中式四合院揉合西式的建築，藍瓦白牆，屋中格局家具都是他自己設計。他是近代學者，才華洋溢，身兼作家、文學家、發明家等多重身分，並有「幽默大師」美名。

左詞宗評：以遊訪起，以懷人結，章法工整。「白牆」一聯，屬對工穩。

登臨一〇一大樓

左八五右八六總一七一　饒小康

層層疊疊一天梯，舉世高樓鮮與齊。仰首驚疑紅日近，垂眸偶覺白雲低。

下看鬧市人煙渺，遙望平川景象迷。極目長空窮碧落，登臨幾見夕陽西。

景點說明：興建之初，高冠全球，仿如市府華表，為北市之地標，集商、辦、餐、遊、金融於一樓，登樓四顧，空闊無際，下望人物渺小，遠眺景色迷離。

艋舺龍山寺

左九九右六七總一六六　王梵心

梵宮淩碧落，蓬島此鍾靈。護水磨明鏡，環山列畫屏。
砲焚金像在，客擁篆爐馨。最是澄心境，晨鐘側耳聽。

景點說明：台北盆地，四周青山環繞，淡水河蜿蜒其中。漢人聚居，於鍾靈處建築龍山寺。二次大戰，砲燬全寺，唯觀音像屹立完好，鄉民愈信靈驗，故香火鼎盛。

左詞宗評：對偶工切，寫景明快。末聯以耳聽晨鐘寫澄心之境，亦是扣題良法。

台北府城北門

左八七右七五總一六二　江啓助

北城門聳話滄桑，額署承恩史蹟揚。山式單簷成屋脊，回形兩壁砌樓牆。
心崇古色幽情湧，景仰遺風樸質彰。一百餘年原面貌，悠悠歲月伴斜陽。

景點說明：台北府城北門，又稱承恩門，位台北市中正區，建於公元一八八四年，為台北府城唯一保持原貌而留存至今的城門，現為國家一級古蹟。

高插雲霄一〇一

左七〇右九一總一六一　劉鎭江

穿透寒雲立地標，宛如錢劍插青霄。晴天紅日黏於壁，雨後霓虹繫在腰。
箕斗印窗增典雅，玉蟾排闥溢嬌嬈。畢星引得瑤池水，灑落飛簷百丈飄。

景點說明：本詩用寒雲、紅日、霓虹、星光、月色及簷滴，以刻劃用錢劍造型之一〇一大樓的「高插雲霄」。

右詞宗評：善於寫景，句句描繪得淋漓透徹，惟專屬性稍嫌不足，故抑之。

台北景福門懷古

左八八右七〇總一五八　鍾常遂

迎曦景福幾春秋，歷盡滄桑蹟獨留。淡水濤聲猶悅耳，江城往事說從頭。
當年市貌多遷易，現代風華倍覺幽。深感經公推郅治，而今更應展鴻猷。
景點說明：台北都城建於清代，滄桑數易，城牆拆除僅剩四門：景福即東門又曰迎曦，撫今追昔，市貌、政治、人文歷史均大易且以時局不寧，目睹斯門斯景，豈無感慨！

至善園

左八四右七四總一五八　楊阿雪

園媲蘭亭尙古風，文人修禊樂融融。崇山覓句幽懷遠，曲水流觴景物同。
洗筆聽鶯情若在，換鵝招鶴興無窮。即今遊賞先賢跡，企望新民進大同。
景點說明：至善園位於雙溪故宮博物院右側，採用王羲之「天下第一行書」為設計藍本，是中國式庭園，美景如畫，帶給遊客不同的感受。

登一〇一摩天大廈

左六〇右九七總一五七　胡學超

登臨台北小，熙攘逐生涯。仰首忻雲彩，低頭感物華。
燈明星月掩，樓聳玉霄賒。建構神工巧，摩天舉世誇。
景點說明：為應藝文生活化活動，不揣淺陋，試擬「登台北摩天大廈」五律一首，以彰其神工巧構之雄。
右詞宗評：觀察入微，情景並蓄，造句新穎，極具巧思。

龍山寺

左九〇右六六總一五六　劉金城

龍山寺闕壯觚稜，勝日來探喜氣增。福地鍾靈神顯赫，首都毓秀廟嶒崚。
為醒暗夜千秋夢，更點迷途一盞燈。古蹟石雕瞻虎踞，香煙鼎盛兆中興。
景點說明：位於台北市的龍山寺，鍾靈毓秀，龍蟠虎踞，平日香煙鼎盛是首都人民的信仰中心，宛若迷航中的一盞明燈。

陽明山公園覽勝

左七七右七六總一五三　李清堂

草山秀麗四時春，異樹奇花世所珍。似畫櫻濤紅似錦，如屏梅浪白如銀。
三層飛瀑奔千里，一盞花鐘轉萬鈞。勝景嵐光無限好，賞心悅目醉迷人。

景點說明：陽明山原名草山，「花鐘」為區內之園標，遍植台灣原生山櫻和日本櫻多種以及梅花、杜鵑花、茶花、碧桃、杏花等花木，有楓香椷樹六百餘株。每年十二月至次年四月間花季盛開；園內亦有大屯瀑布，因地勢自然形成三層，流水清澈，終年水勢如一，晝夜轟瀉不停，嘆為奇景。

故宮博物院

左五一右九八總一四九　陳子波

歷代瑰奇萃故宮，萬方競貢聚尤豐。漢文晉帖吾曾習，蘇賦歐書世所崇。
彝鼎陶瓷珍可賞，荊關董巨畫何工。凝神讀到無聲處，恍與雙溪景色融。

景點說明：古之最著名畫家皆推荊浩、關仝、董源、巨然，故宮存有其畫。畫為無聲之詩，詩為有聲之畫，前人看畫謂之「讀畫」。外雙溪乃故宮博物院所在地。

右詞宗評：名山名藏，本為名士所嚮往。能如數家珍，本屬尋常，但能渾然忘我，天人合一，洵屬難得。

大安森林公園

左四九右九四總一四三　許麗明

廣闊公園號大安，市中綠地十分寬。千章竹樹冬仍碧，萬畝清陰夏亦寒。
休憩閒遊宜雅集，藝文表演好聯歡。浮生倘得陶情性，處世交流自達觀。

景點說明：大安森林公園地處台北市中心，是「台北市之肺」，不僅規畫有散步與慢跑的林間步道，更有多樣的遊憩、藝文設施，是民眾休憩娛樂的好地方。

右詞宗評：公園廣闊可陶性情，是休閒勝地，人性達觀，是養生要旨，詩人有此感受，性使然也。

謁太原五百完人成仁紀念碑 左九五右三九總一三四

陳耀安

具塚圓山矗，碑壇勁柏森。成仁何壯烈，報國更誠諶。

浩氣千秋仰，英靈萬衆欽。招魂誰警惕，世亂禍蒼黔。

景點說明：民國三十八年四月共軍乘國共和談之際，猛攻北方重鎮山西省會太原，國軍以寡擊眾，終於城陷。是時山西省府文武官員五百多人，力戰不克，自殺就義壯烈成仁，成為史上最可敬的完人。政府於遷台次年，在台北圓山建立太原五百完人成仁招魂冢，以資永久紀念。

左詞宗評：此題今人久不賦詠矣，述之亦可存一代史實。結語以亂世禍害相警惕，用意甚深。

北投周氏節孝坊 左八四右四一總一二五

周絹

雲外鳳凰聲，當年節孝名。淒風知夜冷，苦雨得朝晴。

比玉尊環佩，凜冰化石旌。三間分四柱，鯉躍海天清。

景點說明：周氏名絹，早年喪夫守節撫孤，侍奉翁姑至孝。因堅貞事蹟奉准建坊，於咸豐十一年坊成。現為北市三級古蹟。

陽明山紀遊 左五二右七三總一二五

吳五龍

陽明勝地好尋幽，萬紫千紅眼底收。別館崢嶸迎雅客，議廳壯麗萃名流。

帽山聳翠祥雲繞，草嶺鋪青瑞氣浮。世外桃源堪比擬，人間仙境暢遨遊。

景點說明：陽明山以前稱草山，自蔣先總統就住草山別館，興建中山樓，周圍千花競秀，如世外桃源，遠眺紗帽山嵐光炫眼，真北台觀光勝地。

春日陽明山攬勝 左三六右八八總一二四

賴虹妙

陽明山訪上山巔，勝景逢春百卉妍。草木爲衣花織地，雲霞作帽水浮天。
芳菲遍野韶光媚，瑞靄迎人喜氣綿。萬象更新寒轉暖，邦家再造靖狼煙。

景點說明：陽明山每年二、三月是一年一度的花季，春色無邊，處處可見遊人在此賞景。

謁指南宮

左四一右八一總一二二　賴文雄

指南宮闕景幽清，普度迷津濟衆生。天下靈山仙氣集，迴廊殿宇瑞光明。
奇花異卉多詩料，煖日和風兆太平。聖道廣揚河海晏，虔祈呂祖息紛爭。

景點說明：指南宮位於北市東南之猴山，殿宇宏偉，地靈人傑，道教聖地奉祀呂祖洞賓，濟世度人，故為台灣百姓之信仰中心，風景絕佳，仙氣氤氳，長年參拜人潮絡繹不絕。

台北風光

左五五右六三總一一八　蘇裕謙

台北鍾靈秀，風光眼底收。諸峰橫翠黛，三水匯清流。
捷運全球耀，交通國際謳。人文欣薈萃，百姓樂無憂。

景點說明：北市東南邊為松山丘陵，與清水坑地塊，林木蒼翠有如天然屏障。大嵙崁新店溪淡水河匯流，人文薈萃，邁向世界之都。

遊絹絲瀑布

左八〇右三七總一一七　姚孝彥

尋幽乘興上擎崗，夾徑青篁樾蔭涼。笻杖卓雲舒眼界，絹絲飛壁滌騷腸。
詩書字畫能醫俗，泉石煙霞可癒狂。爲報驅馳名利客，何如世外任徜徉。

景點說明：七星山下的冷水坑，其澗水流瀉斷崖，因水不大，形成如懸掛在織機上的絹絲，故名「絹絲瀑布」。路從竹林中幽徑進入，樾蔭清涼，盡除世間煩熱。嶺上指擎天崗。

陽明山中山樓　　　左七二右四三總一一五　　黃宏介

緬懷創國歷艱辛，樓紀中山百歲辰。文化復興期不墜，綱維重挽繫長春。
發言席上皆高爵，議政堂前盡顯臣。幾度陽明風雨後，蔥蘢林木競時新。

景點說明：陽明山中山樓，為紀念國父百歲誕辰及文化復興而建，議堂中皆一時高官顯爵也。

外雙溪紀勝　　　左七一右四四總一一五　　莫月娥

若道名人住，大千孰與齊。溪稱分內外，物博覽中西。
精舍封池硯，梵音繞石梯。園迎遊客盛，至善美如圭。

景點說明：外雙溪人傑地靈，有故宮博物院、至善園、岳飛廟及張大千的摩耶精舍。

台北大龍峒保安宮　　　左三九右七四總一一一　　林　顏

古蹟聞名祀聖神，保安宮聳稻江濱。恩波浩蕩邦家壯，殿闕巍峨日月新。
妙手回春醫國母，仁心濟世拯黎民。八方香客龍峒集，大道靈威化劫塵。

景點說明：保安宮主奉保生大帝，又稱大道公或吳真人，醫術精湛，曾以絲線過脈治癒國母，道濟眾生，香火鼎盛，是國家二級古蹟，也是台北三大廟門之一。

陽明山風物　　　左四七右六二總一〇九　　魏秋信

盛名台北後花園，覽勝休閒屐印痕。磺嘴穿岩煙裊裊，虹腰跨谷水潺潺。
櫻花海芋丰姿雅，瀑布溫泉景色繁。紗帽山幽湖夢幻，芳菲季節笑聲喧。

景點說明：陽明山國家公園轄區內，景觀秀麗，生態豐富，休閒功能多樣化；奇特的硫磺煙、如詩的夢幻湖，莫不引人入勝。尤其是每年花季，湧進難以數計的人潮，時鐘花園更是樹立多年的地標招牌，因而有「台北後花園」之美譽。

中山碑林

左九二右一二總一〇四　胡順卿

蹟紀公園內，中山志永垂。迎風林立石，映日字留碑。
烈士丹青史，先賢血淚詩。憑瞻民愛國，華夏壯邦基。

景點說明：國父孫中山先生，領導國民革命遺志，創建中華民國事蹟。藉林立之字碑，留下烈士丹心誓死不渝志節，寫下先賢血淚悲壯詩歌。如此斑斑史蹟，以吸引遊客觀光瞻仰。尤勉勵民眾愛國情操，以壯大中華邦基永固。中山碑林，係收集國民革命先烈先賢，善書名家墨寶，共二十多幅，經雕刻花崗石碑。於民國八十三年間，在台北市國立國父紀念館中山公園內設立，為該館重要旅遊名勝。

左詞宗評：頷腹二聯扣碑林，工切穩妥。結聯稍嫌俗套，不無遺憾。

保安宮

左七三右三〇總一〇三　胡其德

廡殿連雲映碧空，雕龍鏤虎鬼神工。白礁修道通靈氣，黔首持香思帝功。
昔日懸壺三臂折，今朝享食九州同。眞人乘鶴登仙去，猶庇蒼生瑞靄中。

景點說明：保安宮地處大龍峒，主祀保生大帝，嘗以醫術高明聞於世。宮殿巍峨，雕龍畫棟，神像莊嚴，香火鼎盛。

劍　潭

左八九右一一總一〇〇　林彥助

澄潭煙雨碧籠紗，遊客懷思國姓爺。昔遇魔侵興霧靄，前聞怪亂襲舟槎。
傳爲寶劍收妖孽，說是軍威鎮惡邪。勝事勝情彌勝跡，江山亙古煥明霞。

首都展望

左〇右九九總九九　吳素娥

首都文物久馳名，巡禮人來逸興生。花賞草山千卉艷，詩題瀛社百年盟。
內湖捷運通南港，淡水長流繞北城。別有摩天一零一，萬燈璀璨兆昇平。
景點說明：台北市為台灣首都，集行政資源創造現代都市化，名勝古蹟不勝枚舉，以捷運路網及一零一高樓煙火秀聞名國際，令人刮目相看。
右詞宗評：大處著眼，首都之發展潛力和盤托出，一氣呵成，不留痕跡，顯見功力。

指南宮

左二七右七一總九八　吳錦順

振衣直上指南宮，千級瑤階一徑通。肅穆莊嚴藏妙諦，輝煌金碧蘊儒風。
焚香頂禮祈恩主，素菓鮮花拜大雄。四季朝山人絡繹，暢遊美景仰神功。
景點說明：指南宮位於台北市文山區，俗稱「仙公廟」，是儒道釋三教同體的廟宇，是指南地區主要的信仰，也是有名的風景名勝地區。

建國花市

左九七右〇總九七　何維剛

九衢京闕陌塵飛，一徑風華染夕暉。巧笑婷婷花醉蝶，浮香脈脈草薰衣。
孰因市鬧山林遠，不爲歲寒顏色稀。松竹詩情閑觸撥，人間自在已忘機。
景點說明：建國高架橋下的建國花市，是市民週休假日買花、賞花、休閒賞景的好去處，更是全台北最具規模的室外花卉市集。
左詞宗評：此首不述古，但詠今；不說大事，只敘閒情。而小小題目亦能寫得熱鬧紛繁。「不為歲寒顏色稀」，雋語。

學海書院懷思

左〇右九六總九六　蔡義雄

曾聞朗朗讀書聲，艋舺文風冠北瀛。解惑傳經千世業，栽桃培李百年榮。

宮牆興廢誰爲主？歷代滄桑幾易名。學海如今何處覓，高家祠外憶維英。

景點說明：學海書院位於萬華龍山國小附近，是清末淡北最高學府，陳維英先生曾任山長，後來售與高家作為宗祠之用，台北漢學從此失一憑依，不勝欷歔歎息。

右詞宗評：創業惟艱，守成不易，基業易主，本屬尋常，但有心人對理想之執著，豈常人所能理解，故倍懷念前賢以紓解情緒，是何等之無奈。

指南宮建宮紀念

左八六右一〇總九六　張彬彬

合溯分靈渡海時，同看濟世顯神奇。洞天鎮北誇仙境，聖穴指南開廟基。
三教並儒還並釋，萬民稱祖也稱師。文山香火千秋繼，頂禮人來共獻詩。

景點說明：台北市名勝。

士林官邸

左二六右六九總九五　劉素秋

名士如林愛結廬，蔣公總統此安居。階前屢印高人屐，門外時停長者車。
蘭蕙栽培方馥郁，玫瑰園圃正扶疏。我來賞景兼懷古，恩澤深沾感有餘。

景點說明：士林官邸一九五〇年時設為先總統蔣中正先生的官邸，在歷經四十六年的嚴密護衛後於一九九六年開放，官邸內處處鳥語花香，景觀清幽雅靜，是賞景懷古的好去處。

草山走春

左〇右九五總九五　鄧璧

走向春山遠市氛，晴暉初逗暖如熏。拾循野磴苔猶滑，轉過危崖岔又分。
藤杖敲殘枝上露，芒鞋踏破嶺頭雲。杜鵑正共櫻爭發，香逐風來處處聞。

景點說明：草山即陽明山，以櫻花聞名，每年花季，遊客紛來沓至，絡繹於途，為免候車之苦，每邀三兩知己，徒步登山，除賞花外並覽沿途山景。本詩主旨，非徒記事而已，亦有所以呼籲健行者也。

右詞宗評：行雲流水，斲輪好手，登山樂趣，躍然紙上。

春遊陽明山

左一六右七八總九四　栗由思

春到陽明草木香，溫泉流水熱如湯。櫻花怒放留人醉，紈扇輕搖撲蝶忙。
翠竹蒼松迎雅客，鶯聲燕語送斜陽。壯懷直欲天公問，疑是天堂在此方。

景點說明：陽明山在新北投特區，總統蔣公曾住山中，原名草山。風光秀麗，為觀光勝地，中外遊客絡繹不絕，名聞遐邇。

台北采風

左一右九三總九四　陳福裕

大稻埕垣點綴工，幽遊采擷美無窮。茫茫恍見圓山霧，颯颯如聞草嶺風。
關渡潮濤翻弄浪，指南香火篆如虹。大樓百級摩天聳，盡在詩家杖履中。

景點說明：大稻埕為台北舊名，草嶺指陽明山，關渡分潮為淡水八景之一。指南乃指南宮。

右詞宗評：大台北地區之觀光景點、名勝，歷歷如畫，盡收眼底，是詩人本能。

台灣瀛社百週年

左六一右三一總九二　陳金昌

鳳藻麟經響八埏，匡時愛國百週年。清心句鬥黃山谷，俊逸詞追李謫仙。
大振騷風詩壘壯，宏揚正氣筆花妍。北台韻事千秋繼，文運綿長勢浩然。

景點說明：騷風大振，正氣宏揚，乃是詩人的職責。

謁萬華龍山寺

左二八右五八總八六　吳榮鑾

龍山寺聳萬華汀，古剎于今蹟尚馨。鼎盛香煙同鹿渚，和諧鐘鼓起鯤溟。

觀音光顯蓮花座，寶殿聲喧貝葉經。佛淨民心消浩劫，菩提早證國安寧。

景點說明：萬華龍山寺西元一七四〇年落成，主祀觀世音菩薩，台灣國家二級古蹟，外國人觀光旅遊重要景點。

台北龍山寺

左〇右八五總八五　吳承運

古剎風華衆口碑，人來艋舺仰威儀。雕楹畫棟皆超俗，高殿崇樓各擅奇。

妙法無邊開覺路，慈航可渡濟迷痴。朝山禮拜馨香盛，廣沐神恩護國基。

景點說明：位於萬華的龍山寺是台北第一名剎，是當地居民信仰、活動、集會和指揮中心，建築上頗具特色，更典藏許多的藝術珍品。

迪化街懷古

左〇右八三總八三　葉世榮

古懷迪化市風光，批發全台各縣鄉。北向專售山海味，南邊盡是布綢莊。

清中日據經榮景，辜李陳商擅勝場。齋有礪心揚大雅，町名永樂史留芳。

景點說明：迪化街南北貨集散地，歷經清日中依然風光全臺，辜顯榮經營鹽館、李義合船頭行、陳天來營茶葉，均負盛名。

詠錢穆故居——素書樓

左八二右〇總八二　李微謙

學海紛紛論未休，空餘此地素書樓。門庭草木青依舊，典範經書長與遊。

把卷江山忽已暮，行文天地恍如秋。風雲蕭瑟人歸去，景物雖幽誰與儔。

景點說明：素書樓位於外雙溪東吳校舍旁，外觀樸素雅致，依山傍水，昔日國學史學大師錢賓四先生嘗講學於此。之後人雖不在，然留此舊居為錢穆紀念館，設有專人管理，整潔明亮，擺設如昔，予生恨晚，不得親見其風采神姿，但由師長處聽聞而已，故每至於斯，無不悠然神往，感慨不已。

瀛社百年北市行　　左三〇右五二總八二　　吳江潮

首善之區舉世誇，商圈熱鬧景繁華。故宮文物千秋博，瀛社詩齡百載遐。
忠烈祠前懷烈士，城隍廟內謁隍爺。陽明山上風光麗，北市行吟興倍加。

創作理念：欣逢瀛社百週年慶，特以全國首善之區台北市頌讚，名勝古蹟不勝枚舉，僅以故宮博物院、忠烈祠、霞海城隍廟、陽明山入句。

於延平河濱公園觀國慶煙火　　左八一右〇總八一　　吳俊男

雙十人潮近水瀾，金花璀璨夢中看。臨宵誰記開邦者，放眼應憂傾杜湍。
牛李相爭鹿成馬，鳳麟不至虎偕狚。滿天煙火渾如畫，可解蒼生瘦骨寒？

景點說明：延平河濱公園一帶，在民國四十年代是台北人的休憩用地，當時河濱聚集了許多露天歌廳，現今則建設成公園，是台北市民休閒的好去處。

遊台北公園　　左二五右五五總八〇　　吳東旭

尋幽覓句興偏長，台北公園景異常。大木亭前人薈萃，翠亭閣上客徜徉。
蓮塘瀲灩全年淨，花圃繁華百里香。勝地鍾靈龍瑞氣，流連忘返到斜陽。

景點說明：台北公園景色優美，大木亭翠亭閣遊客不斷，蓮花池百花盛開，香味遠溢，地理鍾靈真世外桃源。在此遊玩到黃昏忘記歸家。

北市中興大橋　　左〇右八〇總八〇　　邱創祿

中興橋外晚風輕，重架長虹映日晴。近水新莊臨北縣，揚塵車輛入東城。
夕陽樓閣迷煙景，關渡漁舟繫客情。獨倚欄干遙望罷，舒懷回首暮雲橫。

景點說明：傍晚時分的中興橋晚風輕拂，新修的橋像一道彩虹，是通台北縣的要道，車水馬龍，夕陽樓閣相輝映，游人留連忘返，不覺夜幕低垂。

圓環憶舊

左七九右○總七九　黃仁豪

繁榮懷往事，並與萬華尊。饕客人何在，攤墟跡尚存。
高樓環日暮，百載入塵昏。燈熄期重點，來遊美食園。

景點說明：百年圓環美食，曾是人稱「北有圓環，南有萬華龍山寺」之繁榮盛況，而今已廢墟，感慨燈熄應重點也。

行天宮

左二右七七總七九　蔡麗瑩

行天宮壯聳雲天，墨寶飄香伴對聯。萬世雄風尊武聖，一生正氣媲文宣。
神機妙旨迷津渡，暮鼓晨鐘覺路傳。金紙免焚誠膜拜，衛生環保響繇繇。

景點說明：行天宮位於台北市中山區，一般稱「恩主公廟」，由玄空師父親自打理建廟，供奉「關雲長」，因靈驗而香火鼎盛。

陽明山中山樓

左七八右○總七八　胡順隆

中山樓聳起，百歲紀孫公。立地陽明翠，擎天夕照紅。
復興文化節，重振國民風。華夏留名勝，觀光協大同。

景點說明：紀念國父誕辰，利用各屆中華文化復興節，宏揚我國固有文化，重振我國固有民風。希望中山樓，成為國內外旅遊觀光名勝，促進國際中華文化交流，協和萬邦。實踐孫中山先生遺教，施行三民主義，邁向世界大同。陽明山中山樓於民國五十五年十一月十二日，國父孫中山先生百年誕辰落成。建築在台北市區陽明山上，現係教育部所屬國父紀念館，重要旅遊名勝。

瀛社詩學會成立百周年慶　左一三右六五總七八　盧陳對

鳩集奇才筆陣雄，百年瀛社倡吟風。紹唐孝母青雲士，萬吉修齡白髮翁。
激烈豪懷親酒斝，逍遙雅趣寄詩筒。騷壇納慶栽花樹，璧月瓊枝映海東。

景點說明：台北瀛社、台中櫟社、台南南社。中南二社已相繼走入歷史，唯瀛社延續至今，合賦詩慶祝。

中影文化城　左七六右一總七七　楊耀庭

巧奪天工一影城，多元拍攝此中爭。古香古色全民賞，奇景奇觀百業生。
銀幕圓形眞獨特，休閒去處好遊程。毗鄰大學雙溪外，自是人文著令名。

景點說明：中影文化城是拍攝電影之基地，景觀多元，古今並陳，足以引人入勝而有此作。

台灣瀛社期頤社慶雅集　左四二右三五總七七　吳青蓮

台灣瀛社百年登，額頌群賢集稻埕。跡認江山樓起鳳，巢尋太古月爲朋。
石牌擊缽揚天籟，迂谷攤箋紹竟陵。洪老創盟林老繼，堂皇旗鼓壯中興。

創作理念：臺灣最高齡數瀛社，百歲賀客畢集稻埕，風月場懷江山樓今已變成高樓大廈，與太古巢遺跡明月為朋，石牌缽韻宏揚天籟。先賢迂谷刻燭攤箋，會繼竟陵，洪公創績，今由林公承繼發揚，旗鼓雄壯，中興氣象也。

四獸山　左七五右〇總七五　林長弘

象獅虎豹似離離，南港分稜四獸奇。山內縱橫多步道，嶺間南北任奔馳。
登高祝望觀音相，坐石欣看北市姿。洗盡煩塵仁者樂，怡情養性共相宜。

景點說明：四獸山指虎豹獅象四座山，位於台北市信義區，與南港山相連，登山入口處甚多，仰望觀音山，俯瞰台北市，乃健身休閒好去處。

陳維英老師入祀孔廟觀禮感賦并序　左六四右九總七三　林麗惠

莊嚴入祀紫薇郎，孔廟吹笙禮樂揚。地處龍峒參慶賀，會開鶴侶喜飛翔。
尊師重道家聲振，興學弘儒族運昌。豈止遺風傳淡北，欣期碩德永昭彰。

代創作理念：民國九十五年九月二十三日陳維英老師入祀臺北市孔廟弘道祠之典禮，隆重舉行，並舉辦文物特展：「儒者風範，桃李天下」，中有「紫薇郎」匾額一方，作為一個傳統詩之研習與創作者，有幸目睹，深感站在歷史與現代之交匯點上之意義，爰賦之。另典禮中有二隻喜鵲停在孔廟通天筒上，似來慶賀。陳維英，前清舉人，生於臺北大龍峒，曾任閩縣教諭及掌教仰山、學海兩書院。九十五年九月二十三日因文教貢獻入祀臺北市孔廟。

仙跡岩　左三一右四〇總七一　黃義君

仙跡岩隈北市南，餐霞客昔此歡談。今仍澗廓凝青靄，比尙亭台溢紫嵐。
叱石無須猴嶺協，凌波豈用碧潭涵。人間難得清遊地，殊值浮生半日探。

景點說明：仙跡岩位木柵、景美一山崗，山不高，坡度平緩，道路寬坦，步行或驅車皆可到達。是附近早覺會會員運動，午後鄰居歡聚休憩，傍晚有心人賞市區夜景的好地方。

謁龍山寺　左六九右〇總六九　陳千金

巍峨古寺絕氛塵，畫棟精雕奐美侖。聖母威儀靈顯赫，觀音普濟指迷津。
祥光廣被香烟盛，惠澤長霑瑞氣臻。客至虔誠來頂禮，祈求國泰萬家春。

景點說明：一七三八年建，為三進四合院宮殿式建築，各種精雕法、石刻及銅鑄等，富麗堂皇。近年爲服務信眾設圖書館，提倡社教、佛學等活動。

台北孔廟

左六八右〇總六八　陳榮炎

大成孔廟仰儒風，萬仞巍然氣勢雄。型照閩南稱魯殿，地靈台北建龍峒。
級三古蹟三朝易，心一今天一點通。聖境引人欣共謁，莊嚴名勝冠瀛東。

景點說明：大龍峒孔廟創建於日治大正十四年年，今為三級古蹟，典型閩南式廟宇，書「萬仞宮牆」宏偉壯觀，主殿高懸「有教無類」匾額、深受國內外遊客讚賞。

祝台北瀛社百週年慶

左三四右三四總六八　戴燈煌

北台瀛社百週年，鄒魯遺徽絢海邊。薪火相傳培後秀，菁莪孕育仰前賢。
弘揚正氣千秋繼，丕振元音一脈延。寺謁龍山文物盛，飄飄吟幟捲雲天。

創作理念：以瀛社百週年為主題。

國立台灣大學校門

左二三右四五總六八　黃圓婷

羅斯福路築名庠，岸石褐磚高壘牆。造就精英譽國際，培成俊逸冠台陽。
人權聖地開新局，民主先鋒建大樑。學運圖騰匡社運，風騷引領獨芬芳。

景點說明：國立台灣大學校門，似堡壘形狀以褐磚及岸石建築而成，歷來為人權民主發祥地，乃社運及學運之圖騰。

夢幻湖

左〇右六八總六八　吳承恩

隱隱一湖籠霧煙，七星山上泛清漣。竹雞燕雁忘機地，鳧鴨樹蛙得意天。

保育保存生態續，觀光觀察任留連。台灣水韭斯爲最，移植人工策萬全。

景點說明：夢幻湖位於陽明山國家公園內，終日雲霧飄渺，景緻迷人，具有豐富的自然生態資源，其中以台灣水韭的保育更是知名。

北投覽勝

左六七右〇總六七　洪高舌

溫泉取勝感難攀，遊客尋幽興未闌。草木崢嶸收眼底，峰巒屹立聳雲端。
緬懷既往風光麗，浩嘆於今境遇殘。遮莫繁華重轉換，北台煙景壯奇觀。

景點說明：北投以溫泉著名，但曾經繁榮一時之溫泉澡堂，現今大都已歇業矣。目前設有「北投溫泉博物館」供人緬懷昔日風光。然此地風光幽美，草木崢嶸，峰巒屹立，景點猶有足多堪遊者。

台北采風

左六六右〇總六六　張阿麵

稻江煙景冠台疆，采擷人來屐履忙。入眼陽明千嶂翠，凝眸關渡萬舟徉。
北投磺嘴溫泉吐，錫口神鷹奮翩翔。百級高樓揚國際，新詩賦就紀風光。

景點說明：稻江為台北之稱。陽明山千嶂映射綠翠。關渡分潮：涇渭分明、船帆漂漾戲蕩。松山：舊名錫口。松山機場飛機滑道，升空壯觀。一〇一大樓國際聞名。

台北圓環懷古

左六五右〇總六五　魏碧瑄

歷經沼澤變圓環，百載滄桑豈一般。樓閣江蓬承吒叱，風騷鼓蕩聚台蠻。
周圍美食人誇口，地域繁華客悅顏。盛景如今猶隔世，半聞追憶半聞訕。

景點說明：江蓬指江山樓與蓬萊閣，台鑾指台灣人與日本人。

木柵休閒農業

左四右六一總六五　陳美麗

木柵休閒產業彰，猿山勝景采風忙。市郊導覽詩情逸，壺穴探幽雅興長。
消暑涼甜知筍味，遊春日暖品茶香。杏花開滿林坡道，墨客留連忘返鄉。

景點說明：木柵位於台北市郊，日據時張姓族親從安溪引進鐵觀音茶到山上種植後成立「木柵觀光茶園」此休閒農業，以鐵觀音為主，綠竹筍為輔與杏花林景點構成台北後花園。

詠一〇一

左〇右六四總六四　黃色雄

一零一聳壯觀瞻，寶島無雙霸氣潛。大夏巍峨疑筆插，半空絕頂似天黏。
稻江人羨雲爲枕，玉宇仙居月近檐。最是跨年煙火秀，如詩如畫入吟縑。

景點說明：一〇一大樓高度五〇八公尺，地上一〇一層，地下五層，是台北的地標建築，如同帝國大廈之於紐約、艾菲爾鐵塔之於巴黎。在九十三年十二月三十一日舉行大樓開幕典禮，進入全新的營運階段，當晚的跨年點燈配合耀眼炫麗的煙火秀，吸引世人的目光，如詩如畫特詠之。

登一〇一

左六三右〇總六三　吳春景

壹零壹上最高樓，俯瞰北台全四周。右望松山人越嶺，左看黌港客歸舟。
士林夜市繁華甚，中正廣場庭院幽。恰值登臨煙火秀，滿空燦爛耀瀛洲。

景點說明：一〇一大樓乃目前世界最高樓，登臨俯瞰，台北四周盡收眼底，其人文風情，古蹟勝概，片刻中可知矣。

北臺紀遊

左一七右四六總六三　吳舒揚

雨過貓空漸放晴，纜車風御若圖呈。一生戎馬人懷蔣，百歲壇壝社紀瀛。
樓冠摩天誇北市，門書景福聳南城。首都名勝兼山水，盡入奚囊壯此行。

景點說明：大臺北樓台壯麗，山水毓秀，經建繁榮，自古人文薈萃，如今一零一高聳，管領寰球值得一頌。

七星山詠景

左六二右〇總六二　黃崇豪

振衣千仞七星岡，雲竇漫山列雁行。濯足淡江乘宿雨，凝眸古寺醉新霜。
十分白瀑桑榆影，八里清風禾黍香。遍野櫻花開燦爛，飄來逸韻煥瓊章。

烏來探勝

左〇右六〇總六〇　莊育材

烏來瀑布半山崗，攬勝遊人引興長。匹練高懸寒意沁，瀧泉沛注冷溟茫。
層巒嶂疊彪奇景，後桶溪流映碧蒼。順搭纜車登岸北，園區玩樂沐仙鄉。

景點說明：烏來鄉內有桶後、南勢等溪流經，四周山巒起伏，綠水悠悠。瀑布、溫泉、遊樂園、纜車可供盡情玩樂。

寒冬登大屯山

左三右五七總六〇　甯佑民

無畏寒流襲，屯山結伴遊。雪花飄嶺脊，冰串掛梢頭。
笑逐歌聲起，緣隨影像留。此情難一遇，邂逅勝尋求。

景點說明：大屯山位北投區，主峰高八百公尺，近峰頂遍佈包籜矢竹和白背芒，山腰多為闊葉林，四時蓊鬱，步道便捷，是登山望海、賞鳥、賞蝶最佳去處。

北投采風

左五九右〇總五九　曾景釗

板屋思幽劇變中，識前泥爪印來鴻。女巫傳說滄桑久，周氏撫孤節孝崇。
泉洗塵名塵垢淨，景端逸興俗心空。大屯山翠人忘返，一壑煙霞氣象雄。

景點說明：北投溫泉勝地位於大屯山側，因終年煙霧裊裊，故凱達格蘭族稱之「北投」即女巫居住地，後由日人以板屋搭建為溫泉屋，日後成為台灣四大溫泉，蜚聲國際。

陽明山秀愛情隆

左〇右五九總五九　黄　斌

櫻鵑美豔陽明秀，瀑布飛珠細雨濛。湯水氤氳除積病，冷泉卻暑奪天工。

綿綿蜜語花陰下，娓娓私衷月影中。海誓山盟天地證，絲蘿締結百年同。

景點說明：櫻鵑美豔、瀑布飛珠、湯水氤氳、冷泉卻暑、花陰掩映、月影幢幢。

詠萬華龍山寺

左五八右〇總五八　林茂泰

龍山寺建溯前清，二級銜封古蹟名。細琢精彫皆偉構，敦風易俗博嘉名。

慈暉遠蔭三千界，信衆長函數萬程。文化宏揚民樂利，觀光勝地燦鯤瀛。

景點說明：萬華龍山寺，創建於清乾隆三年，其後歷經修建，規模宏大，於民國七十四年被列為二級古蹟，神佛同奉，靈威顯赫，與故宮博物院、中正紀念堂並列為外國觀光客來台旅遊三大勝地，提倡社教，敦風易俗，使人民生活更安康樂利，似此寺宇，理應予以歌頌，冀能鼓勵其他寺廟，同起效尤，而促進社會之祥和。

瀛社詩學會成立百周年慶

左五六右二總五八　張李芳悅

高飄吟幟稻江濱，瀛社嚶鳴屆百春。缽韻鏗鏘娛大雅，文風炙熱賴群倫。

盍簪深契情彌篤，觴詠難忘道益親。英譽詩家歡會慶，頌詞茂麗句傳神。

創作理念：瀛社歷史悠久，成立百周年，不但是該社之盛事，也是臺灣文化界之大事，爰賦詩一首以資慶祝。

中正紀念堂感懷

左五七右〇總五七　林天財

領袖功高永溢芳，東征北伐歷擔當。自由燈塔光芒耀，民主潮流意識張。
物換星移形銳變，天違人願理徬徨。大中至正牌樓固，浩氣儼然史冊彰。

景點說明：中正紀念堂，領袖事蹟紀，藍綠紛擾起，民主廣場更，若能歷史歸歷史，史蹟珍寶存，冀信是，兩岸觀覽之明珠，利國利民萬世勳。

臺灣瀛社詩學會成立百週年　左三三右二二總五六　黃冠雲

都城一幟萃群賢，瀛社弘詩似謫仙。文化興邦匡正道，詞章勵世賦長篇。
紮根鄉土書香佈，改善民風漢學傳。譽滿全台逢百載，騷壇同好頌聲連。

陽明山景色　左〇右五六總五六　周　健

興來山野逛，晌午抵陽明。樹碧櫻花笑，竹高雲雀鳴。
泉烟籠谷口，石徑繞松棚。出壑登峯頂，欣望北市城。

創作理念：勸導世人步出戶外，親近大自然，進而愛護大自然，以促進身心健康。

登一〇一大樓絕頂感賦　左五四右〇總五四　陳明卿

巍峨世界聳天宮，屹立台灣北市中。一百一層稱偉構，萬千萬衆仰奇雄。
平觀星月羅胸景，俯瞰閭閻撲地風。容把紅塵抛物外，人生應是樂融融。

景點說明：一〇一大樓位於台北市信義商圈，建築宏偉，其標高迄為世界之最。

詩情畫意話陽明　左〇右五四總五四　林炳堂

知行作者大名題，國建公園史可稽。燦爛櫻花人欲醉，呢喃鳥語客沉迷。

溫泉滌垢精神爽，綠水涵濡草木萋。休憩鐘樓天下望，通靈藻色好探驪。

景點說明：知行合一為王陽明主張，是國家公園署名用意，櫻花、鳥語令人著迷，溫泉綠水草木滋長，休憩、花鐘、樓台都是詩情畫意的題材。

林安泰古厝

左五三右〇總五三　吳天送

林家古厝曲廊迴，四合廂房院落嵬。典雅祥和門牖壯，渾圓精緻棟樑瑰。

毗鄰青翠公園麗，望遠湛藍水路洄。花木扶疏誇匠藝，清幽樸實淨塵埃。

景點說明：林安泰古厝位濱江街新生公園旁，為台北市碩果僅存古厝中唯一較完整且富代表性之四合院民宅。占地二百坪，典雅樸實，磁磚施工堅牢，樑柱渾圓精緻令人掀起思古幽情。

詠一零一大樓

左四五右八總五三　黃言章

矗立京畿筆直浮，參天巨廈孰能儔。冬迎嫩日曦光暖，夏送輕雲倩影悠。

閃爍銀燈尋絕景，熙攘遊客仰凝眸。萬千氣象何磅礡，笑傲全球第一樓。

景點說明：一〇一大樓矗立臺北都邑，高聳入雲，氣勢磅礴，結構新奇清新，討人喜愛。迄今雖已中外馳名，唯仍覺政府宣傳不足，殊為可惜，如能加強文宣，推進國際領域，尤可補我國外交困窘之缺憾，令更多世人認識此世界第一大。

迪化街懷古

左〇右五三總五三　林明珠

遐邇聞名迪化街，古風建築意和諧。城隍顯赫枌榆護，永樂行郊富宇排。

南北貨齊陳面店，中西料理滿台階。萬頭鑽動繁榮象，文化稻埕史蹟懷。

景點說明：歷史悠久的迪化街，南北貨包羅萬象全省聞名。永樂市場絲綢布匹貨色齊全，造就不少富可敵國的商人。霞海城隍名聲遠播。大稻埕民風純樸。

木柵觀光茶園

左○右五一總五一　劉福麟

安溪極品鐵觀音，引進新苗更熱忱。種植樟湖營盛業，昌榮木柵賺多金。
休閒品茗乘時興，逸趣描詩得意吟。獨特觀光增景點，茶園雅味爽神心。

創作理念：人生除了三餐外，最令人難於遺忘的是飯後來一杯熱茶，尤其是富有古早味的鐵觀音，其最負盛名的當推木柵的鐵觀音，因此對木柵觀光茶園更加有興趣作為寫詩題材。

觀台北市孔廟

左五○右○總五○　姚　植

淡水江城宣聖宮，大龍街上玉玲瓏。千年祀典神多爽，萬世師尊興不窮。
禮樂嗟麟張正義，衣冠嘆鳳振騷風。春秋祭享容儀肅，盡在儒生感慨中。

春覽陽明山

左○右五○總五○　李昆漳

日麗春風拂，亭樓遍草山。公園花郁郁，綠樹鳥關關。
泉水磺煙鎖，小橋景色媚。踏青人似鯽，共頌若仙寰。

創作理念：陽明山踏青，見景色秀麗，特作此詩留念。

謁龍山寺

左○右四九總四九　陳進雄

龍山古刹慶翻新，遊客重來謁正神。寺建乾隆香火盛，人參菩薩藻蘋陳。
艋舺艋舺慈雲靄，澤濯鵑城法雨均。晨拜帝君宵拜佛，威儀妙相庇黎民。

景點說明：龍山寺位於艋舺商業區，乾隆三年建寺，祀奉觀音，被譽為東方最華麗寺廟。香火鼎盛，吸引觀光客進香，儼然一座觀光廟。

台北今昔

左四八右〇總四八　洪玉良

沼澤密林加蚋堡，霓虹燦爛萬華城。五門廣袤安居保，十里巷衢商店營。總理奏呈增北府，泉人入墾築牆楨。地標搶眼一零一，民主自由博美名。

景點說明：總理船政沈葆楨光緒元年奏准增設台北府。泉人陳賴章入墾艋舺，此後日眾努力才成就今之台北。創業艱難守成更難，希吾儕珍惜這塊美麗的家鄉。

海門天險

左〇右四八總四八　邱天來

海門天險固基津，鼎峙高花話劫塵。拒法砲台山作壘，防關鎖鑰水爲鄰。恨餘孤拔墳猶在，港築銘傳跡尚陳。灣外三沙檣影密，繁榮貿易績迎新。

景點說明：海門天險位於基隆市港東面山上，沿中正路三沙灣攀登可達，有「北台鎖鑰」之稱，為基隆要塞重鎮。前光緒年間中法戰爭，法軍提督孤拔率艦來犯，巡撫劉銘傳應戰獲勝，孤拔死後在二沙灣留有墳塚，山上置設砲台，以海門天險一處最為扼要，由該地俯視港內桅檣林立，貿易吞吐。市肆繁榮，勝蹟觀光，可添思古幽情於無限也。

木柵動物園

左二一右二七總四八　邱美麗

木柵丘園動物棲，宜人景色惹詩題。風和地廣群心逸，樹翠花繁衆眼迷。禽獸迎賓聲雜雜，鳥蟲噪客韻低低。叟童來賞徘徊伴，不覺斜陽已落西。

景點說明：木柵動物園位於文山區，佔地一八二公頃，是圓山舊園的三十倍大，設很多展示區，供客參觀，時常維護景觀及自然生態。

暮訪關渡宮　左〇右四七總四七　蔣國樑

天妃津口鎮潮長，台北交通淡海航。雕壁楝樑皆雅典，楹聯門戶盡文章。
高僧天梵金爐旺，落日彤霞暮鼓揚。溫酒滿杯堤上臥，江波盪起醉流觴。

景點說明：基隆河與淡水河會合處港邊建關渡宮供媽祖，古台北交通均由此經淡水出海。壁畫採歷史典故，楹聯多前人所留。

話台北　左四六右〇總四六　蘇乃昌

台灣首善說鵲城，風土人文燦爛呈。淡水陽山橫壯闊，孫堂蔣館立清明。
居民攜手融新故，旅客開懷受送迎。最是辛勞今市長，衝寒冒暑探輿情。

景點說明：此詩綱目整然：融新故以示多元，受送迎則表開放。末聯乃是願景，非「馬屁」也！

臺灣瀛社學會成立百周年誌慶　左一八右二八總四六　顏念華

勝友如雲共詠觴，高朋滿座喜眉揚。創壇百歲人文盛，數幟千秋壁壘強。
磊落詞華追兩晉，鏗鏘缽韻繼三唐。宏揚國粹增邦運，瀛社詩名震八方。

創作理念：臺灣瀛社學會成立百周年，人傑地靈，弘揚中華文化，所著詩集傳送四海。

俯瞰陽明山春似錦　左四四右〇總四四　何孟萍

七星紗帽毗陽明，翠谷環龜遠水橫。雨過磺溪千嶂秀，風涼快雪百禽鳴。
中山樓上籠生氣，竹子峯登發正聲。滿嶺春來花簇錦，遊人如織伴長庚。

景點說明：陽明山是七大國家公園之一，遊客之多，花木之盛亦為各園之冠。為增遊園者多瞭解其他地理形勢，特獻芻蕘，以之參考也。

繁榮艋舺

左四三右〇總四三　謝江南

台北平原拓賴章，浚開八里坌通航。交流貲貨蚶江契，振起工商艋舺昌。
迹發聲威揚國際，猷興福澤被台疆。化民聖教敷瀛社，鄒魯風徽萬世昌。

景點說明：台灣先民史載，康熙四十八年，閩人陳賴章開發台北平原。乾隆五十三年，清廷許開八里坌口，與福州及蚶江泉州通航，使艋舺繁榮。

汐止尖山大道院

左一〇右三三總四三　陳連金

尖山聖域淨無塵，道院禪修養性眞。九品蓮花空色相，千篇貝葉滌心神。
佑民護國鐘聲响，扢雅匡時正氣伸。竹韻松風宣佛法，無爲度世遠迷津。

台北動物園遊記

左〇右四二總四二　李　崑

春臨台北爽吟軀，經建繁榮仰首都。越道須行斑馬線，便民還設吸菸區。
纜車營業人爭坐，輪椅遊園日未晡。動物稀奇容探索，池中生態賞心俱。

景點說明：台北動物園不但兒童嚮往，成人亦思玩賞，都市繁榮能有一清靜休閒去處，園中各種動物蔚為奇觀，令人賞心悅目之餘，興猶未盡。

次唱：尊重女權

左右詞宗劉福麟、吳舒揚先生選

元　左一〇〇右八九　蘇乃昌

人權本不別雌雄，婦女誰甘賤厥躬。雅望鬚眉行恕道，咸知揖讓立新風。

眼　左九三右八八　黃冠雲

世界英雌輩出中，幾多才智冠英雄。女權今慶尊平等，社會祥和進大同。

花　左八三右八七　蔡義雄

女權從古合尊崇，霜操貞心盡婦工。愛國犧牲秋瑾烈。男兒曾幾有其風。

肆　左八一右九六　王富美

三八佳辰國際崇，由來合頌母儀風。女中豪傑休輕視，兩性權衡進大同。

伍　左七八右九一　劉清河

自由時代自由風，中外人文各不同。道統權無男女別，何須刻意說尊崇。

陸　左九五右七一　簡華祥

半邊天下見雌雄，詩頌女權佳節中。男性沙文應譴責，長教世道播春風。

柒　左七〇右八〇　曾玉妹

民權天賦已成風，世界潮流共大同。最是炎洲宏道業，女男平等建大功。

捌　　左五三右九三　　邱天來

權益均衡理共崇，不由兩性論雌雄。且看女宰英邦相，贏得人尊國士風。

玖　　左四三右九九　　吳素娥

女權平等共尊崇，婦節歡迎舉世同。不讓鬚眉誇報國，木蘭代父肯從戎。

拾　　左五四右八七　　陳耀安

男威時代已途窮，兩性無差古道崇。尊重女權應倡導，英雌原不遜英雄。

十一　　左八六右五〇　　江啓助

女性才能衆認同，婦權平等要尊崇。持家治政欽雙顧，民主揚芬第一功。

十二　　左八九右四二　　黃圓婷

天生璋瓦命難同，思想翻新革陋風。尊重女權權日進，匡扶邦國有餘功。

十三　　左九六右三五　　陳素端

女男有別古今同，各盡其能建偉功。兩性平權非口號，當將互敬蔚成風。

十四　　左四四右八六　　吳榮鑾

不容男士自尊崇，君子齊家有素風。保障女權留此日，裙釵才德氣如虹。

十五　　左三七右九〇　　吳子健

文明進展萬邦同，婦女權尊泰嶽崇。多少娥眉天下治，乾坤扭轉佈仁風。

十六　　左九〇右三七　　黃言章

節逢三八喜迎衷，暢述平權說意崇。尊重坤儀非口號，建功不以論雌雄。

十七　左三八右八一　林炳堂

國際潮流約束同，節逢三八女人崇。昔時輕視今朝慶，供仰裙釵不世功。

十八　左五八右五九　曾　焜

三從四德秉賢風，舊習綿延數亞東。時代已隨文化轉，男尊女愛互謙融。

十九　左九三右二三　王命發

歷朝嬗替重男風，惡例於今不認同。婦女人權宜敬護，平衡兩性國方隆。

二十　左三一右八三　戴星橋

推行平等共尊崇，譽望坤儀女德隆。合頌崇高三八節，權宜端正怖淳風。

廿一　左四二右七〇　許秉行

歐美新潮道範通，女權維護世風同。三從四德當欽仰，大愛無私弱勢崇。

廿二　左九二右一八　洪龍溪

三八由來紀女功，英雌默默重仁風。職權平等多參政，尊重聲威志更雄。

廿三　左八八右二一　吳江潮

女權尊重可移風，婦德端莊衆所崇。母性光輝人合頌，男兒感佩敬由衷。

廿四　左四八右六一　許淑卿

西風東進女權崇，不讓鬚眉蓋世功。此日欣逢三八節，賡詩共慶表心忠。

廿五　　左三四右七二　　　　　　　　　　　　　陳麗卿

女權尊重溯歐風，慈德箴規世所崇。今喜佳辰三八節，鬚眉巾幗總相同。

廿六　　左六四右四一　　　　　　　　　　　　　蘇心絃

堪欽仕女奮爲雄，屬性何須別異同。福祉公權宜共享，當推民主建殊功。

廿七　　左三三右六九　　　　　　　　　　　　　林獻陽

古有木蘭百世崇，英雄未必盡重瞳。今看鼎鼐調和手，多賴裙釵細膩功。

廿八　　左二七右七五　　　　　　　　　　　　　林麗惠

女男平等是初衷，意念行爲貫始終。尊重閨門權益保，好教社會樂融融。

廿九　　左二二右七八　　　　　　　　　　　　　林鎭砮

三從四德古今同，傾國權褒更可風。睦里敦親勤典範，鷗盟共頌衆欽崇。

三十　　左九九右○　　　　　　　　　　　　　　楊東慶

推動搖籃建偉功，家庭社稷賴圓融。陰陽並濟焉能缺，男女平權萬古崇。

卅一　　左○右一○○　　　　　　　　　　　　　劉金城

三八佳辰慶婦童，女權尊重衆推崇。助夫古有梁紅玉，不讓鬚眉屢建功。

卅二　　左○右九八　　　　　　　　　　　　　　孫志雄

婦節欣逢慶典隆，女權朝野應推崇。人皆有母恩難計，甘旨休忘盡我衷。

卅三　　左一二右八五　　　　　　　　　　　　　楊維仁

兩性均分造化功，何曾巾幗遜豪雄。萬華爭艷新時代，男女平權一體同。

卅四　左九七右〇　**邱進丁**

重男輕女古時風，民主如今大不同。巾幗何須家事累，權能在握亦英雄。

卅五　左八〇右一六　**張富鈞**

休言女子不英雄，兩性今朝已不同。百載重開新世面，乾坤互重蔚成風。

卅六　左〇右九五　**胡其德**

補天採石女媧功，織錦養蠶嫘祖風。儔侶相依更相敬，莫譏獅子吼河東。

卅七　左〇右九四　**蔣國樑**

欣逢婦節見芬功，女性於今貢獻同。世上人皆知有母，何須立法表推崇。

卅八　左九四右〇　**鍾常遂**

男女平權普世同，賢妻良母必尊崇。邦家萬事勳勞半，人類無雌一切空。

卅九　左一右九二　**龔必強**

男女平權一例同，英雌自古勝英雄。三遷畫荻千秋頌，節重紅粧懿德隆。

四十　左九一右〇　**許欽南**

喜迎佳節世同崇，男女平權溯美風。合頌舉觴賢婦界，敬尊坤範勝英雄。

卌一　左八七右四　**魏嘉亨**

陰陽際遇古非同，歧視欺凌失至公。兩性平權尊婦女，始能匡世拂仁風。

卌二　左八四右六　李昆漳

平等潮流早認同，女權必重共尊崇。英王智慧全球仰，不讓鬚眉獨自雄。

卌三　左六五右二四　張李芳悅

宏聞盛會府衙中，婦女權尊舉世同。民主推行平等日，不分性別表高風。

卌四　左三九右四九　陳榮炎

女權巾幗現英雄，展示才華化育功。理國齊家兼教子，閫儀大德世尊崇。

卌五　左八五右〇　蔡瑤瓊

不撓毅力令人崇，安國興家建偉功。舉世平權尊女性，全民樂教沐春風。

卌六　左〇右八四　賴欣陽

女媧煉石補長空，孟母臨機訓幼童。節烈堅貞盈史冊，立身自不讓豪雄。

卌七　左四五右三九　林文鏗

封建遺留已掃空，今迎婦節禮心同。女權當下休輕視，古有木蘭超父功。

卌八　左五〇右三三　陳千金

持家報國值尊崇，倡導平權振士風。三八溫馨佳節慶，一尊共祝樂融融。

卌九　左〇右八二　高清文

來璋弄瓦一歡同，百業千行兩性通。翰墨超群吟唱好，誰言女史不霄沖。

五十　左八二右〇　陳碧霞

早年嗤點羨西風，詎料當今迥不同。兩性平權新局勢，更看女道得尊崇。

五十一　左〇右七九　洪嘉惠

日月宣召豈異同，乾坤合德造宏功。尊崇淑媛邦家壯，長頌女權高士風。

五十二　左七九右〇　陳東和

男女平權互敬崇，各司其職細分工。持家教子倫常重，社會祥和禮益隆。

五十三　左七七右〇　黃　瓊

婦女箴規衆所崇，發揚母教立奇功。平權尊重黔黎樂，盛世宏開國運隆。

五十四　左〇右七七　杜美華

女權尊重遍西東，一體勞酬落實中。久仰班昭追道蘊，鬚眉不讓大家風。

五十五　左三二右四四　蔡飛燕

女權時事衆欽崇，孕育才華造化功。最喜瀛社百年慶，推行民主蔚成風。

五十六　左〇右七六　莫月娥

鬚眉不讓女英雄，贏得男兒敬折衷。兩性平權天地義，司晨防堵牝雞同。

五十七　左七六右〇　柏蔚鵬

重男輕女古今同，違背常情敗德風。今日平權當謹守，齊家治國兩尊崇。

五十八　左七五右〇　　曾景釗
古來男女難平等，肇始私心愧五中。合把慈暉昭令節，大千世界佈春風。
五十九　左〇右七四　　李春初
重男輕女古今同，久滅人權理未通。海嶠吟朋齊拯救，千篇麗藻補天功。
六十　左七四右〇　　甄寶玉
天地乾坤位本同，重男輕女舊時風。而今民主無歧視，巾幗從茲受敬崇。
六十一　左〇右七三　　王鎮華
一聲尊敬說雌雄，半壁江山不記功。是看騷壇光萬丈，才華洋溢女男同。
六十二　左二八右四五　　洪玉良
節臨三八衆尊崇，家暴時聞到處同。落實女權還未遍，薰陶儒教德仁充。
六十三　左七三右〇　　蘇裕謙
民主前鋒正步紅，女權至上起薰風。推行母德功彪炳，尊重蛾眉景象雄。
六十四　左七二右〇　　謝江南
蘭心蕙質德同崇，報國齊家仰偉功。性別無分權敬重，節逢三八誌鷗鴻。
六十五　左七一右〇　　賴秋華
歐風美雨遍傳東，參政從軍應表功。報國齊家同職責。漫教巾幗遜英雄。
六十六　左六九右〇　　游振鏗

報國木蘭代父同，一樣鬚眉志更雄。今有佳辰三八節，女權尊重共推崇。

六十七　左○右六八　張錦雲

由來巾幗德崇隆，國父曾紓束縛風。女性賢良堪作範，義應尊重禮權同。

六十八　左六八右○　吳振清

愛國曾紓不世功，裙釵懿德勝英雄。相夫教子無尤怨，權益當需受敬崇。

六十九　左○右六七　詹獻煌

閨閣文明德望崇，尊重姐妹共帡幪。寧教男女無差別，倡導平權濟大同。

七十　左一四右五三　黃宏介

世紀新潮鼎革中，女權尊重首居功。陰陽律協齊家美，天下欣看邁大同。

七十一　左六七右○　陳榮亙

男女平權舉世崇，豈能歧視論雌雄。於今世界幾巾幗，屢建巍巍領袖功。

七十二　左五七右九　王梵心

居禮夫人澤世功，鬚眉刮目重推崇。女權至上宜尊重，平等祥和正俗風。

七十三　左六六右○　邱創祿

社會文明進大同，自由平等樂融融。女權尊重揚坤德，良母賢妻舉世崇。

七十四　右六六左○　楊志堅

難得歐西建立功，人權不復獨男崇。於今舉世同平等，母範端嚴子裔聰。

七十五　左〇右六五　葉金全

婦節良辰受敬崇，須知巾幗勝才雄。女權尊重催民主，不讓齊家孟母風。

七十六　左〇右六四　黃崇豪

前例木蘭寫戰功，女權肇始燦蒼穹。昇華令節慈暉暖，遍及春風大地紅。

七十七　左六三右〇　甯佑民

持家參政進全忠，文武能擔貢獻同。放眼潮流新典範，今逢佳節祝由衷。

七十八　左五右五八　林天財

巾幗英豪史料豐，解除封建女權崇。平匀兩性於生活，國治家齊進大同。

七十九　左五六右七　張民選

閨閣箴規世所崇，姆儀內則不爭功。文明人類還差別，尊倡平權志勿窮。

八十　左七右五六　翁正雄

花朝二月賞花叢，大雅咸來君子風。瀛海詩吟女權重，英雌絕不勝英雄。

八十一　左〇右六三　葉昌嶽

上帝有心分男女，徵蘭合德共西東。芝榮執手昭天地，節日儒林擊鉢銅。

八十二　左二一右五一　鄧　璧

興家興國賴誰功，獻力由來兩性同。今日欣逢三八節，女權應更受尊崇。

八十三　左六二右〇　楊錦秀

巾幗人權著海東，屬文續史大家風。自由平等應尊重，合與鬚眉宿願同。

八十四　左〇右六二　陳儷朋

女男平等萬民崇，封建排除舉世同。巾幗欣逢三八節，木蘭報國肯從戎。

八十五　左六一右〇　何維剛

百載思潮變與通，古金交敬豈相同，平權非待時風易，只在懷身處地中。

八十六　左〇右六〇　陳金昌

三從四德尚時風，尊重同沾母澤隆。執法無私權在握，咸歌平等樂和融。

八十七　左六〇右〇　黃雨亭

鯤島英雌揚海外，從來秀惠出閨中。謳歌百歲詩儔慶，婦女權高國運隆。

八十八　左五九右避　吳舒揚

深閨應憐人束縛，平權倡導世推崇。力爭當日懷歐女，抗議街頭氣貫虹。

八十九　左一〇右四八　張允中

雅號何須署競雄，女男權利自應同。木蘭弓箭班超筆，耀耀輝騰青史中。

九十　左〇右五七　許哲雄

煉石補天誰建功，家邦共濟賴閨中。未聞孤掌能充棟，三八佳辰世共崇。

九十一　左二六右三二　**胡順卿**

婦女佳辰致賀同，北城府裏競詩雄。應知巾幗權神聖。歧視拋開腦海中。

九十二　左一七右三八　**鄭美貴**

齊家教子著奇功，德並鬚眉坤範融。推展女權維淑慎，無慚巾幗更堪崇。

九十三　左五五右○　**沈淑娟**

十月懷胎育子功，春秋繈褓養成童。國頒兩性平權法，佳節欣歡世上同。

九十四　左○右五五　**古　槐**

西歐初創女權崇，平等無欺互敬同。婦節今朝堅筆陣，鏖詩墨克頌聲隆。

九十五　左四九右五　**陳玉錦**

生來平等學西風，婦女拋頭建偉功。今昔相提難並論，諳知尊重息兵融。

九十六　左○右五四　**吳玉書**

節源傳自美歐風，尊重裙釵懿德崇。僕實勤勞興漢責，願教坤範國昌隆。

九十七　左○右五二　**許又勻**

鯤瀛濟濟數英雄，巾幗才華國力充。朝野女權須敬重，深期四海播祥風。

九十八　左六右四六　**吳青蓮**

男女平權進大同，文明世界共尊崇。蛾眉至上開新運，治績輝煌國祚隆。

九十九　左五二右〇　李宗波

女權原自法歐風，此日承傳百載中。參政已除封建制，齊家治國共尊崇。

一〇〇　左五一右〇　洪玉璋

會啓府衙人供仰，權推巾幗世同崇。賢慈訓子行忠孝，具有安邦建大功。

臺灣瀛社百週年慶祝活動捐贈芳名錄

捐助單位／姓名	金額		備　註	捐助單位／姓名	金額		備　註
姚啟甲	230,000	00		賴添雲	10,000	00	
瑞三公司	200,000	00	李前社長企業	周福南	10,000	00	
陳碧霞	170,000	00		古自立	10,000	00	
艋舺龍山寺	100,000	00		鄭中中	10,000	00	
台灣省城隍廟	100,000	00		陳炳澤	10,000	00	
賴謝琇兒	100,000	00	謝前社長女兒	高清文	10,000	00	
林正三	60,000	00		陳麗卿	10,000	00	
李宗波	60,000	00		黃義君	10,000	00	
許哲雄	60,000	00		許秉行	5,000	00	
林振盛	50,000	00		黃明輝	5,000	00	
翁正雄	48,000	00		唐　羽	5,000	00	
黃廖碧華	36,000	00		洪嘉惠	5,000	00	
洪淑珍	25,000	00		林李玲玲	5,000	00	
許又勻	21,000	00		余美瑛	5,000	00	
歐陽開代	20,000	00		王　前	3,000	00	
葉金全	20,000	00		林麗珠	3,000	00	
陳欽財	20,000	00		尤錫輝	3,000	00	
張耀仁	20,000	00		陳麗華	3,000	00	
蔣孟樑	20,000	00		莫月娥	3,000	00	台北市詩人聯吟會
洪啟宗	20,000	00		林正男	2,000	00	
徐世澤	20,000	00		吳錫昌	2,000	00	
匿名社友	20,000	00		陳保琳	2,000	00	
李政村	20,000	00		魏如琳	1,000	00	魏前社長孫女
黃承志	12,000	00	黃前社長哲嗣	李春榮	1,000	00	
王俊夫	12,000	00		台北文化局	1,000,000	00	補助會志出版
洪世謀	10,000	00		文化建設委員會	50,000	00	補助會志出版
甄寶玉	10,000	00		合　計	1,777,000	00	
張錦雲	10,000	00					

詩聯翰墨

作品標題：對聯

釋　文：想臺灣當時，一旦江山易主，庶揆無依，遺民太半失據；看瀛社今日，百年歲月長春，風騷不泯，詩壇歷久彌昌，

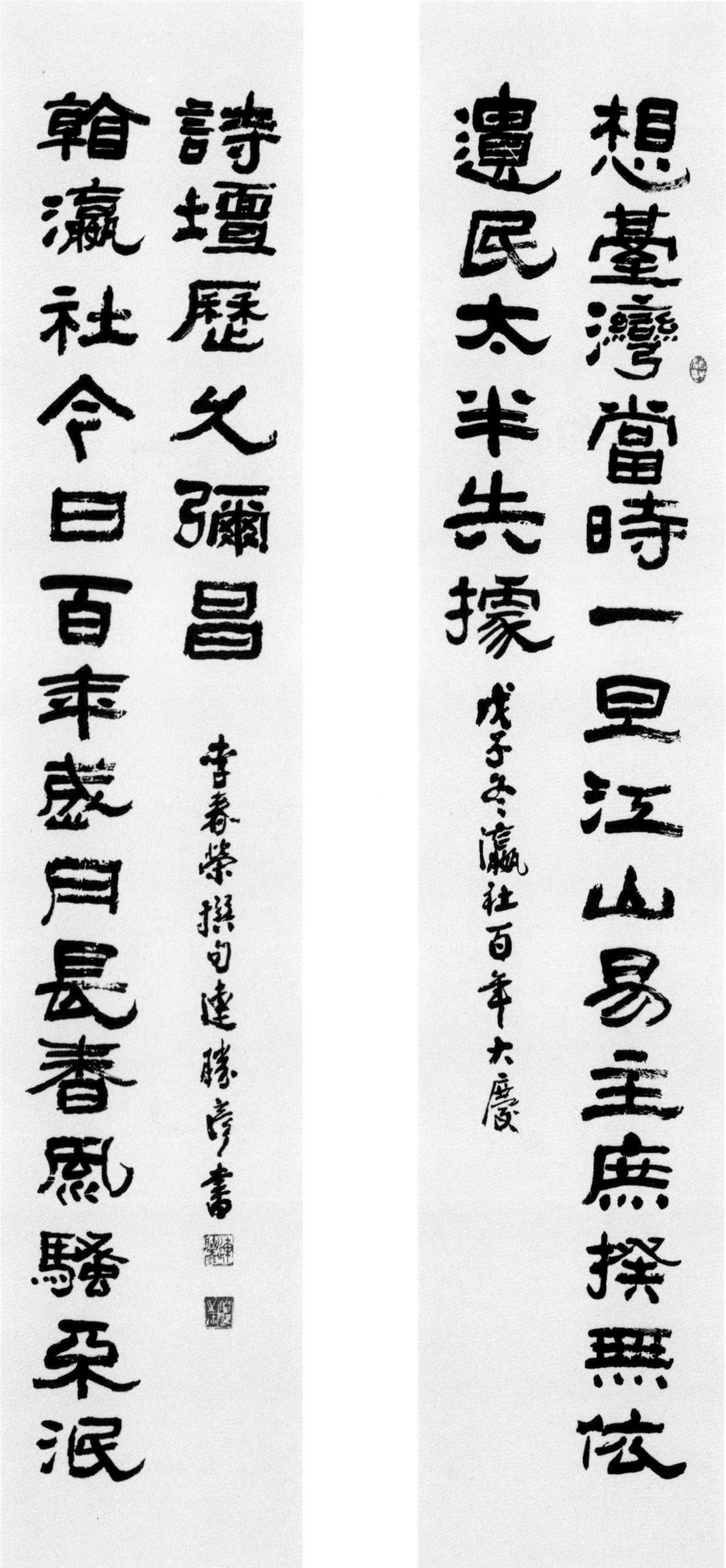

款識：戊子冬瀛社百年大慶　李春榮撰句　連勝彥書

鈐印：傑閣　連勝彥

引首：吉祥如意

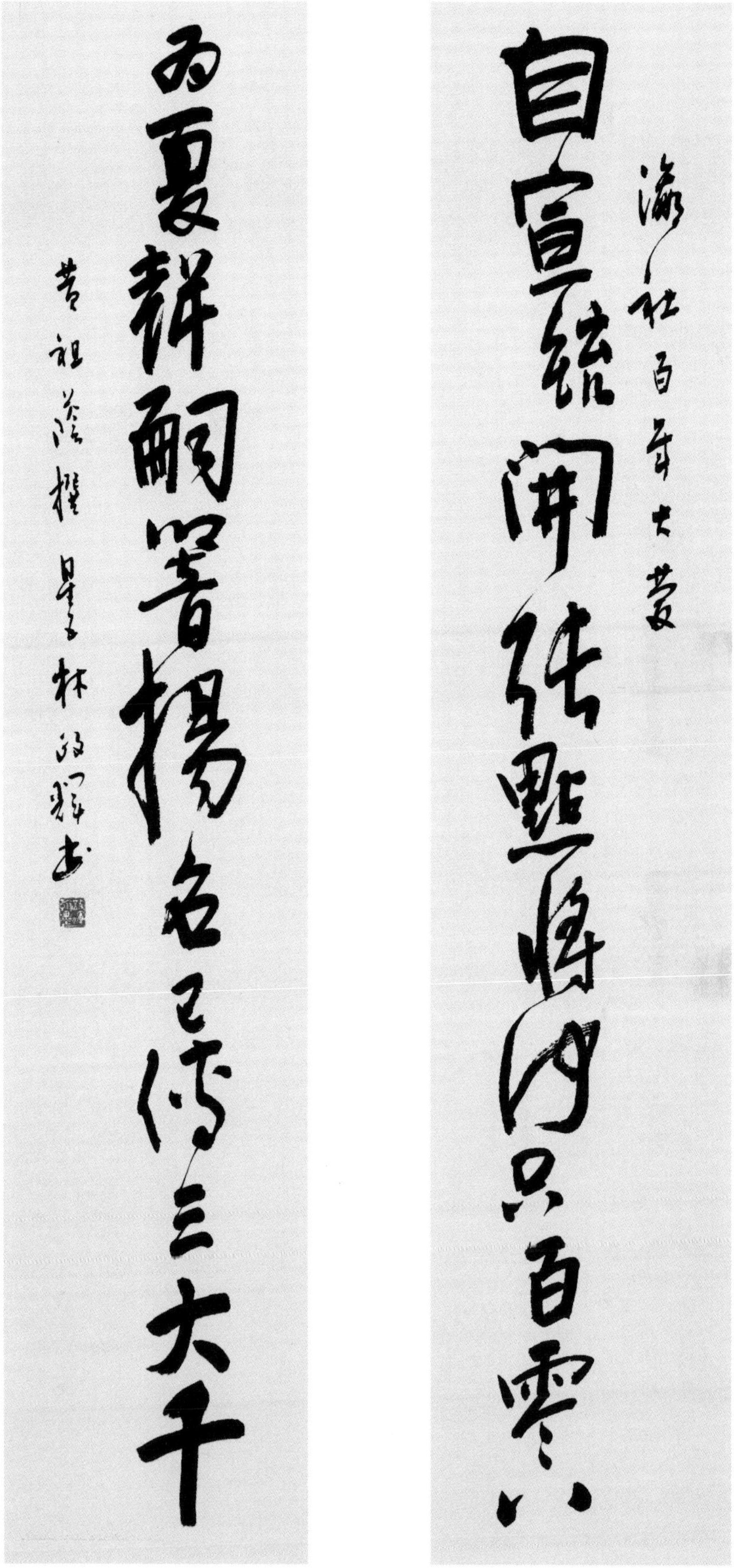

作品標題：對聯

釋　文：自宣統開張，點將何只百零八；爲夏聲嗣響，揚名已傳三大千。

款識：瀛社百年大慶　黃祖蔭撰　星五林政輝書

鈐印：政輝翰墨

作品標題：對聯

釋　文：社壽屆百齡，探索館中，宏開盛展；詩心傳萬古，瀛壖史上，永記脩名。

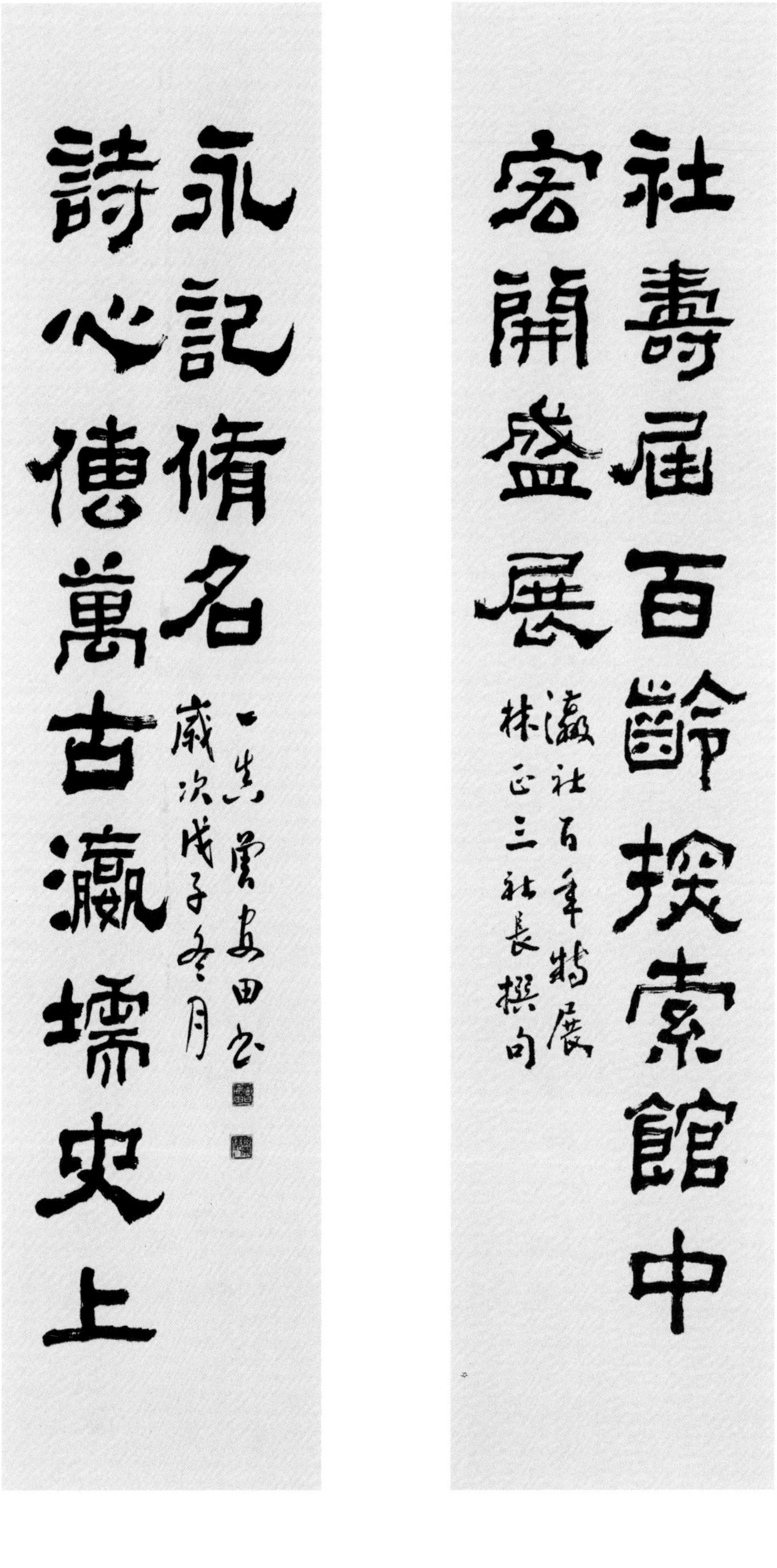
社壽屆百齡探索館中
宏開盛展
瀛社百年特展
林正三社長撰句
永記脩名
詩心傳萬古瀛壖史上
歲次戊子冬月

款識：瀛社百年特展　林正三社長撰句　歲次
　　戊子冬月　一眞曾安田

鈐印：曾安田　無礙樓主

作　者：李梅庵
書　者：李梅庵

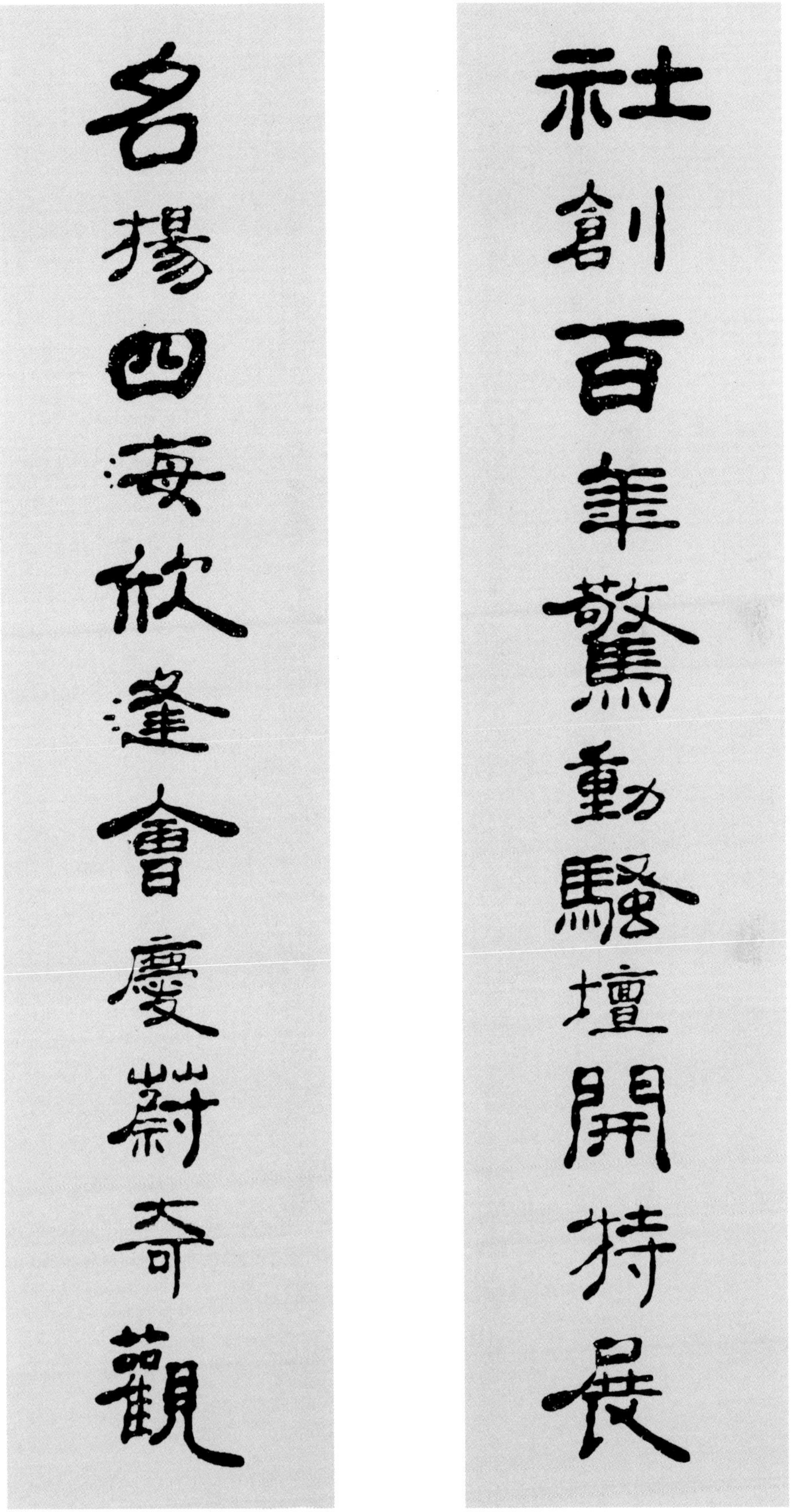

作品標題：對聯
釋　　文：社創百年，驚動騷壇開特展；名揚四海，欣逢會慶蔚奇觀。

作品標題：題瀛社百周年紀念文鎮

釋　文：一社綿延百載周，無邪詩教緬重頭。瀛壖此日尊鄉土，雅道重恢儻可酬。

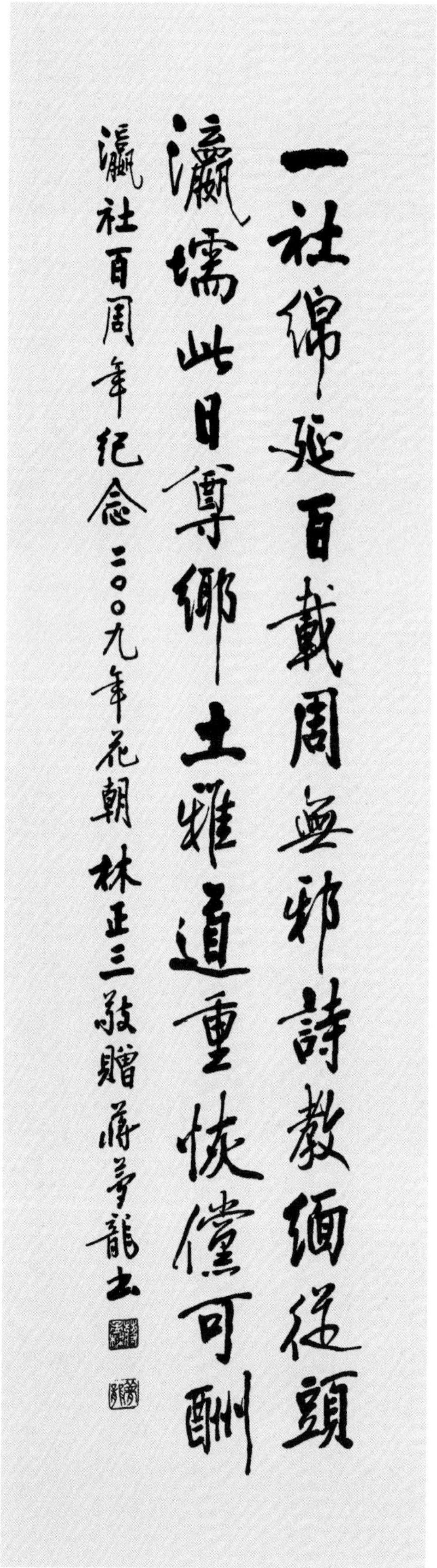
一社綿延百載周無邪詩教緬從頭
瀛壖此日尊鄉土雅道重恢儻可酬
瀛社百周年紀念 二〇〇九年花朝 林正三敬贈蔣夢龍書

款識：瀛社百周年紀念　二〇〇九年花朝　林正三敬
　　贈　蔣夢龍書

鈐印：蔣孟樑　夢龍

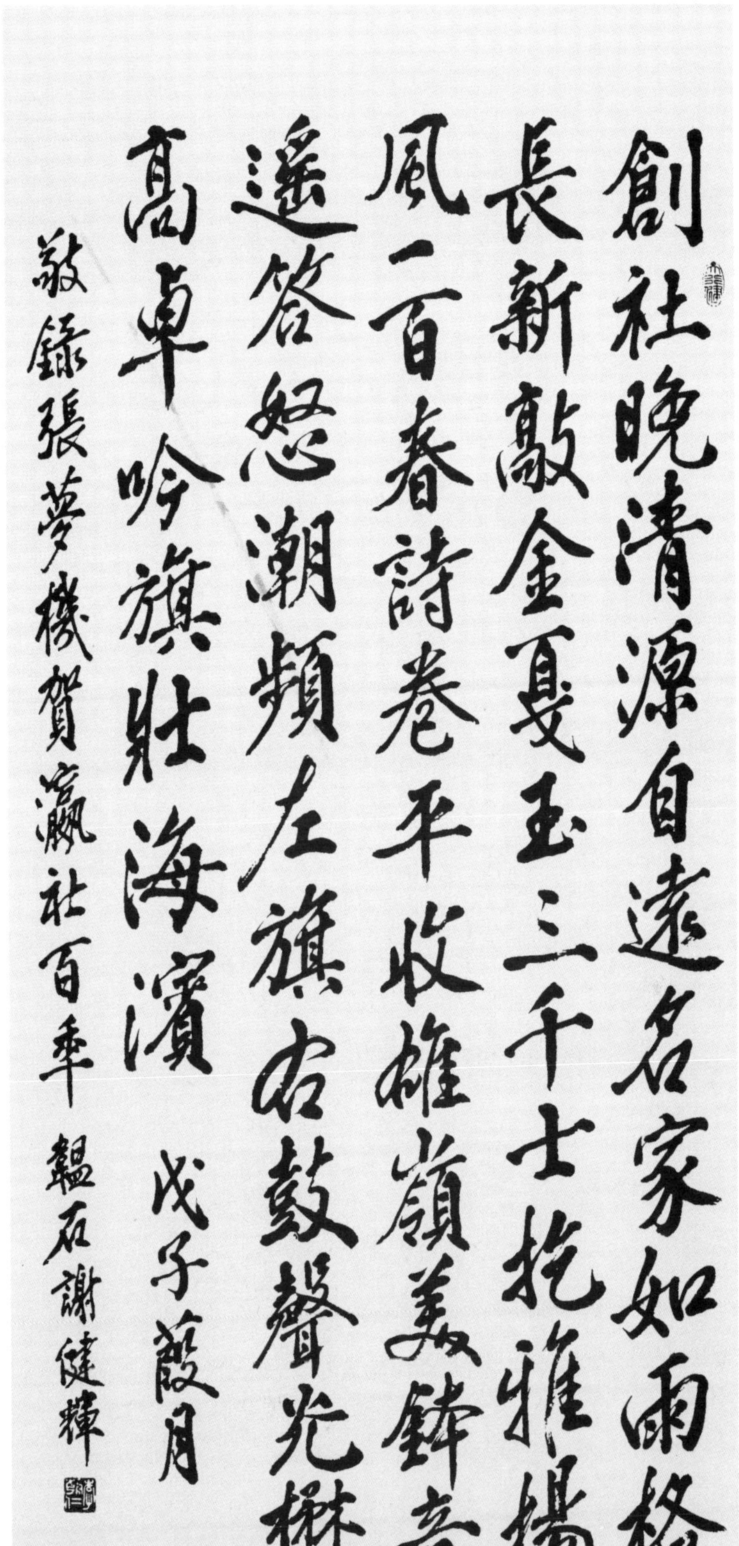
創社晚清源自遠名家如雨格
長新敲金戛玉三千士扢雅揚
風一百春詩卷平收雄嶺美鉢音
遙答怒潮頻左旗右鼓聲光懋
高卓吟旗壯海濱
戊子葭月
敬錄張夢機賀瀛社百年
韞石謝健輝

作品標題：賀瀛社百年（七律）

釋　　文：創社晚清源自遠，名家如雨格長新。敲金戛玉三千士，扢雅揚風一百春。詩卷平收雄嶺美，鉢音遙答怒潮頻。左旗右鼓聲光懋，高卓吟旗壯海濱。

款識：戊子葭月　敬錄張夢機賀瀛社百年　韞石謝健輝

鈐印：謝健輝印

引首：天行健

作品標題：百年瀛社（七律）

釋　文：鼎立三雄義寄詩，吾瀛積健百年基。沉吟彼日親薪膽，浩蕩今朝壯鼓旗。不屑揚秦披孔輩，賡酬達雅采風師。無才肯學勤趨步，晝夜推敲勿笑痴。

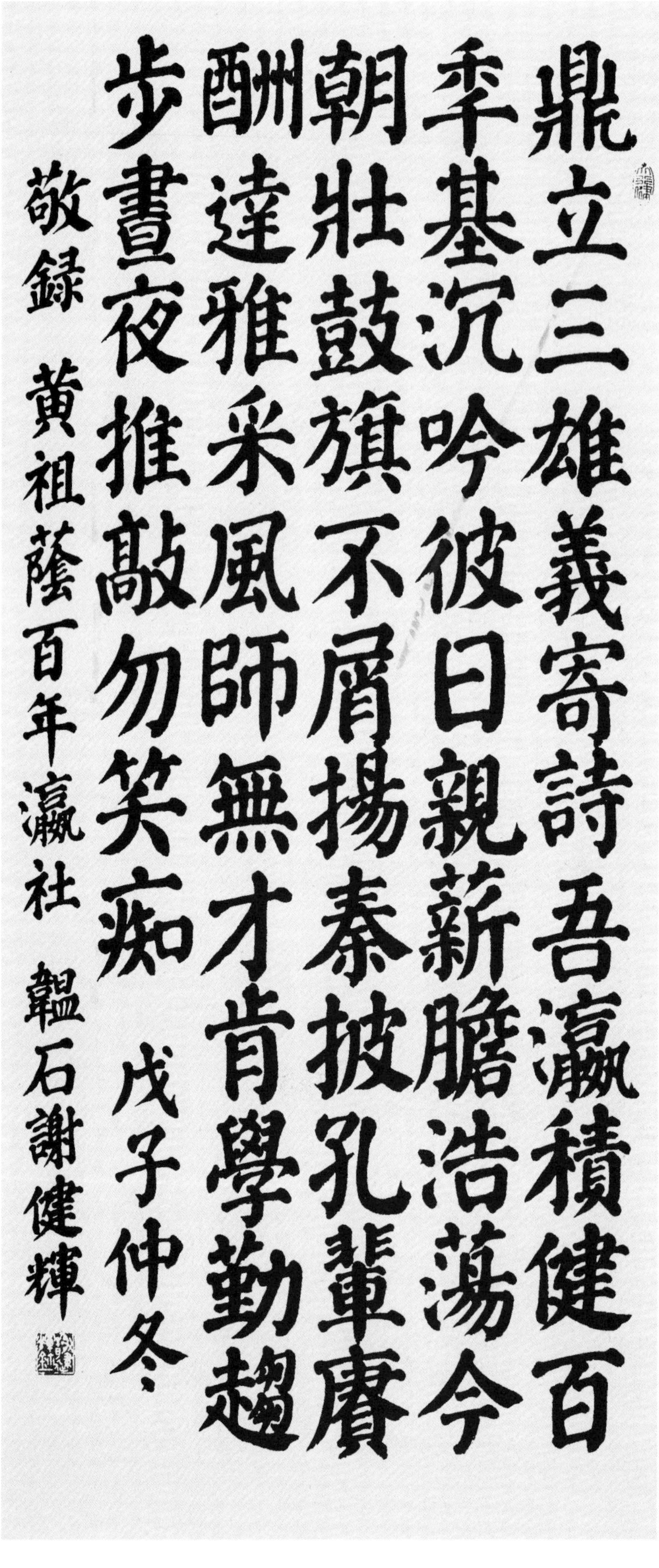
鼎立三雄義寄詩吾瀛積健百
秊基沉吟彼日親薪膽浩蕩今
朝壯鼓旗不屑揚秦披孔輩賡
酬達雅采風師無才肯學勤趨
步晝夜推敲勿笑痴　戊子仲冬
敬錄　黃祖蔭百年瀛社　韞石謝健輝

款識：戊子仲冬　敬錄黃祖蔭百年瀛社　韞石謝健輝

鈐印：謝健輝鉥

引首：天行健

款識：游振鏗百年瀛社詩　傑閣連勝彥書
鈐印：連勝彥　傑閣
引首：止於至善

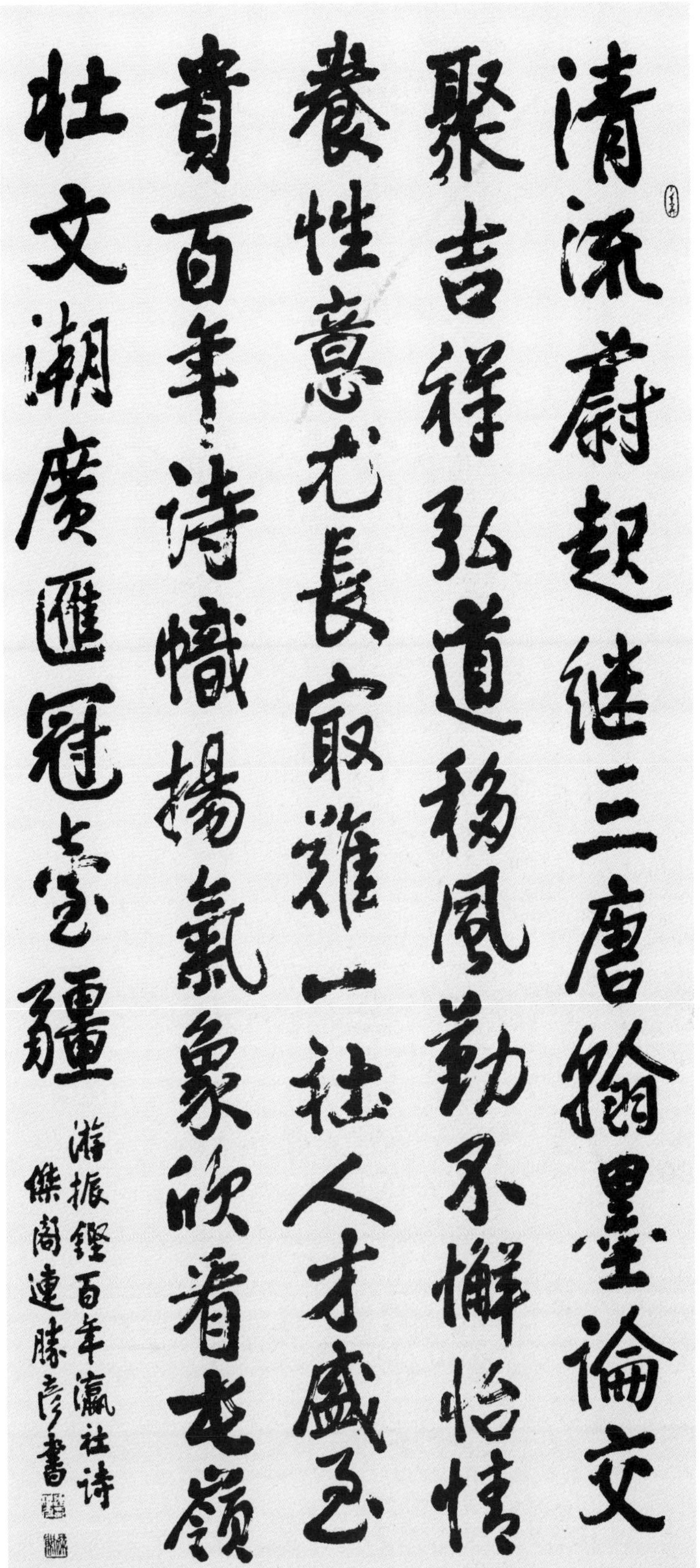

作品標題：百年瀛社（七律）
釋　　文：清流蔚起繼三唐，翰墨論交聚吉祥。弘道移風勤不懈，怡情養性意尤長。
最難一社人才盛，至貴百年詩幟揚。氣象欣看屯嶺壯，文潮廣匯冠臺疆。

作品標題：瀛社百周年慶（七律）

釋　文：百年瀛社世推崇，文化弘揚奏偉功。八位時賢賡祭酒，千篇佳賦振騷風。筆花直逼江郎艷，鳳藻沉於杜老雄。人與群芳歡兩慶，詩星朗朗耀蒼穹。

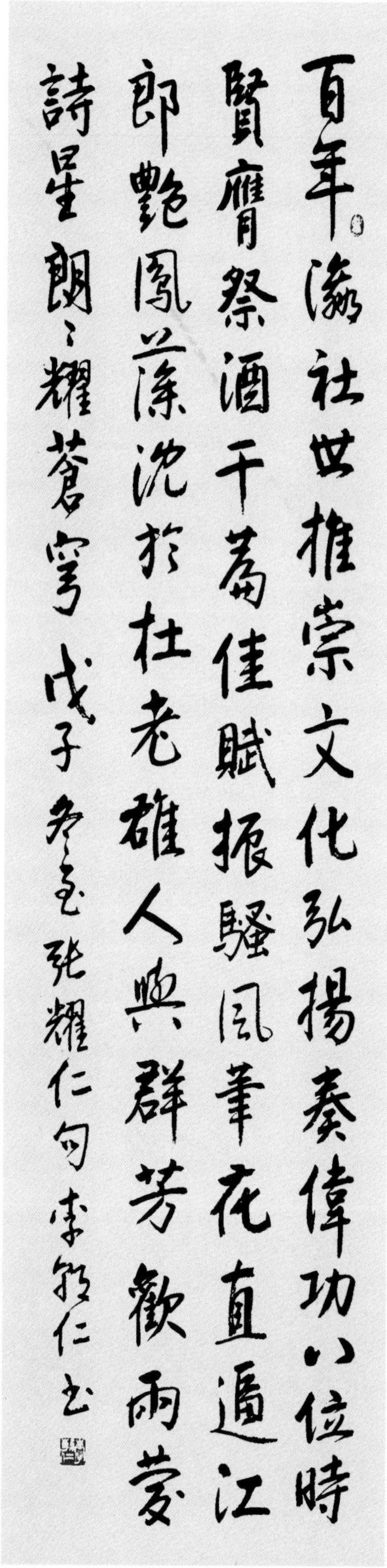

款識：戊子冬至　張耀仁句　李朝仁書

鈐印：李朝仁

引首：如意

款識：瀛社百周年慶　李宗波詩　曾安田書
鈐印：曾安田　無礙樓主

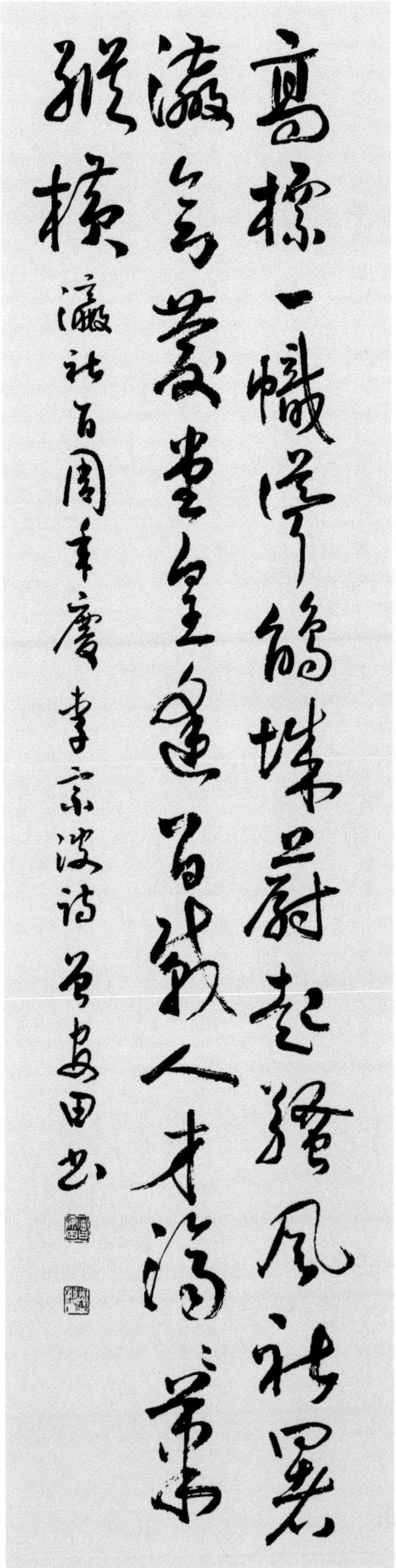

作品標題：瀛社百周年慶（七絕）
釋　　文：高標一幟聳鷗城，蔚起騷風社署瀛。會慶堂皇逢百載，人才濟濟筆縱橫。

作品標題：百載滄桑話瀛社（五律）

釋　文：滄桑屆百年，往事緬從前。歷看三朝盛，應教萬世傳。高吟揚素志，彩筆煥奇篇。瀛社風騷客，艱辛鉢韻延。

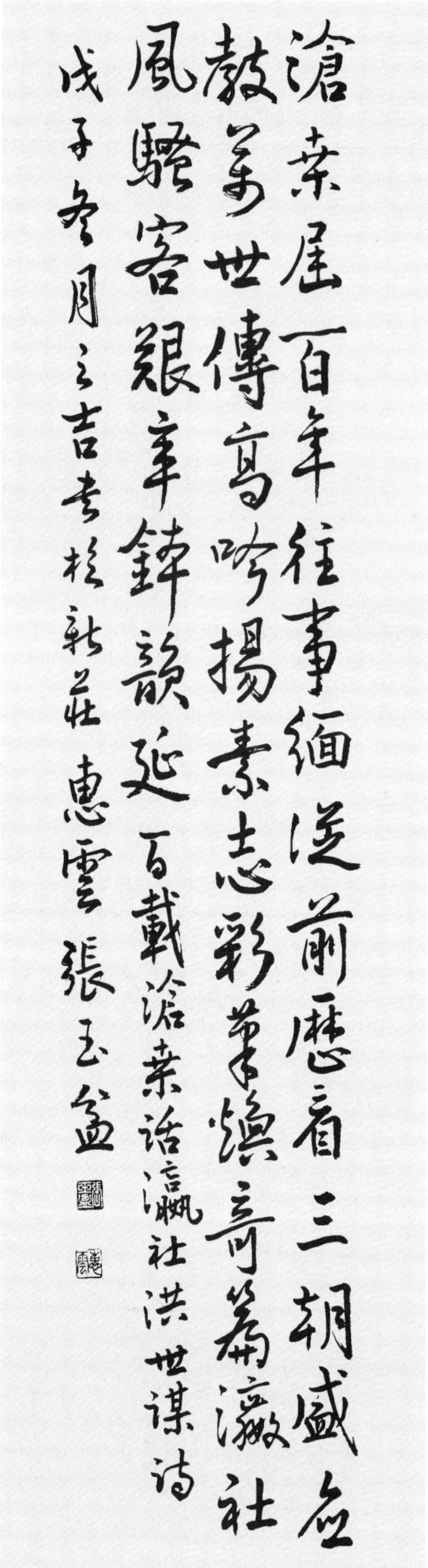
滄桑屆百年往事緬從前歷看三朝盛
應教萬世傳高吟揚素志彩筆煥奇篇瀛社
風騷客艱辛鉢韻延
百載滄桑話瀛社洪世謀詩
戊子冬月之吉書於新莊
惠雲 張玉益

款識：百載滄桑話瀛社　洪世謀詩　戊子冬月之吉書於新莊　惠雲　張玉益

鈐印：惠雲　張玉益

款識：瀛社百周年慶 翁正雄詩 日新書
鈐印：吳義輝印　鶴鳴軒
引首：百壽

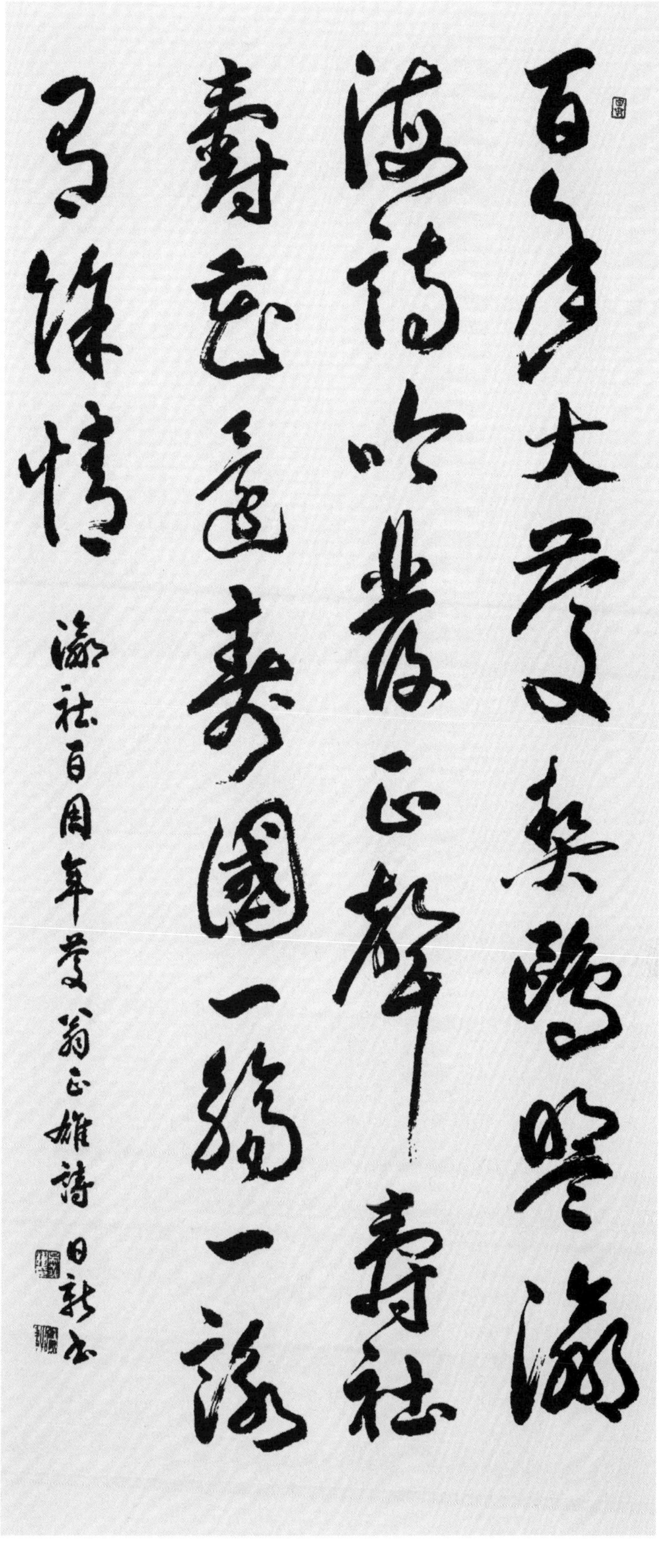

作品標題：瀛社百周年慶（七絕）

釋　文：百年大慶契鷗盟，瀛海詩吟發正聲。壽社壽花還壽國，一觴一詠有餘情。

作品標題：瀛社百周年慶（五律）

釋　　文：瀛社淡江邊，欣逢屆百年。詩風長璨璨，騷客自翩翩。創會思前哲，傳薪有大賢。共吟今日慶，我亦結因緣。

款識：敬錄尤錫輝賀瀛社百周年慶　戊子仲冬　吳肇勳

鈐印：吳肇勳　敦本翰墨

引首：至德碩量

款識：洪世謀賦瀛社百周年慶　己丑嘉月
吳俐蓁

鈐印：吳俐蓁　法榛

引首：虛素

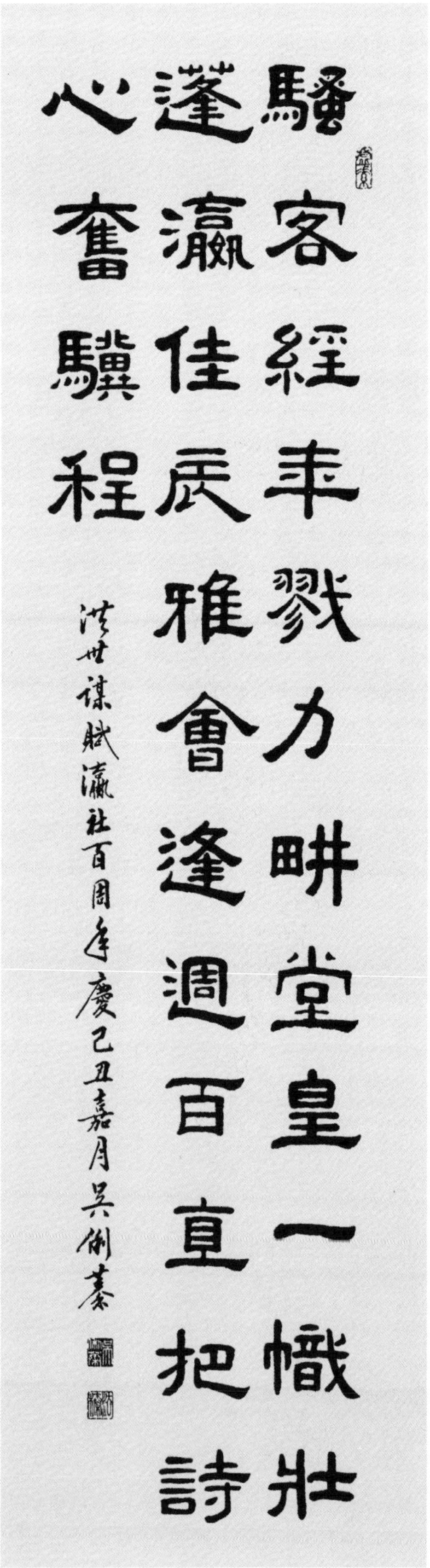
騷客經年戮力畊堂皇一幟壯
蓬瀛佳辰雅會逢週百直把詩
心奮驥程
洪世謀賦瀛社百周年慶己丑嘉月吳俐蓁

作品標題：瀛社百周年慶

釋　文：騷客經年戮力耕，堂皇一幟壯蓬瀛。佳辰雅會逢週百，直把詩心奮驥程。

作品標題：芝山岩懷古（五律）

釋　文：指點芝岩路，寒林尚鬱蒼。日祠餘蔓草，古廟閱滄桑。勝地遺碑在，春帆舊恨長。客來尋往跡，無語弔斜陽。

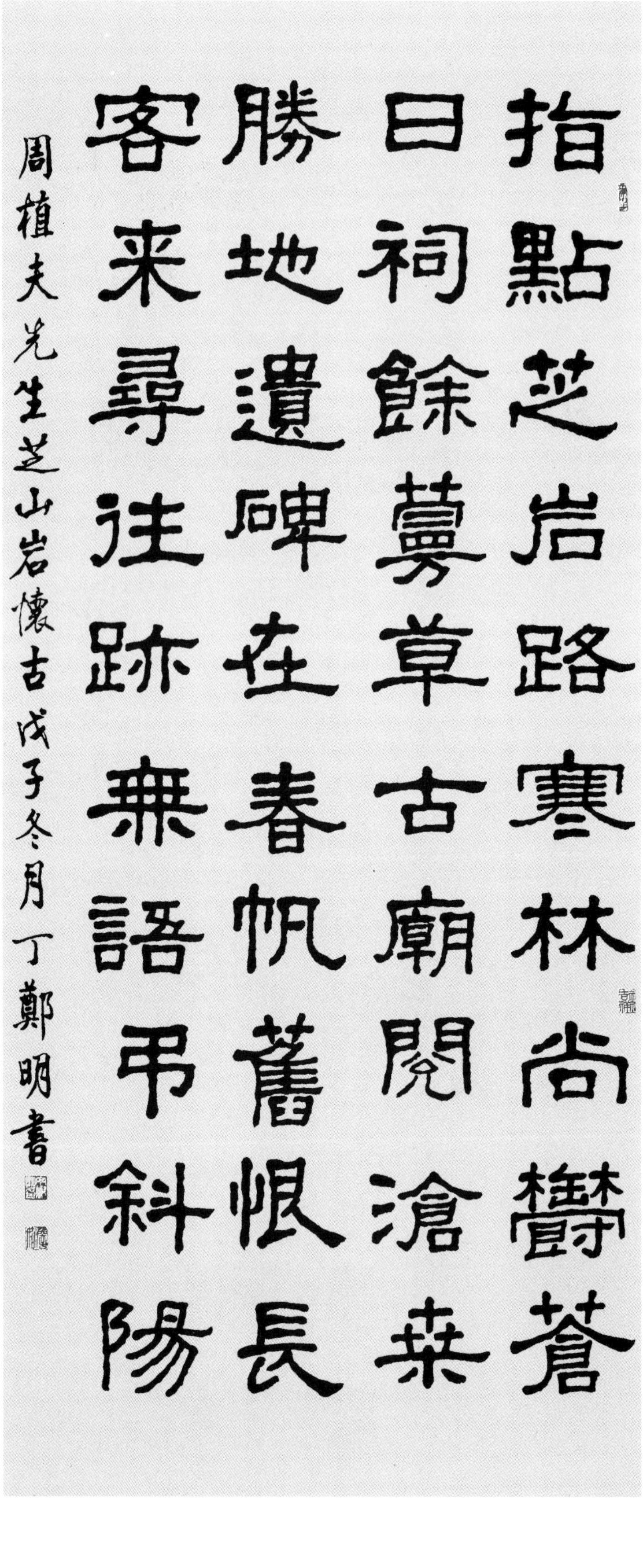
指點芝岩路寒林尚鬱蒼
日祠餘蔓草古廟閱滄桑
勝地遺碑在春帆舊恨長
客來尋往跡無語弔斜陽
周植夫先生芝山岩懷古 戊子冬月 丁鄭明書

款識：周植夫先生芝山岩懷古　戊子冬月　丁鄭明書

鈐印：丁鄭明印　澹如

引首：含英咀華　祈福吉祥

款識：周植夫先生北投冬曉　戊子冬月　丁鄭明書
鈐印：丁鄭明印　澹如
引首：含英咀華　祈福吉祥

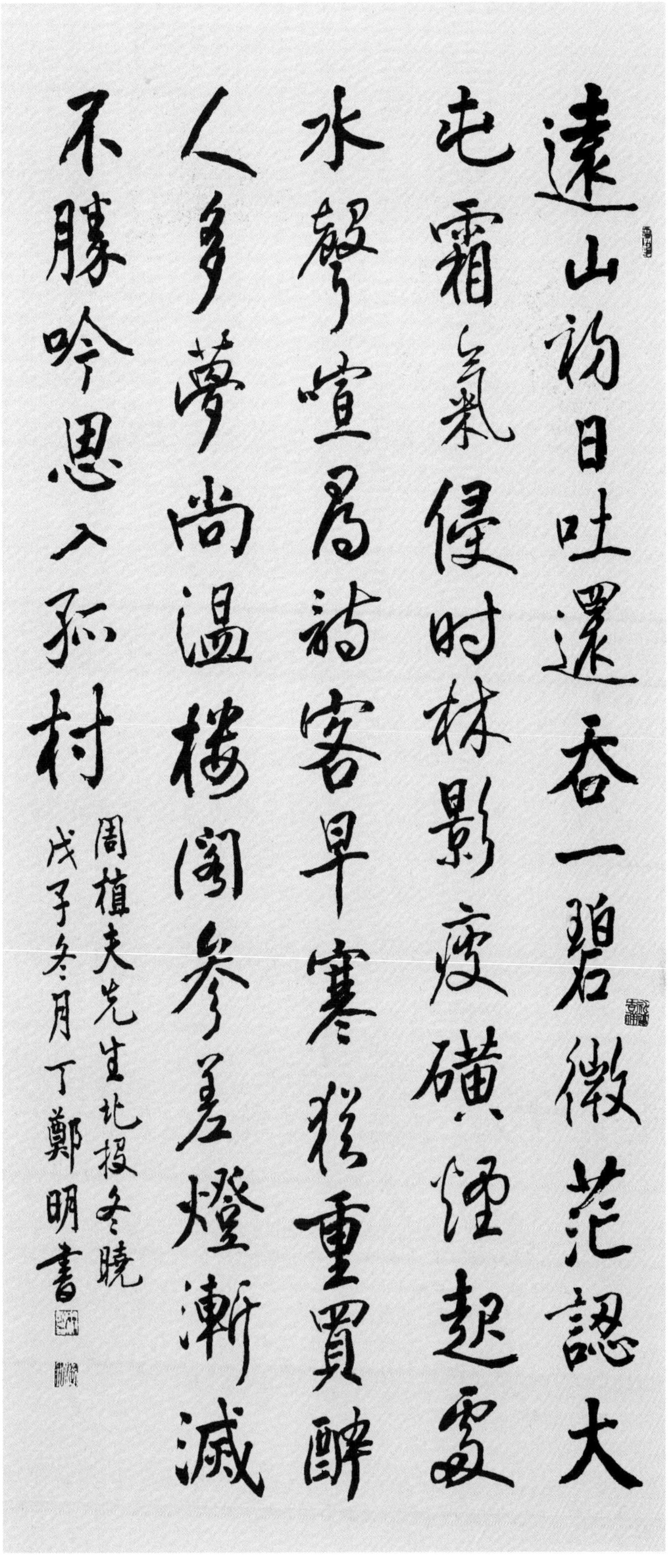

作品標題：北投冬曉（七律）

釋　文：遠山初日吐還吞，一碧微茫認大屯。霜氣侵時林影瘦，磺煙起處水聲喧。尋詩客早寒猶重，買醉人多夢尚溫。樓閣參差燈漸滅，不勝吟思入孤村。

作品標題：北城懷古（五律）

釋　文：陵谷驚多變，重來和尚州。東西尋故壘，遠近換高樓。
舊館知何處，新街認未休。開城年百二，詩紀思悠悠。

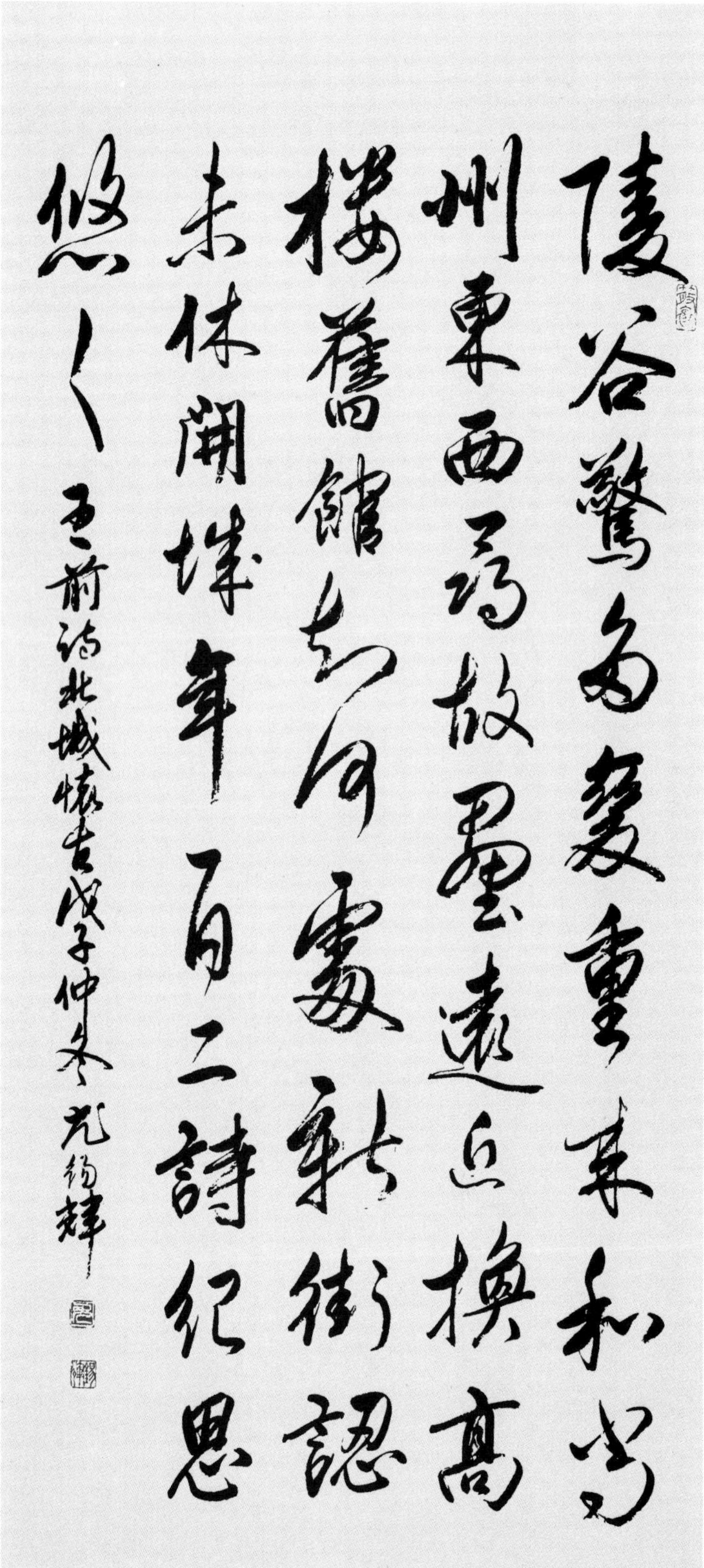

款識：王前詩 北城懷古 戊子仲冬 尤錫輝

鈐印：尤　錫輝

引首：散懷

款識：許哲雄台北竹枝詞　戊子仲冬　尤錫輝書
鈐印：尤　錫輝
引首：自在禪

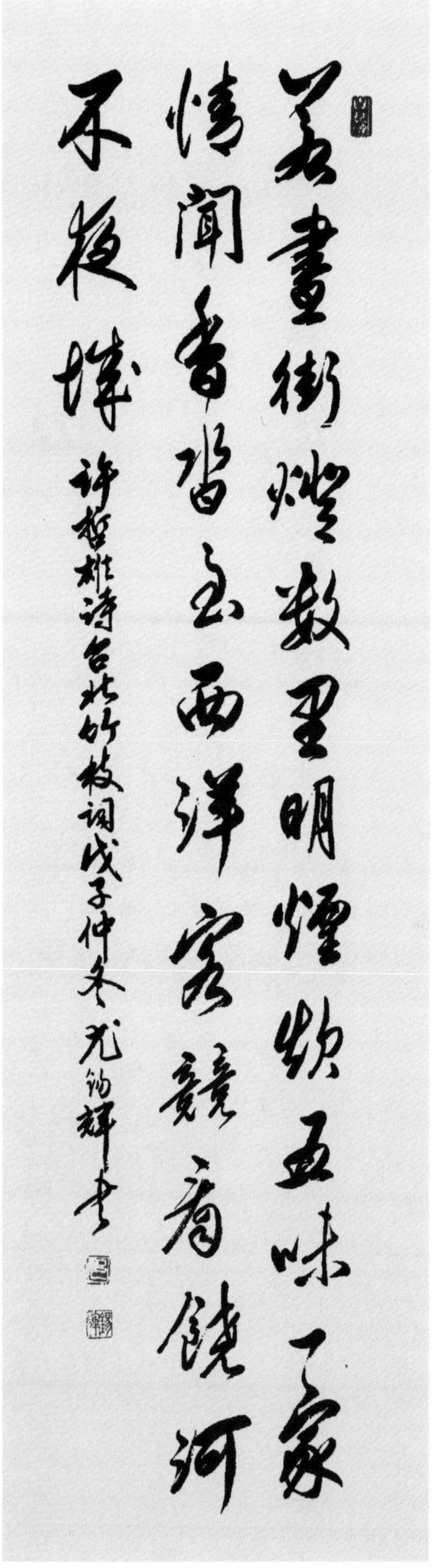

作品標題：臺北竹枝詞（七絕）
釋　文：若畫街燈數里明，煙炊五味一家情。聞香沓至西洋客，競看饒河不夜城。

作品標題：大稻埕巡禮（七絕）

釋　　文：昔日笙歌猶在前，書聲鬧市似雲煙。城隍霞海誠心佑，入夜人稀月影穿。

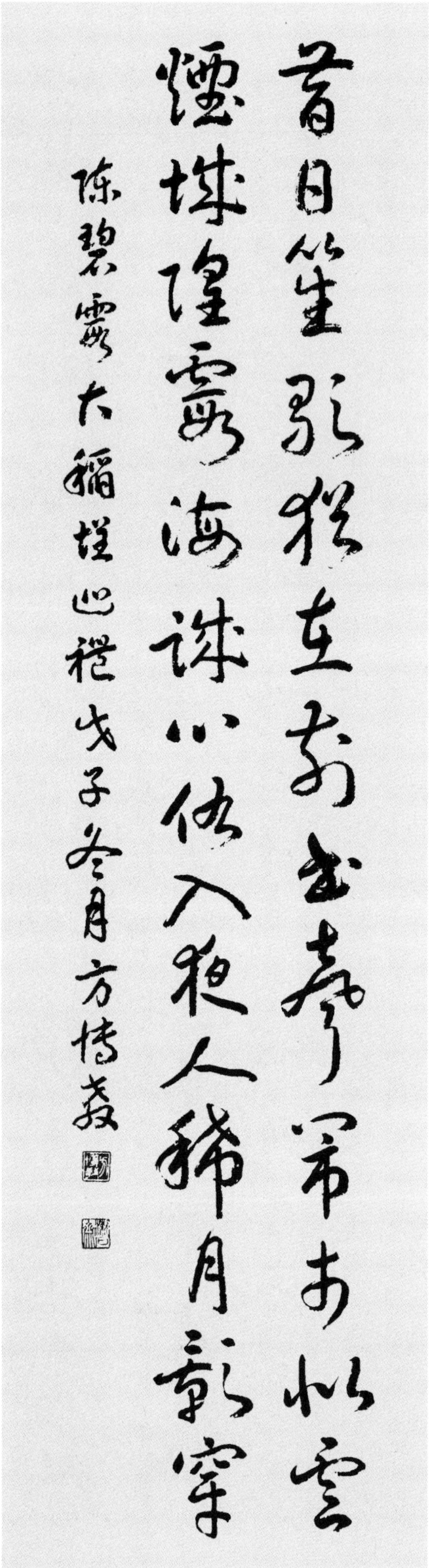

款識：陳碧霞大稻埕巡禮　戊子冬月　方博教

鈐印：方博教　漱石齋

款識：黃天賜詩 伯文
鈐印：方博教 漱石齋

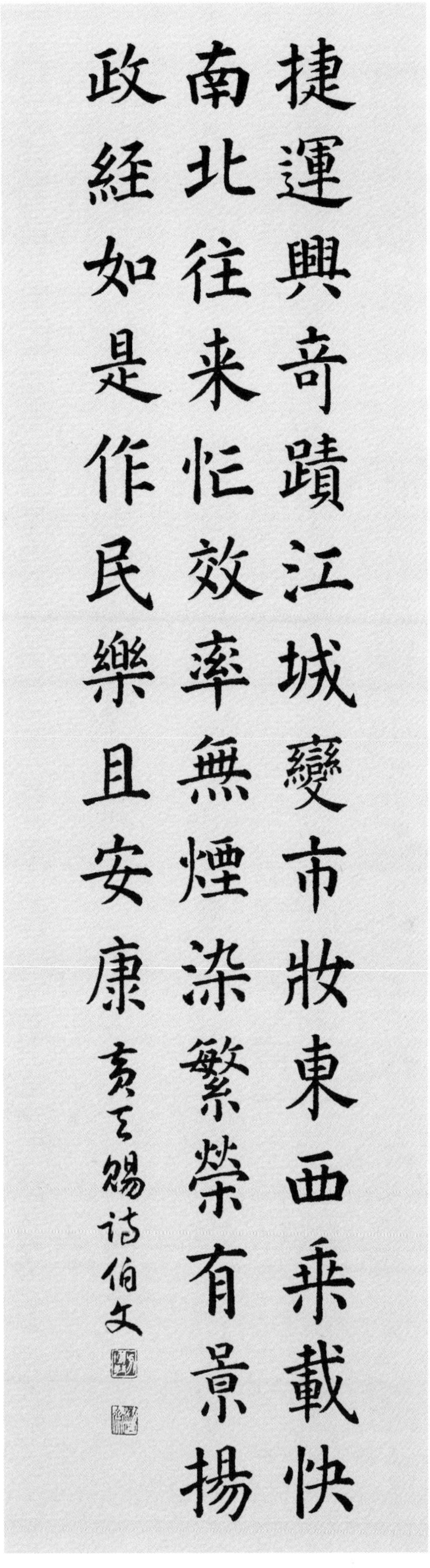
捷運興奇蹟江城變市妝東西乘載快
南北往来忙效率無煙染繁榮有景揚
政經如是作民樂且安康
黃天賜詩伯文

作品標題：詠捷運（五律）

釋　文：捷運興奇蹟，江城變市妝。東西乘載快，南北往來忙。
效率無煙染，繁榮有景揚。政經如是作，民樂且安康。

釋　文：盖詩本溫柔敦厚之義，且興觀群怨之用，乃是以啓迪心靈，陶熔心性，而激發良知，泯除暴戾，庶冀導歸於善，而臻安和利樂之域。以是我詩社同仁，詩學同道，感時撫世，自更責無旁貸，勿徒興詩學式微之嘆耳！必化昔日咨嗟咏歎之章，以爲今日心靈之用。

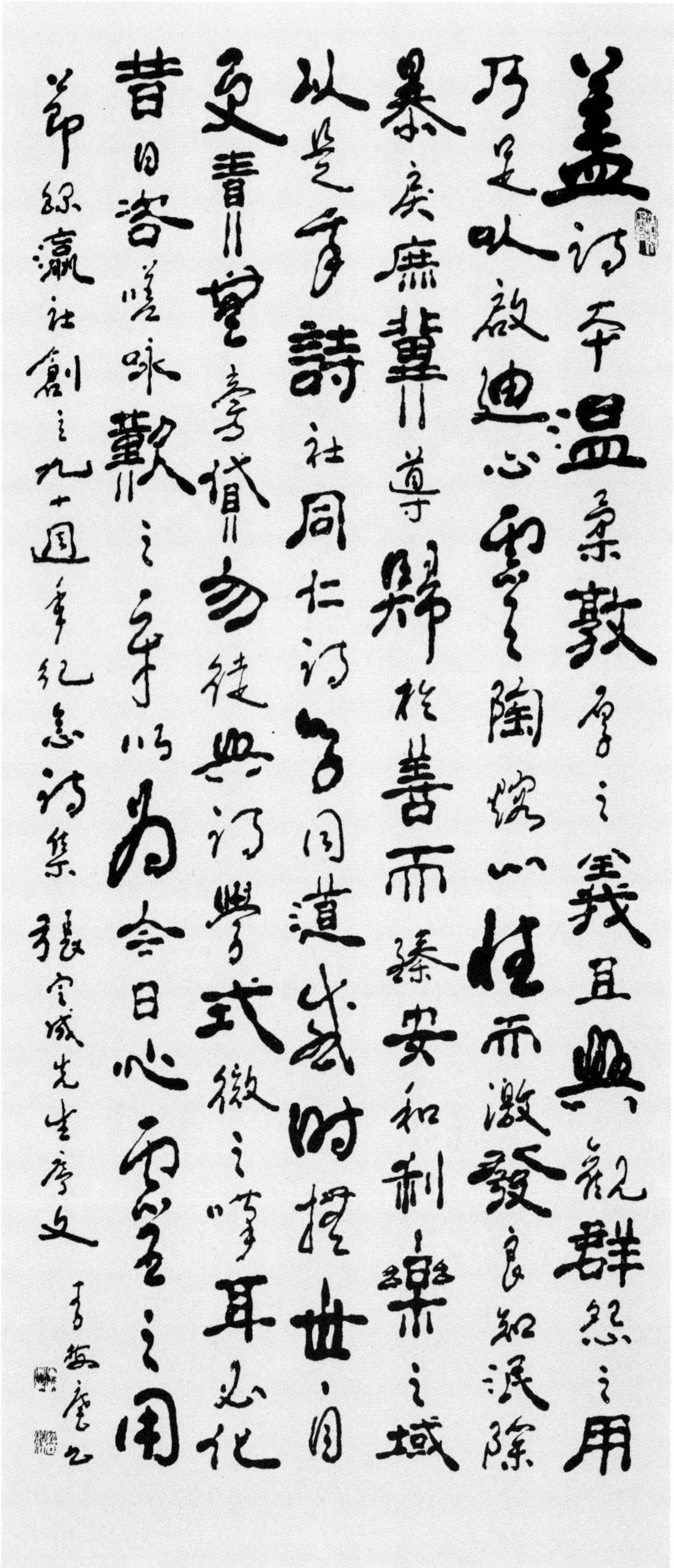

款識：節錄瀛社創立九十週年紀念詩集　張定成先生序文　李梅庵書

鈐印：夢秋園主　李梅庵

引首：清風明月

款識：廖碧華台北竹枝詞　李朝仁書
鈐印：李朝仁
引首：一生好入名山游

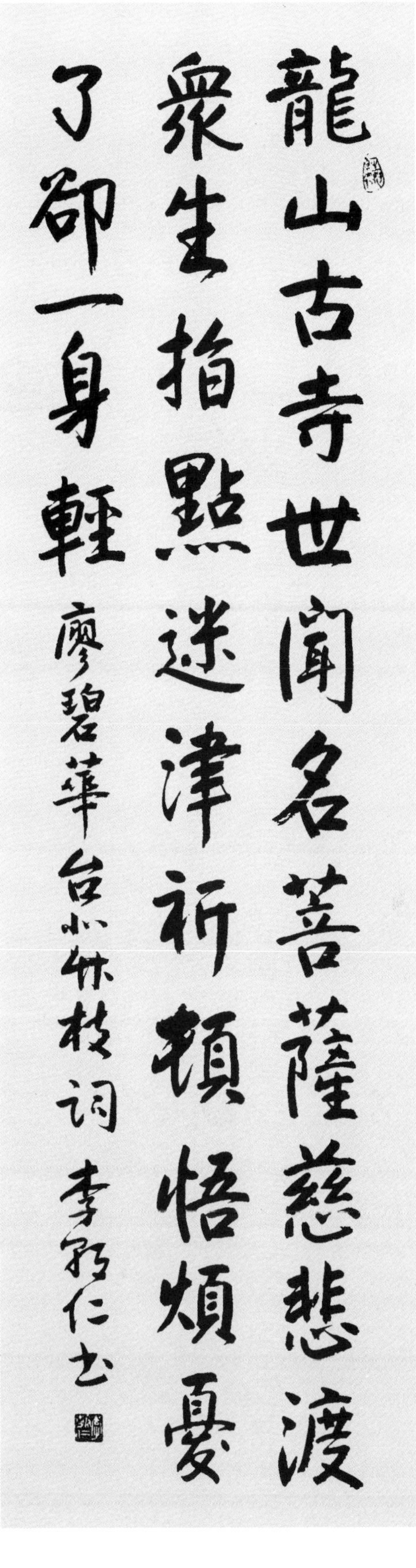
龍山古寺世聞名菩薩慈悲渡
衆生指點迷津祈頓悟煩憂
了卻一身輕
廖碧華台北竹枝詞　李朝仁書

作品標題：台北竹枝詞（七絕）

釋　　文：龍山古寺世聞名，菩薩慈悲渡眾生。指點迷津祈頓悟，煩憂了卻一身輕。

作品標題：稻江春晴（七絕）
釋　文：尋春攜眷上陽明，二月東風尚有情。最是高樓遙放眼，稻江如帶暮雲平。

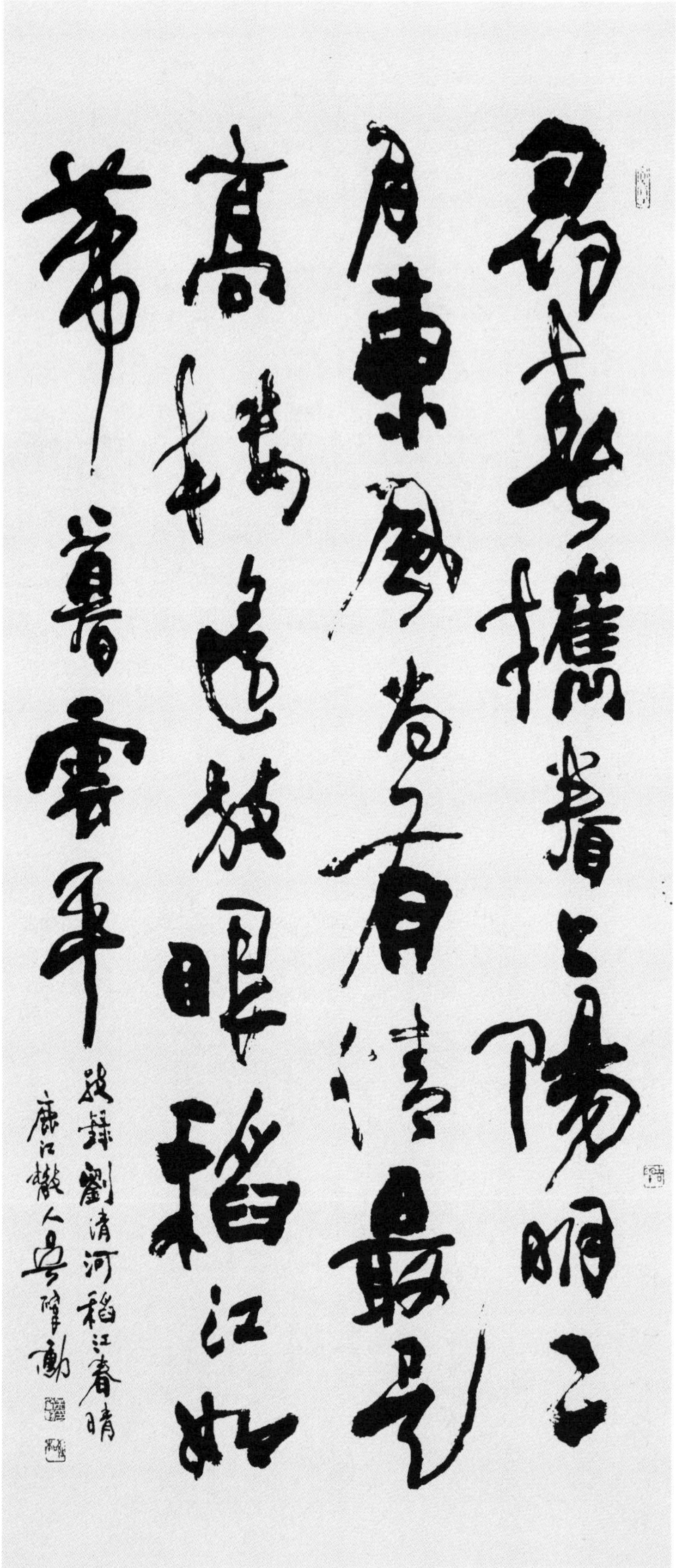

款識：敬錄劉清河稻江春晴　鹿江散人　吳肇勳
鈐印：吳肇勳印　敦本
引首：寬厚　吉祥

款識：敬錄林正三北城懷古　戊子仲冬　吳肇勳
鈐印：吳肇勳　敦本翰墨
引首：至德碩量　吉祥

作品標題：北城懷古（五律）
釋　　文：歲歷雙周甲，興懷望北門。江山誰是主，睥睨更何言。
人事三朝易，樓臺一角存。依稀屯嶺月，猶照舊承恩。

作品標題：百花生日壽花神（七律）

釋　文：嫣紅姹紫景如詩，二月群芳慶誕時。蝶板謳歌酬上苑，鶯簧奏曲獻春祠。
禱文筆倩王摩詰，惜玉情牽杜牧之。此日稱觴瀛社友，花前同醉祝期頤。

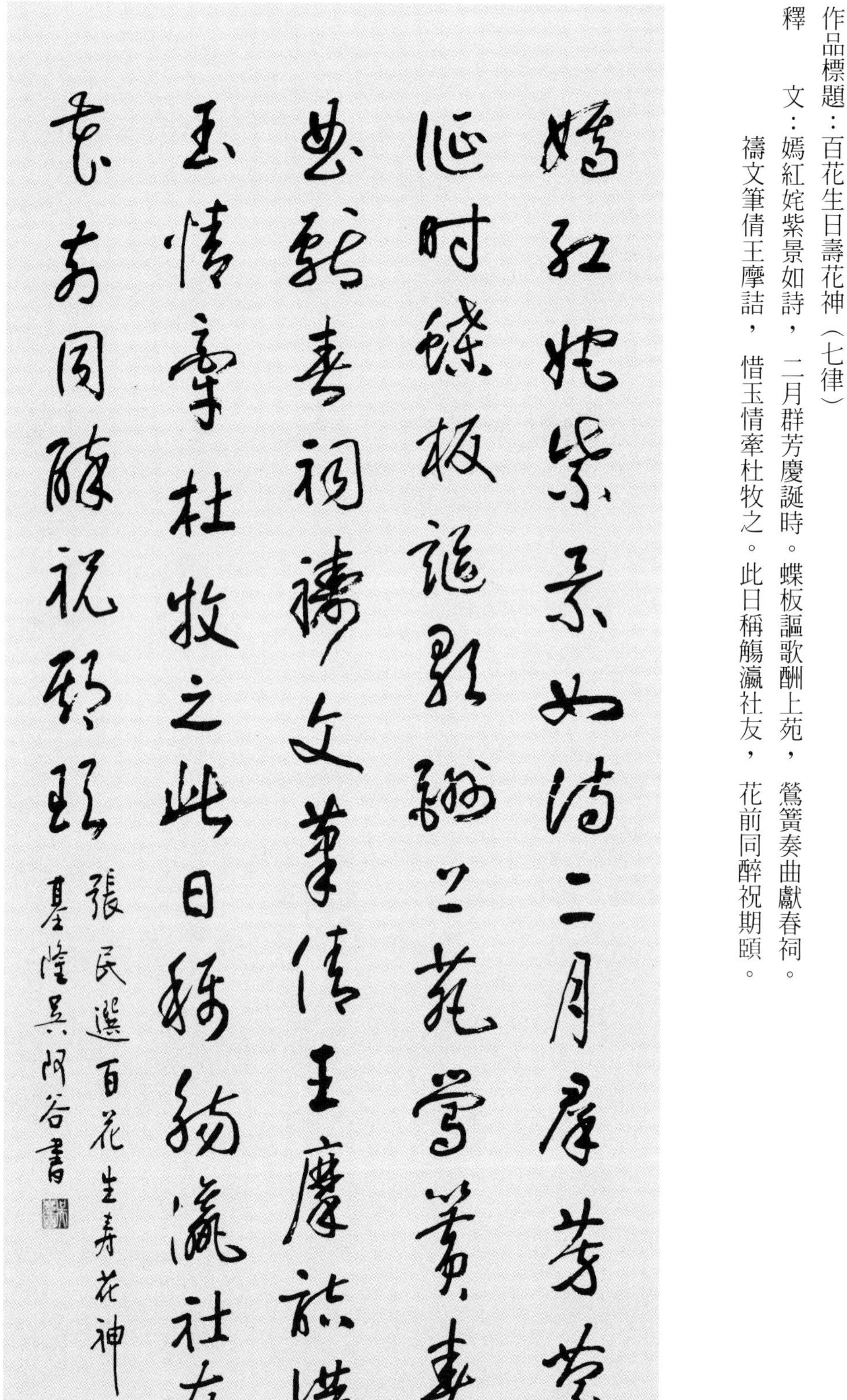

款識：張民選百花生日壽花神　基隆　吳阿谷

鈐印：吳慶國

款識：王前百花生日壽花神　基隆　吳阿谷書
鈐印：吳慶國

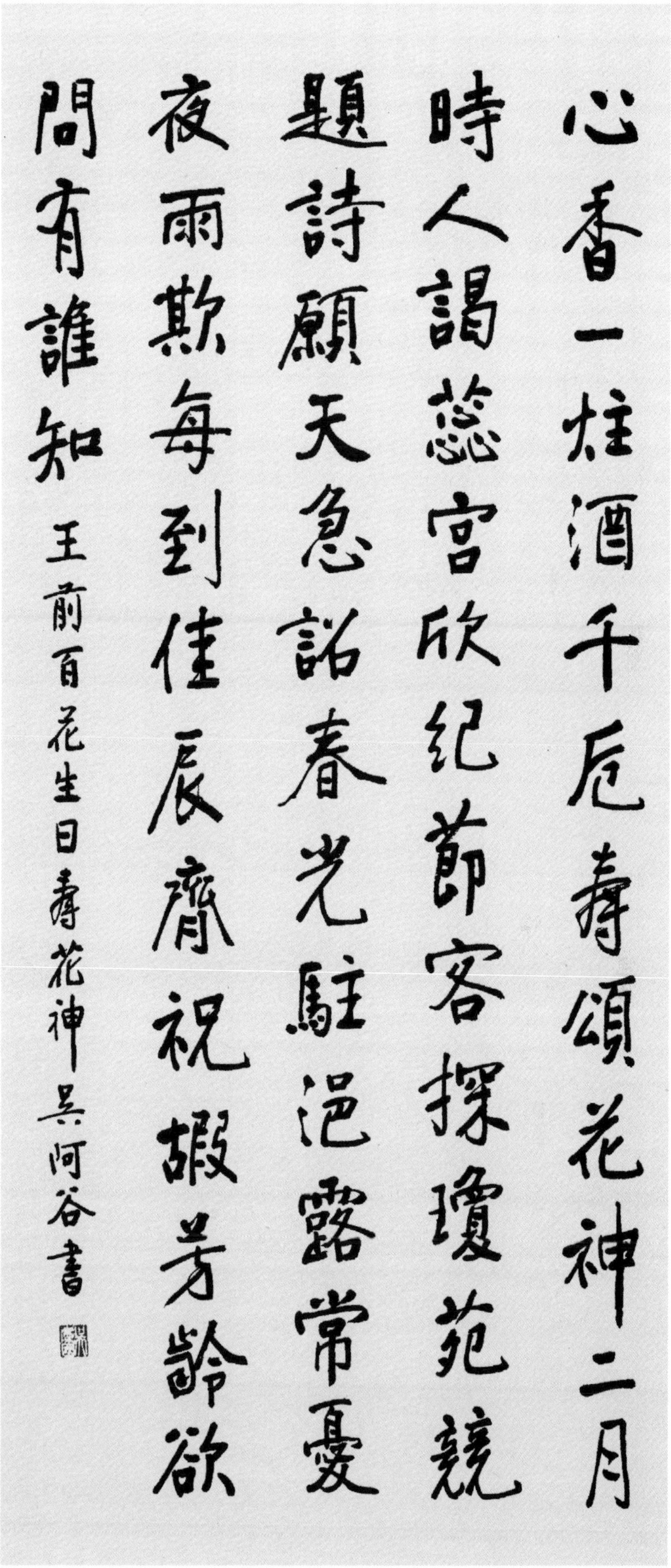
心香一炷酒千卮壽頌花神二月
時人謁蕊宮欣紀節客探瓊苑競
題詩願天急詔春光駐浥露常憂
夜雨欺每到佳辰齊祝嘏芳齡欲
問有誰知
王前百花生日壽花神　吳阿谷書

作品標題：百花生日壽花神（七律）

釋　　文：心香一炷酒千卮，壽頌花神二月時。人謁蕊宮欣紀節，客探瓊苑競題詩。
願天急詔春光駐，浥露常憂夜雨欺。每到佳辰齊祝嘏，芳齡欲問有誰知。

作品標題：百花生日壽花神（七律）

釋　文：群芳競艷稻江濱，瀛社昌詩九九春。蝶舞珠宮充蝶使，花開杏月賀花神。拈題頌壽騷翁樂，鼓瑟傾觴勝友親。兩誕時同天撮合，問君此日怗何人。

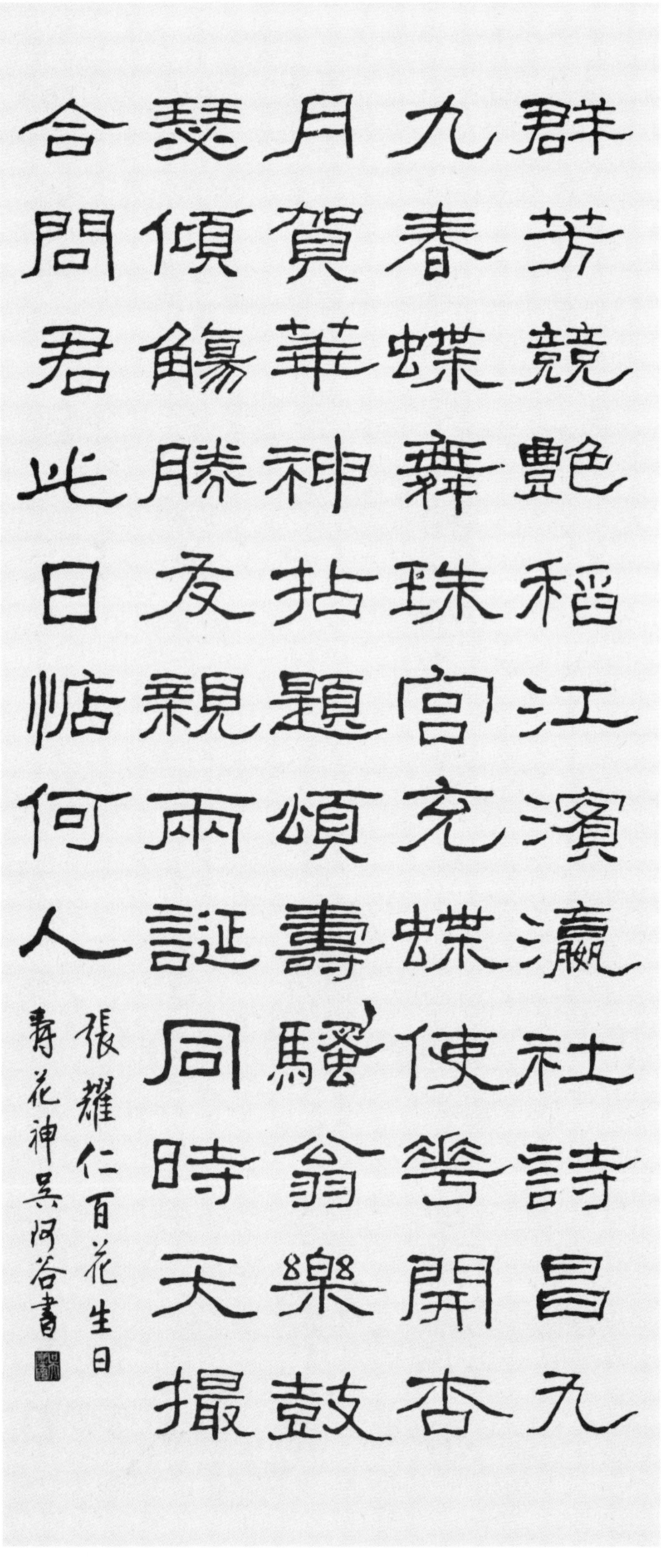
群芳競艷稻江濱瀛社昌詩九
九春蝶舞珠宮充蝶使花開杏
月賀華神拈題頌壽騷翁樂鼓
瑟傾觴勝友親兩誕同時天撮
合問君此日怗何人
張耀仁百花生日
壽花神吳阿谷書

款識：張耀仁百花生日壽花神　吳阿谷書

鈐印：吳慶國

款識：洪嘉惠百花生日壽花神　吳慶國書

鈐印：吳慶國

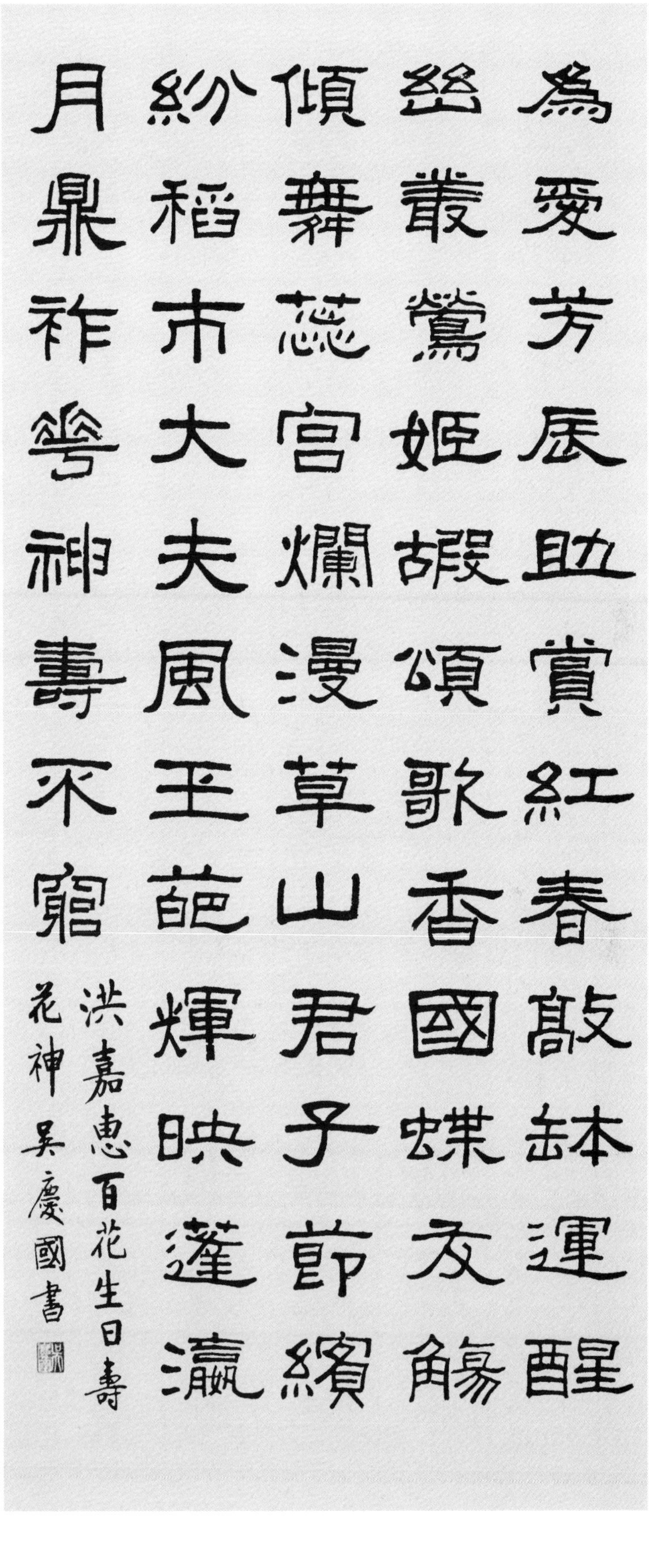

作品標題：百花生日壽花神（七律）

釋　文：爲愛芳辰助賞紅，春敲鉢韻醒幽叢。鶯姬嘏頌歌香國，蝶友觴傾舞蕊宮。爛漫草山君子節，繽紛稻市大夫風。玉葩輝映蓬瀛月，鼎祚花神壽不窮。

作品標題：大屯夕照（七律）

釋　文：屯峰千仞欲摩空，西挹餘輝景色隆。瀲灩江流長出北，飄揚樹影竟移東。廚煙起處添山翠，巢鳥歸時帶日紅。對峙觀音原不老，桑榆慨莫與人同。

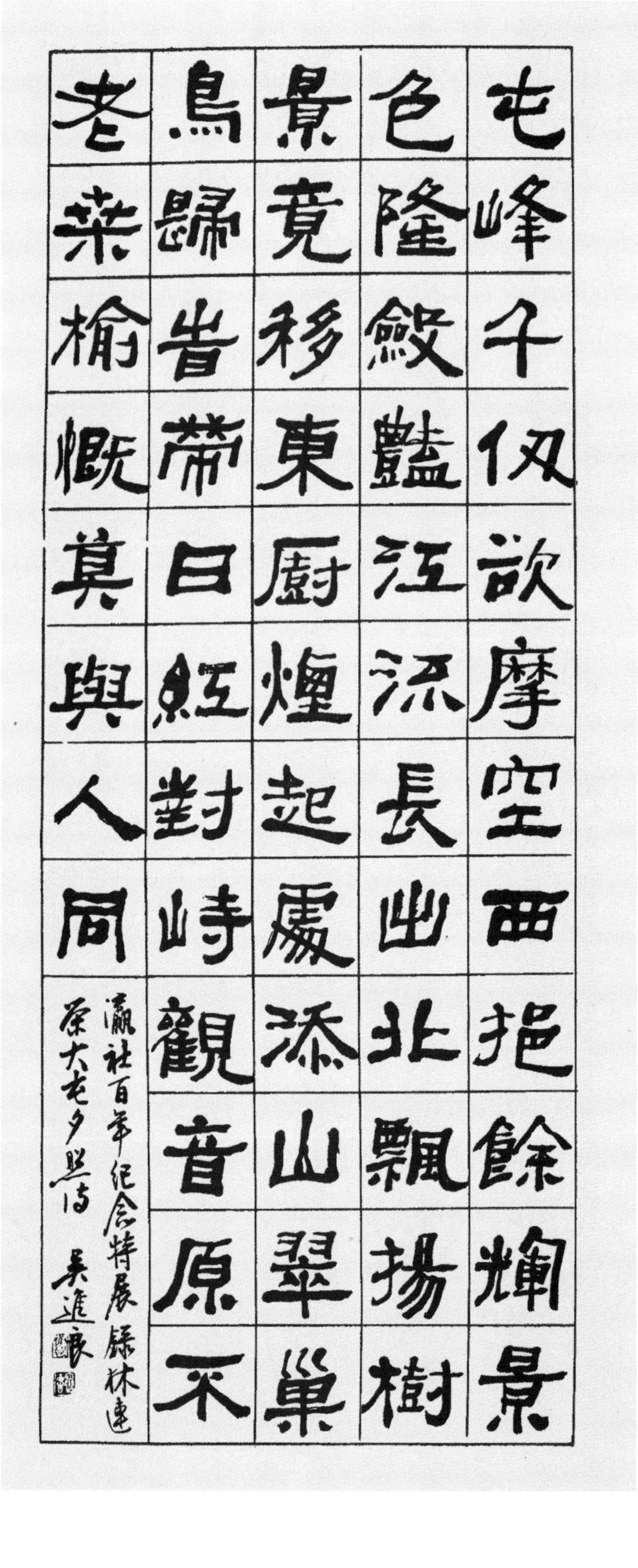

款識：瀛社百年紀念特展　錄林連榮大屯夕照詩
吳進良

鈐印：吳進良　懷德

款識：瀛社百年紀念特展　陳根泉松江觀釣詩
吳進良
鈐印：吳進良

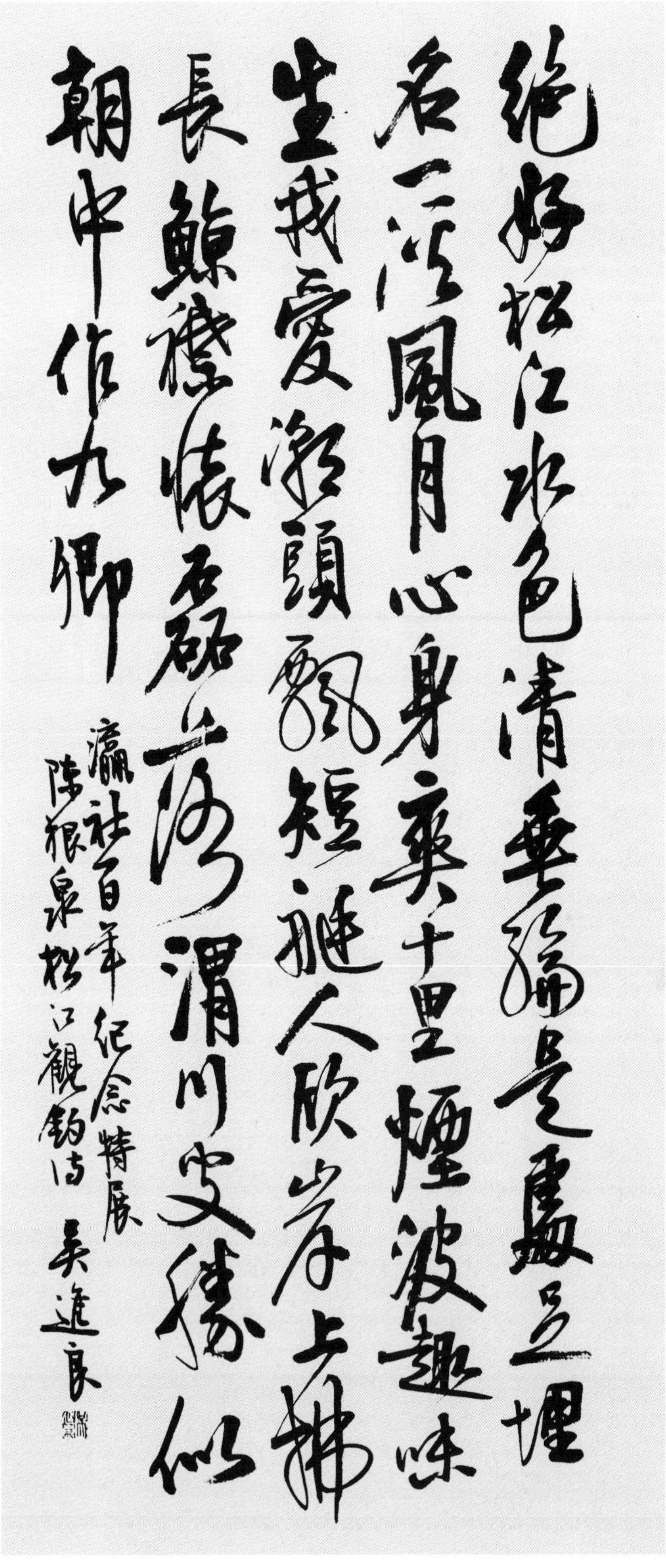

作品標題：松江觀釣（七律）

釋　文：絕好松江水色清，垂綸是處足埋名。一溪風月心身爽，十里煙波趣味生。我愛潮頭飄短艇，人欣岸上拂長鯨。襟懷磊落渭川叟，勝似朝中作九卿。

作品標題：景美謁石門盤古廟（七律）

釋　文：何限登臨意氣豪，石門今日會吾曹。瑠公圳底浮雲急，景尾山頭落日高。如此煙霞堪嘯傲，許多風物感蕭騷。他時古廟重來訪，安步當車敢憚勞。

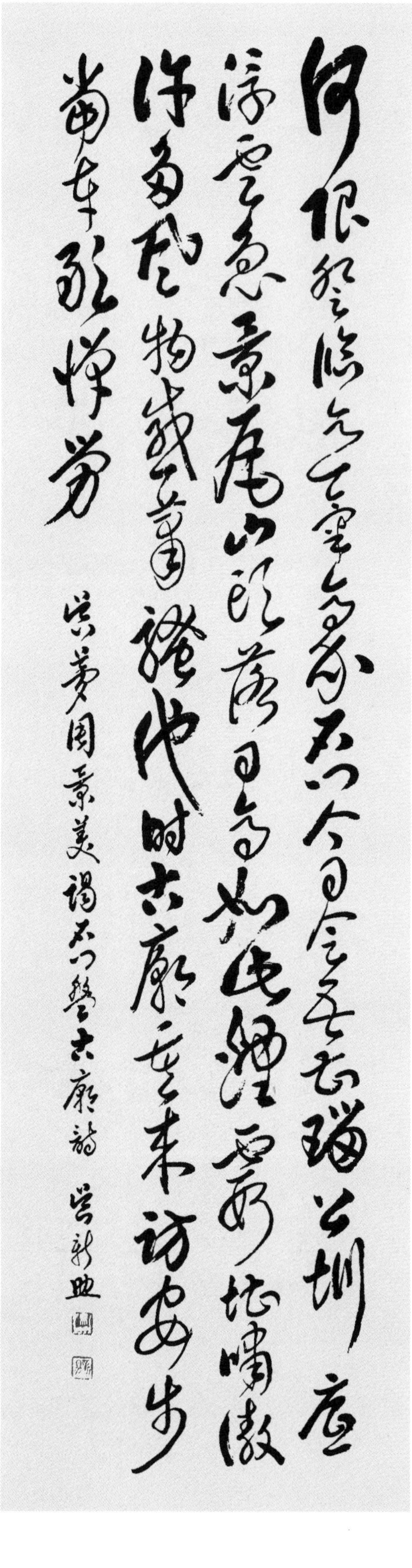

款識：吳夢周景美謁石門盤古廟詩　吳新助

鈐印：吳　新助

款識：周野鶴龍山寺題壁詩　吳新助書於溫古齋

鈐印：吳　新助

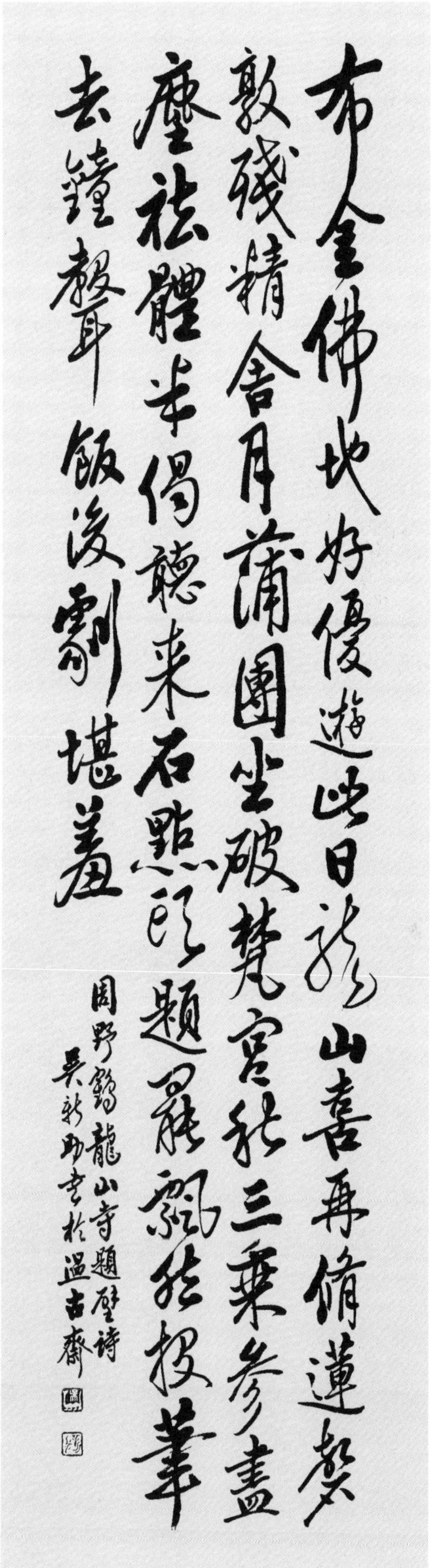

作品標題：龍山寺題壁（七律）

釋　文：布金佛地好優遊，此日龍山喜再修。蓮磬敦殘精舍月，蒲團坐破梵宮秋。三乘參盡塵袪體，半偈聽來石點頭。題罷飄然投筆去，鐘聲飯後劇堪羞。

作品標題：圓山懷古（七律）

釋　文：一世儒宗姓氏揚，巢名太古並留芳。巍峨神社根基杳，錦繡文章教化長。露濕崇樓朝代換，人登聖廟篆煙香。隔江劍氣應猶在，樹德門庭再發皇。

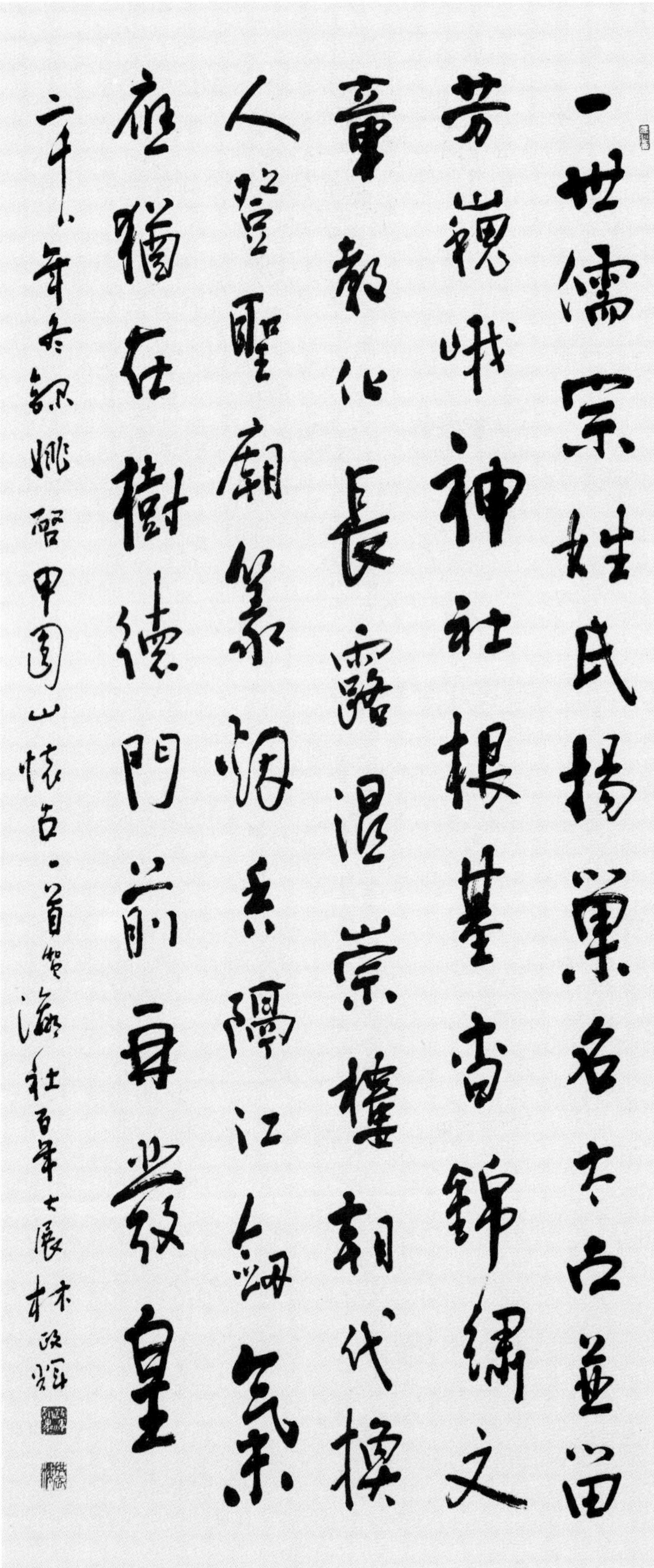

款識：二千八年　錄姚啓甲圓山懷古一首　賀瀛社百年大展　林政輝

鈐印：政輝翰墨　拱辰樓

引首：台灣人

款識：瀛社百年紀念特展　錄林振盛憶童年
　　一首　星五林政輝
鈐印：政輝翰墨　拱辰樓
引首：大吉祥

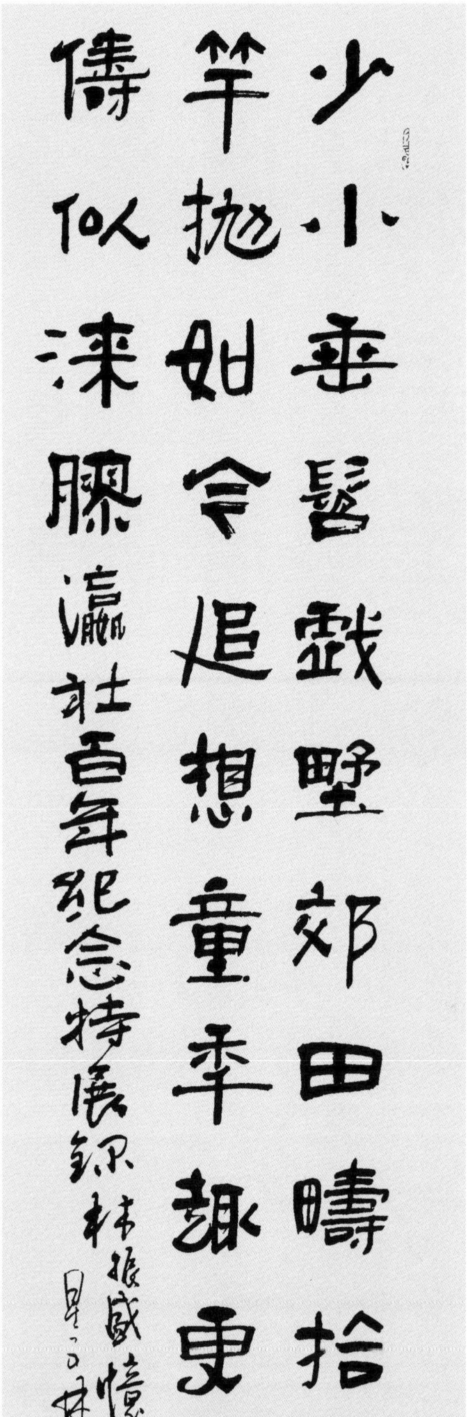
少小垂髻戲野郊田疇拾穀釣
竿拋如今追想童年趣更喜朋
儔似漆膠
瀛社百年紀念特展錄林振盛憶童年一首
星五林政輝

作品標題：憶童年（七絕）
釋　　文：少小垂髻戲野郊，田疇拾穀釣竿拋。如今追想童年趣，更喜朋儔似漆膠。

作品標題：大稻埕巡禮（七絕）

釋　文：首都台北豔陽天，大稻埕街景萬千。巡禮縱觀詩遍地，奚囊塞滿樂陶然。

款識：歲在戊子之冬十一月上澣　書葛佑民先生大稻埕巡禮詩　林欽商

鈐印：林欽商字玉庵　家在雲林海畔

引首：明心見性

款識：試以魏碑筆意書蘇鴻飛先生劍潭懷古五律乙首　玉庵林欽商

鈐印：林欽商字玉庵　家在雲林海畔

引首：平安　樂未央

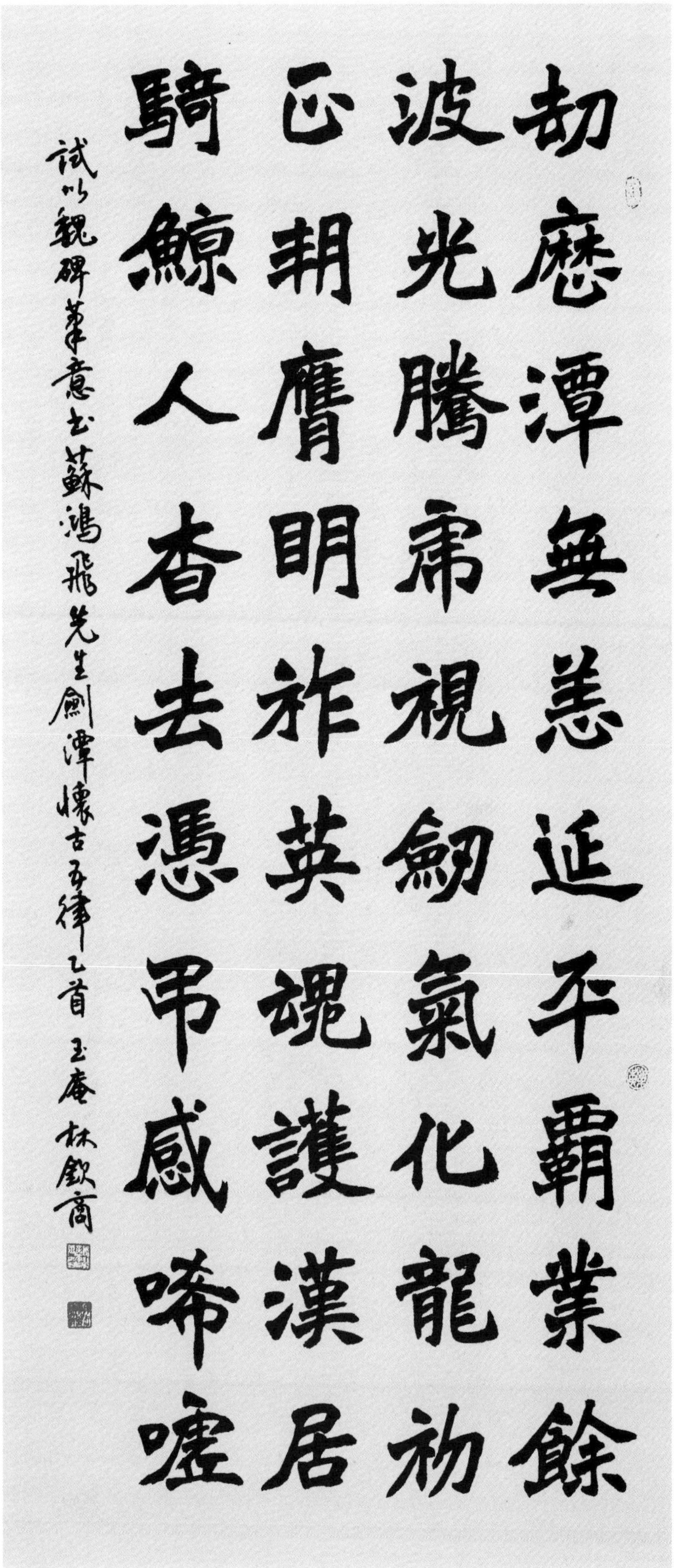

作品標題：劍潭懷古（五律）

釋　　文：刼歷潭無恙，延平霸業餘。波光騰虎視，劍氣化龍初。正朔膺明祚，英魂護漢居。騎鯨人去杳，憑弔感唏嘘。

作品標題：稻江春晴（七絕）

釋　文：柔風暖日稻江行，柳色花光照眼明。煙景迷人渾欲醉，綠陰深處囀黃鶯。

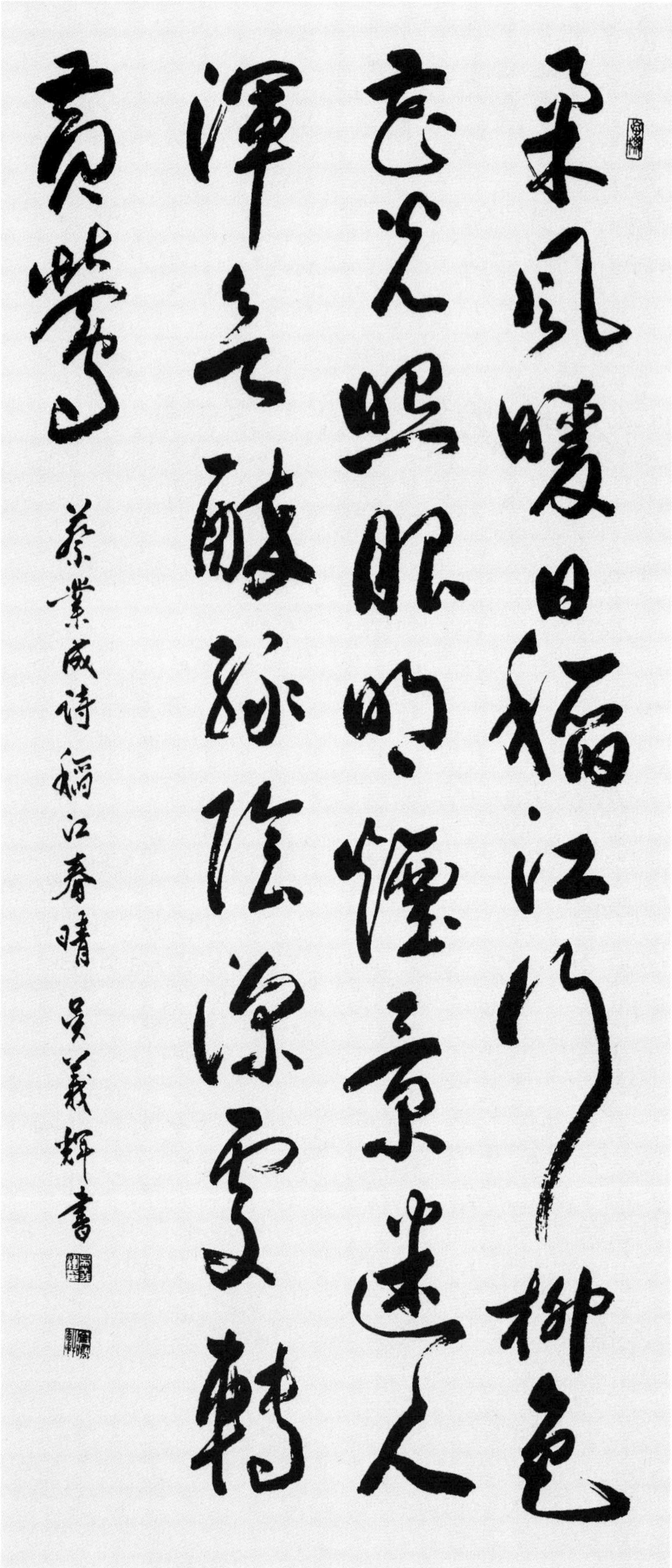

款識：蔡業成詩 稻江春晴 吳義輝書

鈐印：吳義輝印　鶴鳴軒

引首：忘機

款識：九條通　林彥助
鈐印：林彥助　粲若

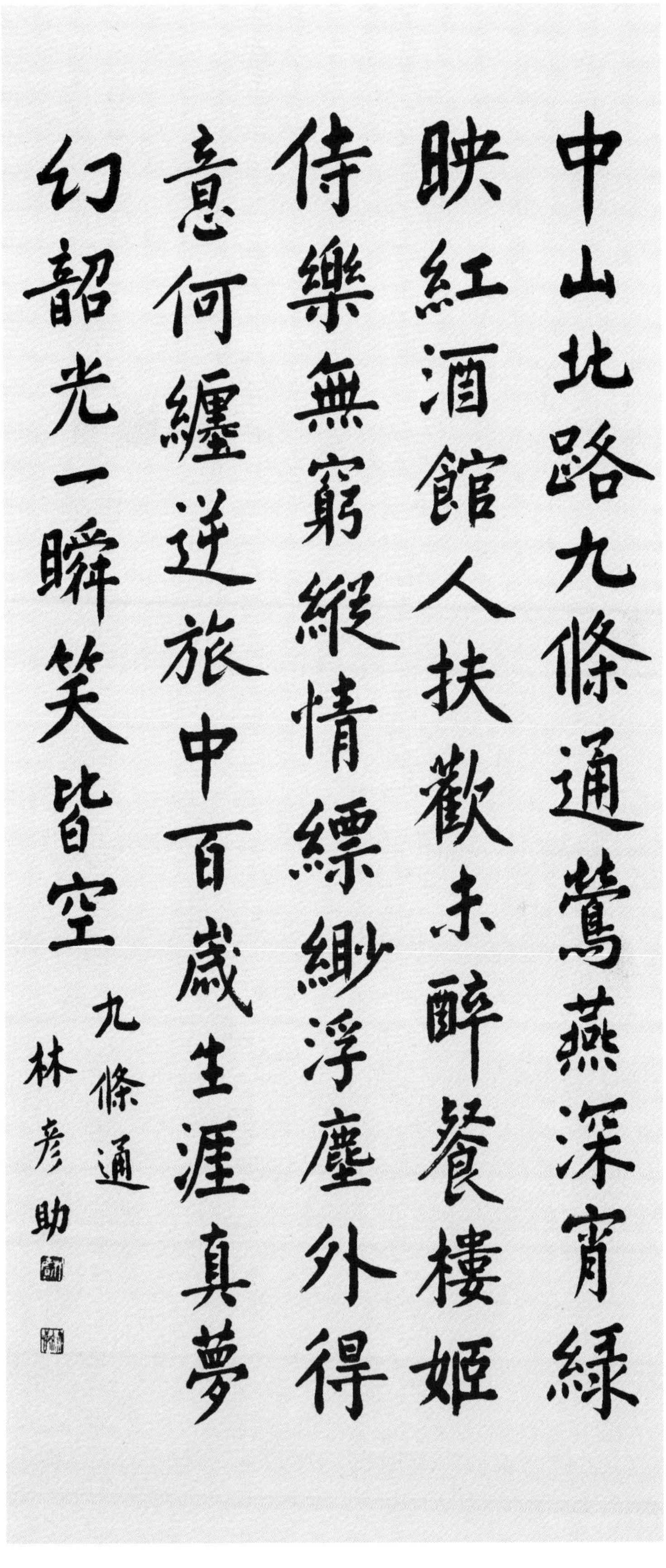
中山北路九條通鶯燕深宵綠
映紅酒館人扶歡未醉餐樓姬
侍樂無窮縱情縹緲浮塵外得
意何纏逆旅中百歲生涯真夢
幻韶光一瞬笑皆空
九條通
林彥助

作品標題：九條通（七律）
釋　　文：中山北路九條通，鶯燕深宵綠映紅。酒館人扶歡未醉，餐樓姬侍樂無窮。
縱情縹緲浮塵外，得意何纏逆旅中。百歲生涯眞夢幻，韶光一瞬笑皆空。

作品標題：北投秋色（五律）

釋　文：北投憑放眼，萬里一天晴。葉落屯峰赤，雲消淡水清。

磺煙蒸谷底，楓色染金觥。短鬢鷺蘆白，西風動客情。

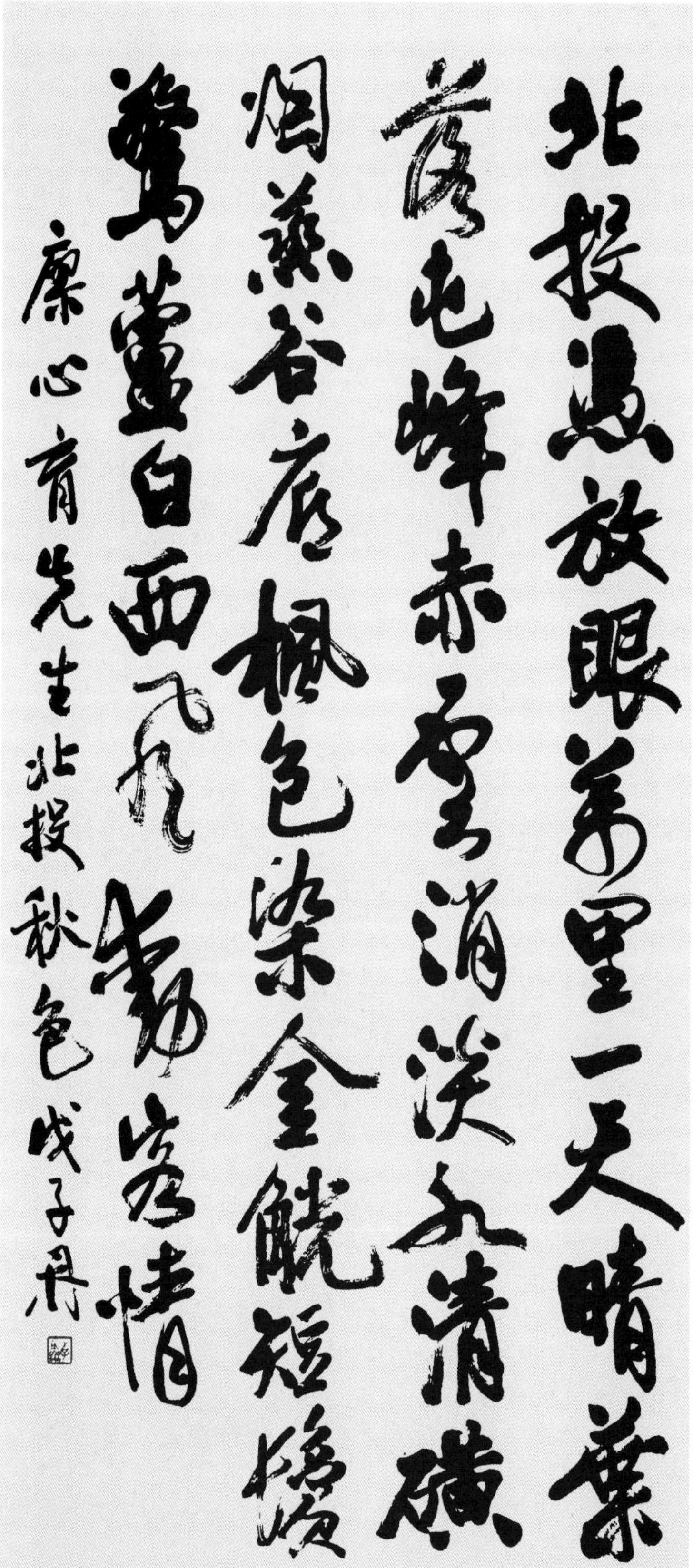

款識：廖心育先生北投秋色　戊子　鼎

鈐印：李王齋

款識：許欽南先生稻江春晴　戊子　鼎
鈐印：李王齋

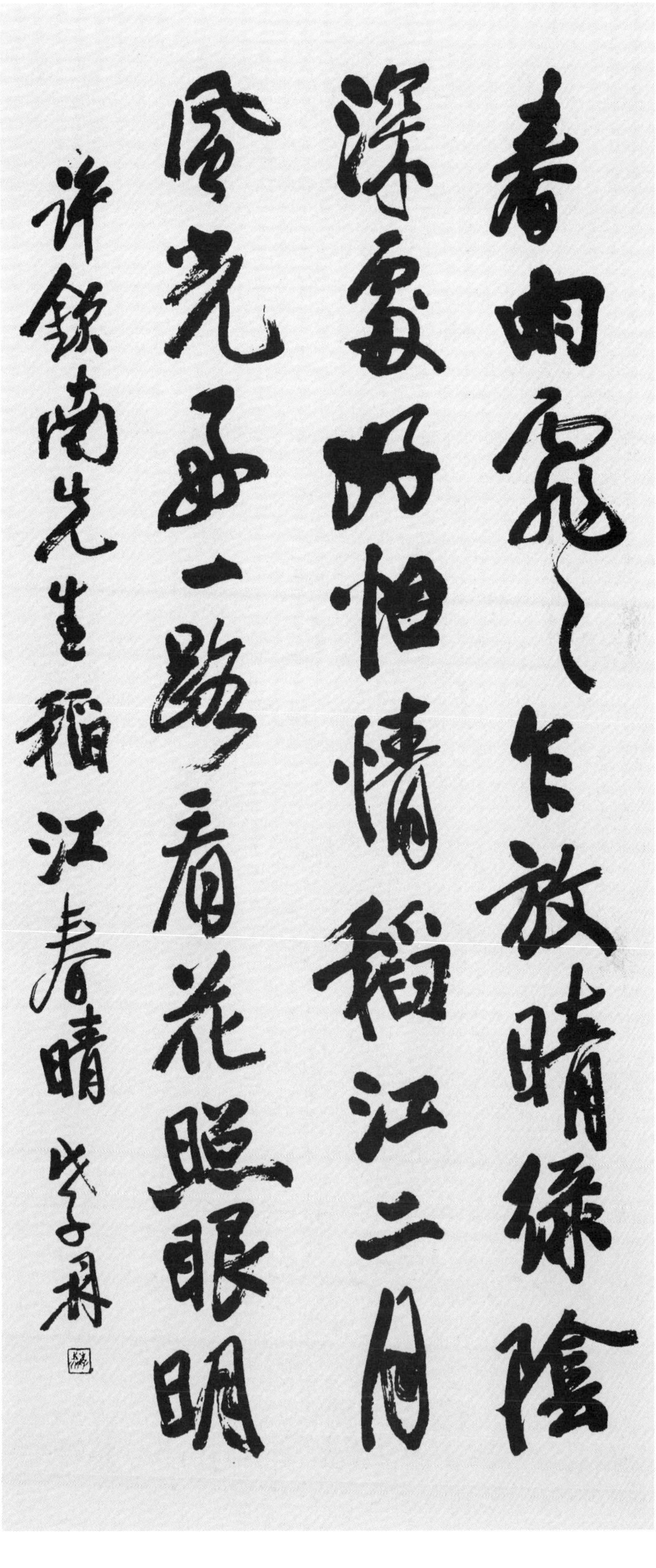

作品標題：稻江春晴（七絕）

釋　文：春雨霏霏乍放晴，綠陰深處好怡情。稻江二月風光好，一路看花照眼明。

作品標題：鵑城之美（七律）

釋　文：鵑花如錦織都城，三月韶華照眼明。客至觀光迷秀色，人來驚艷蕩騷情。崇樓傲世凌雲聳，奎府揚風奕葉賡。五彩繽紛饒市景，堪誇綺麗冠蓬瀛。

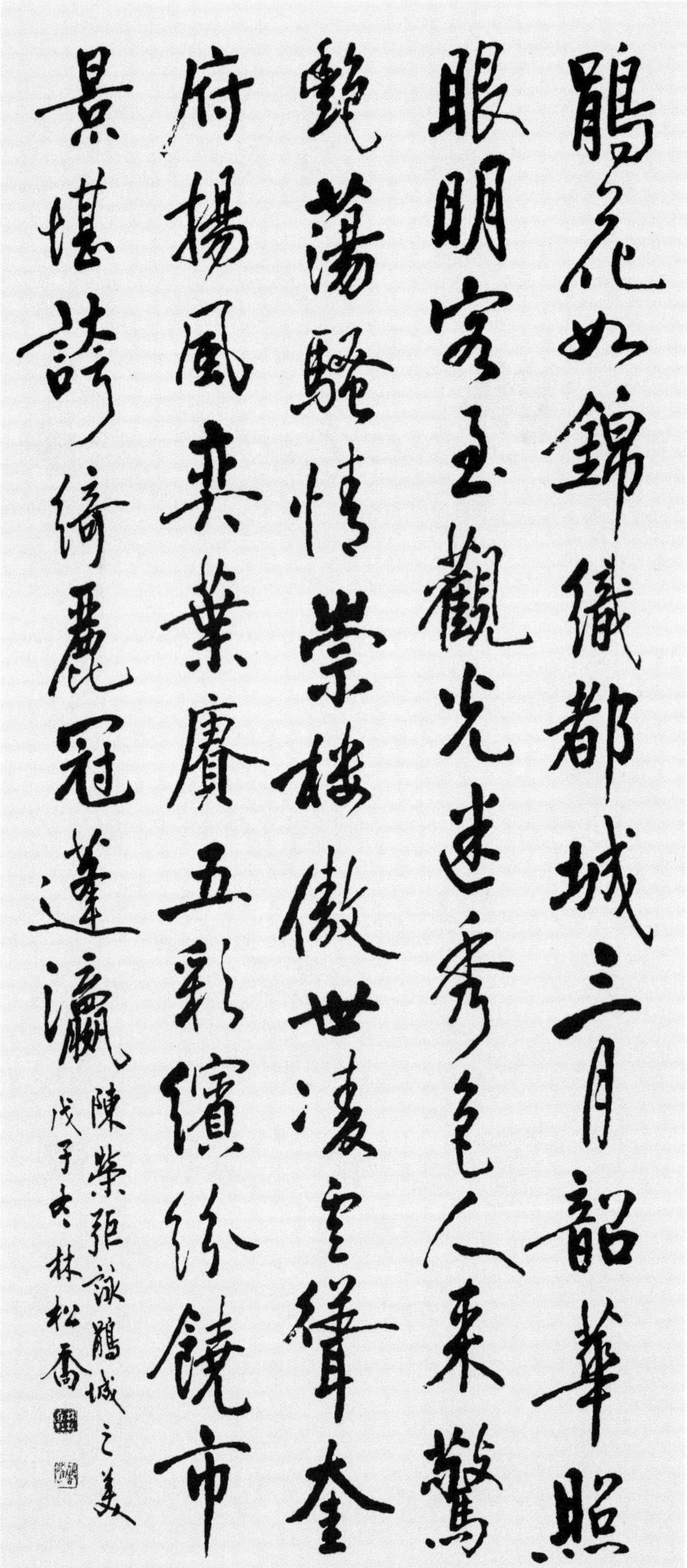

款識：陳榮弡詠鵑城之美　戊子冬　林松喬

鈐印：林松喬　詩涵

款識：張民選先生詠北城懷古　戊子冬月　林松喬書
鈐印：林松喬

滄桑遺勝地興替感無窮
河臯寒煙紫門迎夕陽紅
牡丹揚缽韻學海啓文風
舊夢詩留蹟馳思百載中
張民選先生詠北城懷古戊子冬月林松喬書

作品標題：北城懷古（五律）

釋　文：滄桑遺勝地，興替感無窮。河臯寒煙紫，門迎夕照紅。牡丹揚缽韻，學海啓文風。舊夢詩留蹟，馳思百載中。

作品標題：北城懷古（五律）

釋　　文：滄桑遺勝地，興替感無窮。河臯寒煙紫，門迎夕照紅。
牡丹揚鉢韻，學海啓文風。舊夢詩留蹟，馳思百載中。

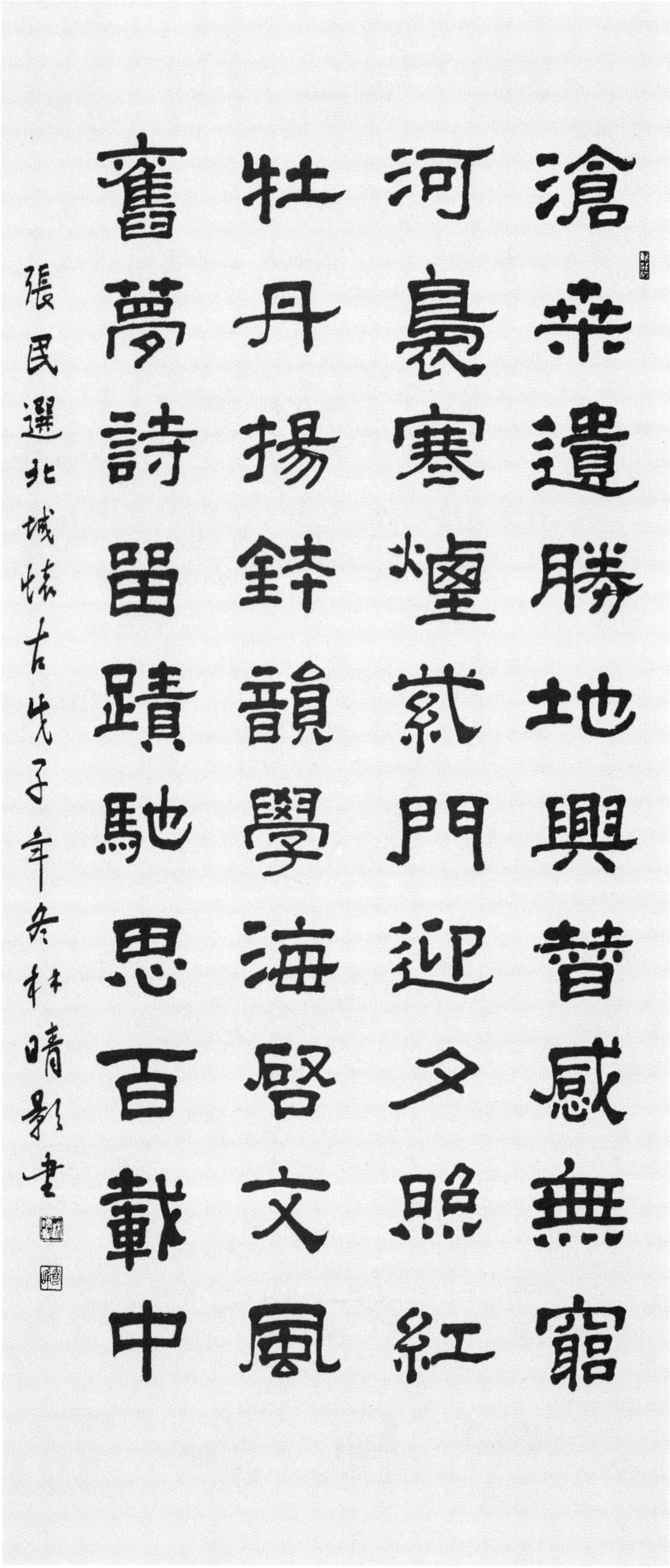
滄桑遺勝地興替感無窮
河臯寒煙紫門迎夕照紅
牡丹揚鉢韻學海啓文風
舊夢詩留蹟馳思百載中
張民選北城懷古戊子年冬林晴影書

款識：張民選北城懷古　戊子年冬　林晴影書

鈐印：林晴影　奇峰

引首：新莊人

款識：歐陽開代台北竹枝詞一首　林晴影書
時戊子冬

鈐印：林　晴影

引首：新莊人

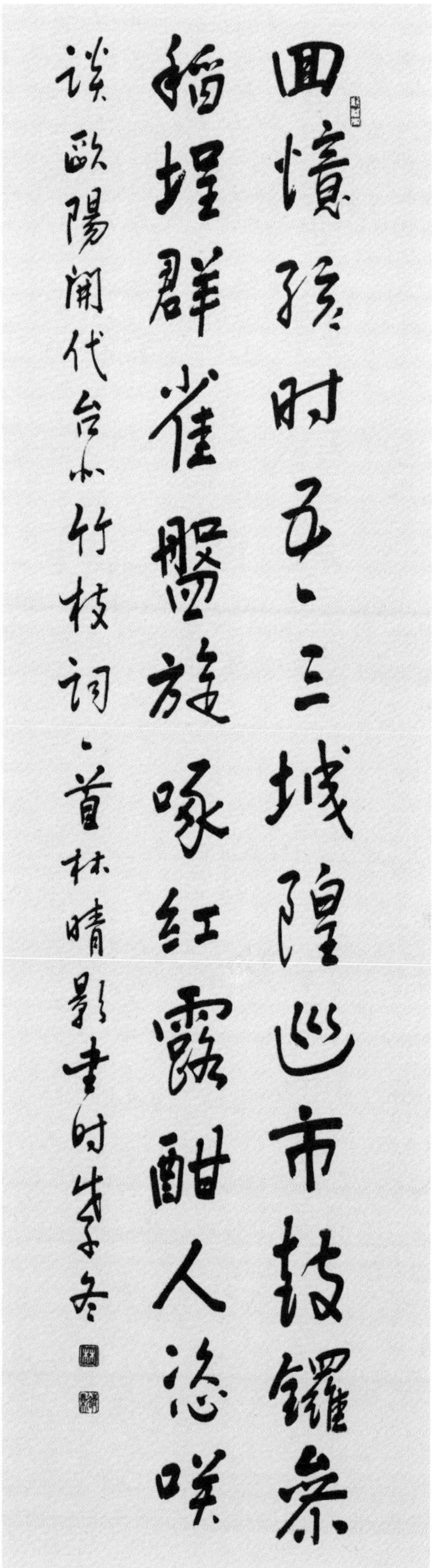

作品標題：臺北竹枝詞（七絕）

釋　文：回憶孩時五一三，城隍巡市鼓鑼參。稻埕群雀盤旋啄，紅露酣人恣笑談。

作品標題：藍色公路（七絕）

釋　　文：華輪環島業新興，碧海遨遊喜不勝。波靜天藍前路闊，神怡藻思感頻增。

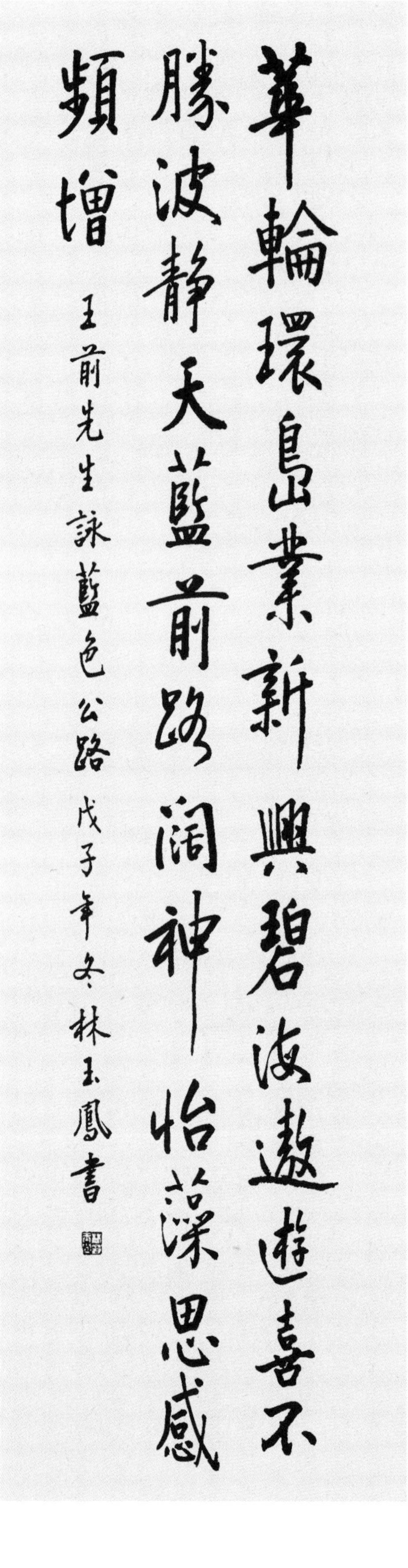

款識：王前先生詠藍色公路　戊子年冬　林玉鳳書

鈐印：林玉鳳印

款識：稻江春晴　邱進丁
鈐印：晴晳之印　邱進丁

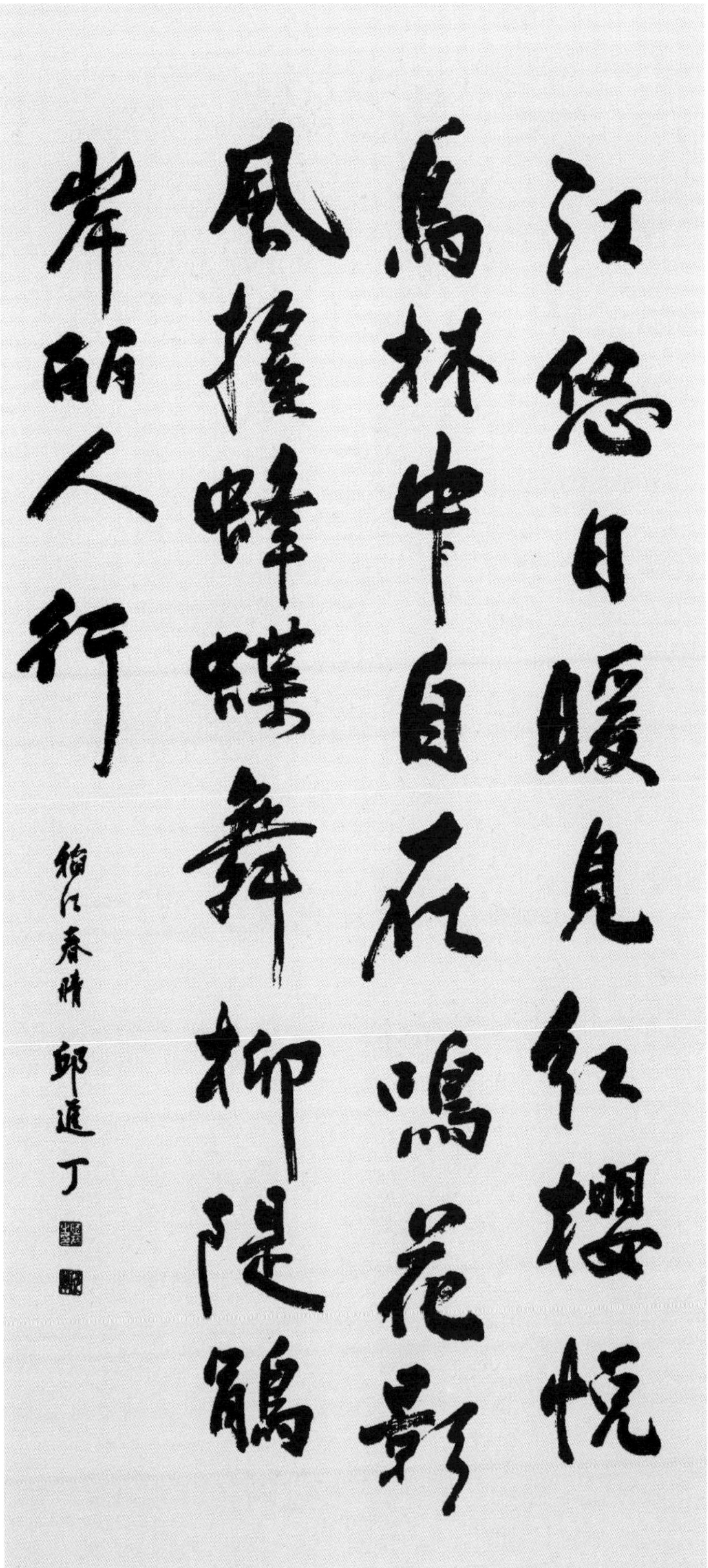

作品標題：稻江春晴（七絕）
釋　　文：江悠日暖綻紅櫻，悅鳥林中自在鳴。花影風搖蜂蝶舞，柳隄鶺岸麗人行。

作品標題：北城懷古（五律）

釋　文：行經老師府，誰不憶維英。學海深無底，仰山高有情。斯文傳一脈，繩結積三楹。太古巢藜火，千秋耀北城。

款識：楊振福　北城懷古　浯州洪啓義

鈐印：洪啓義

引首：翰墨緣

款識：蔡鳳儀稻江懷古　維之洪啓義。
鈐印：洪啓義　維之大利
引首：千秋萬世　浯江西畔人家

稻江風景遍川原商
賈雲蒸車馬喧記得
當年無限感英雄一
去故園存
蔡鳳儀稻江懷古
維之洪啓義

作品標題：稻江懷古（七絕）
釋　　文：稻江風景遍川原，商賈雲蒸車馬喧。記得當年無限感，英雄一去故園存。

作品標題：覺修宮步月（七律）

釋　　文：月映招提白似霜。詩情禪味滿雲廊。草間冷露沾鞋濕。宮外微風拂袖涼。蟾影共憐今夜好。桂花未減去年香。清光萬里秋如水。曳杖行吟興正長。

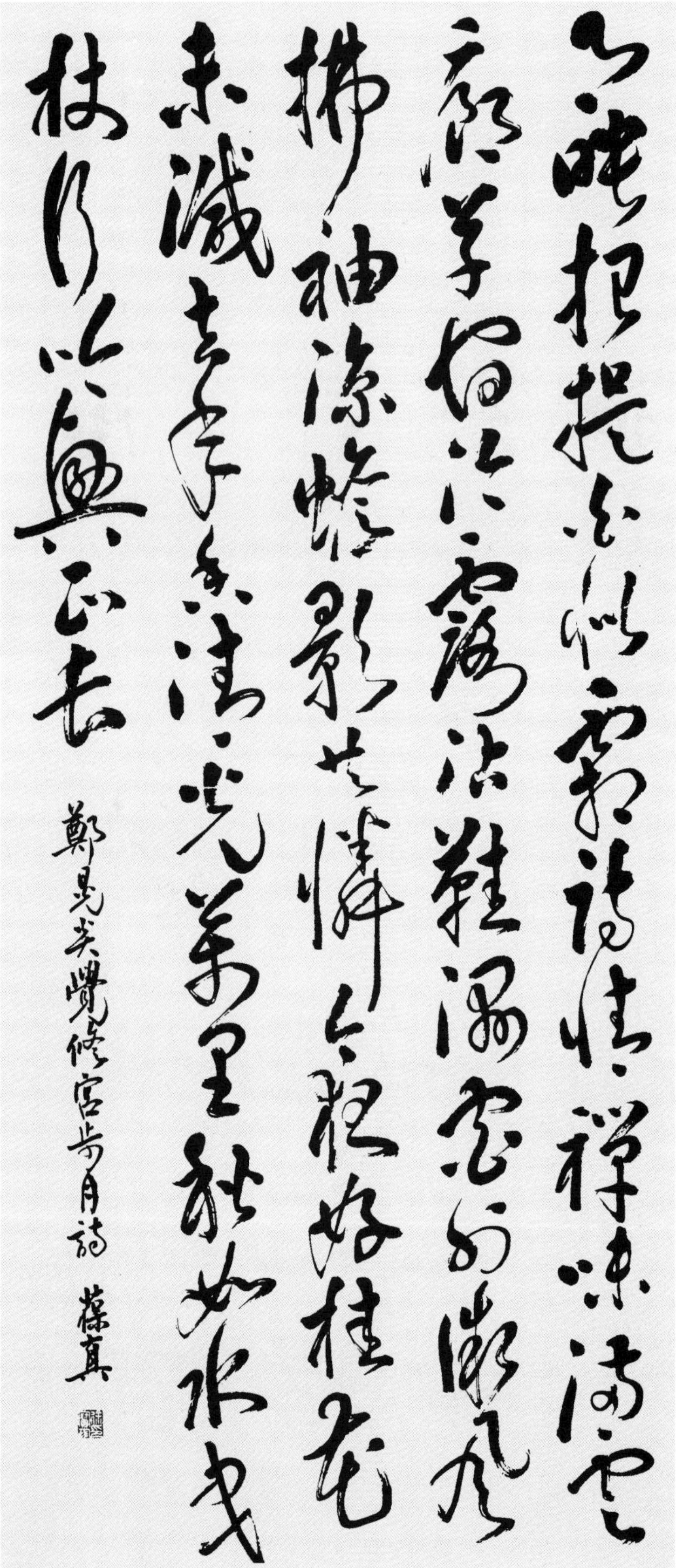

款識：鄭晃炎覺修宮步月詩　葆眞

鈐印：徐寶珍印

款識：魏壬貴淡江釣月詩　徐寶珍
鈐印：徐寶珍印

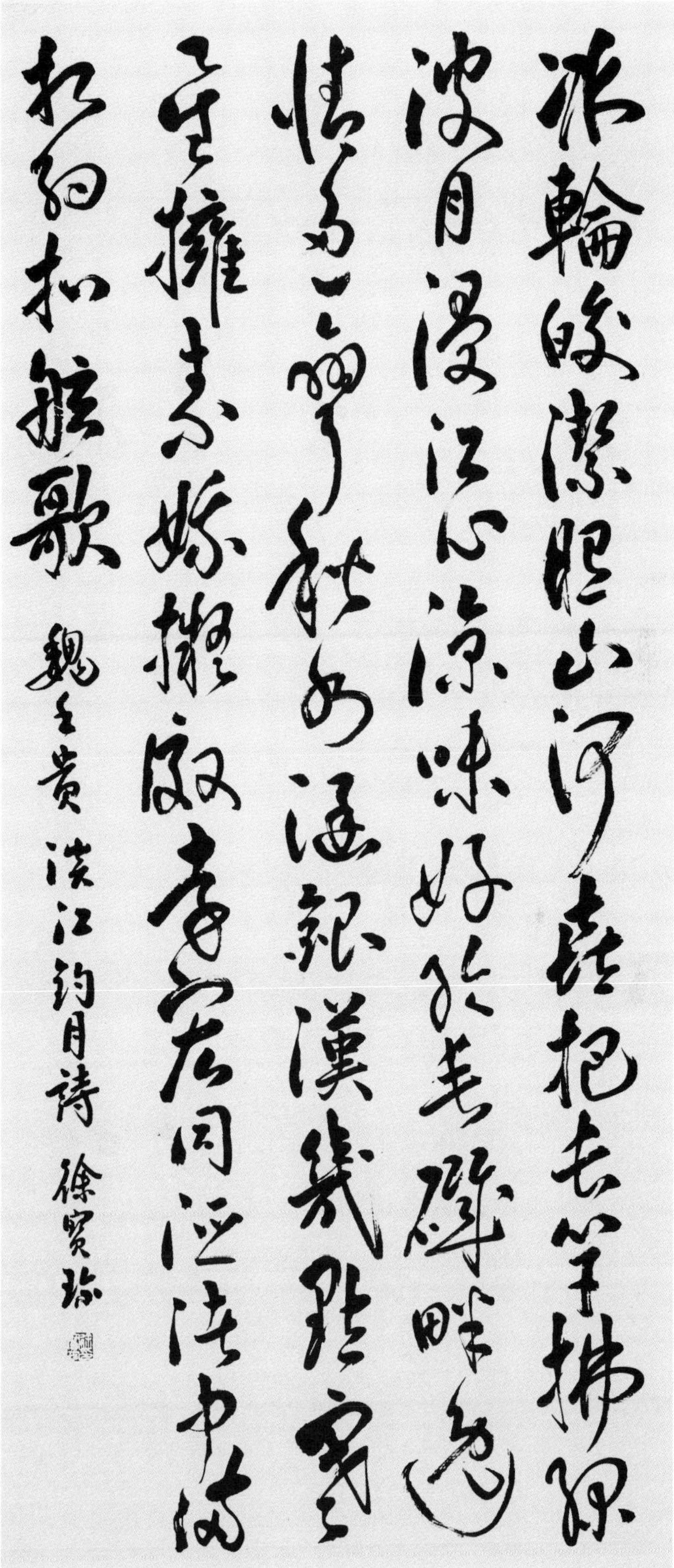

作品標題：淡江釣月（七律）
釋　文：冰輪皎潔照山河。喜把長竿拂綠波。月浸江心涼味好。綸垂磯畔逸情多。一彎秋水涵銀漢。幾點寒星擁素娥。擬傚袁宏同泛渚。中流相約扣舷歌。

作品標題：春日遊陽明公園（七律）

釋　文：草山探勝整吟鞭，領略東風樂事全。遊騁詩情臨曲水，印沾齒屐陟高巔。公園櫻簇嬌容麗，頌德碑銘美譽傳。煙景渾如摩詰畫，韶光滿眼客留連。

款識：鄭耀南春日遊陽明公園詩　戊子冬月　若禹

鈐印：郭金堂　若禹

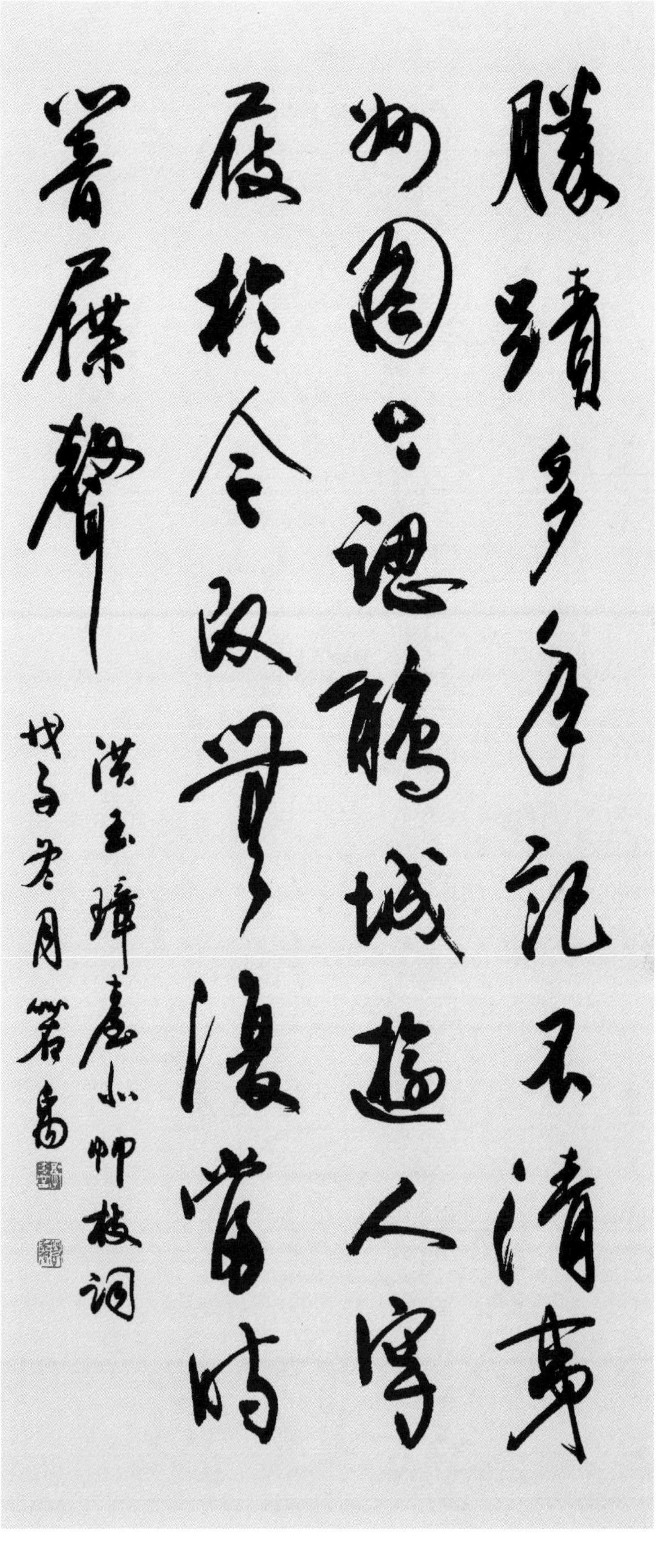

作品標題：臺北竹枝詞（七絕）

釋　文：勝蹟多年記不清，夷州圖上認鵑城。遊人穿屐於今改，無復當時響屧聲。

款識：洪玉璋臺北竹枝詞　戊子冬月　若禹

鈐印：郭金堂　若禹

作品標題：謁臺北聖廟（五律）

釋　文：落日圓山路，驅車謁聖堂。龍峒新廟貌，麟史舊文章。壇杏春應好，池芹夏自香。絃歌鯤島遍，風教復隆昌。

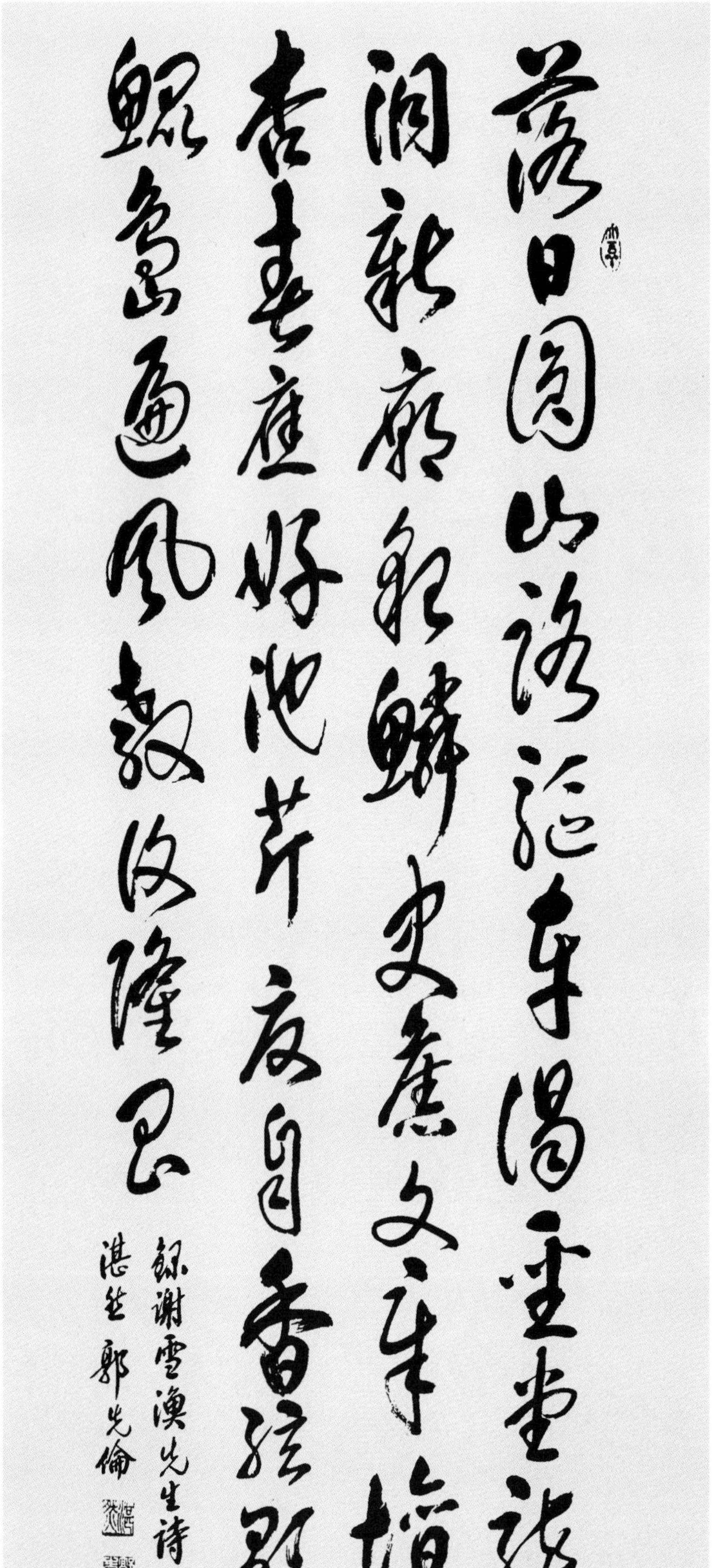

款識：錄謝雪漁先生詩　湛然　郭先倫

鈐印：湛然　郭先倫印

引首：大吉祥

款識：錄鄭晃炎詩 湛然 郭先倫
鈐印：湛然 郭先倫印

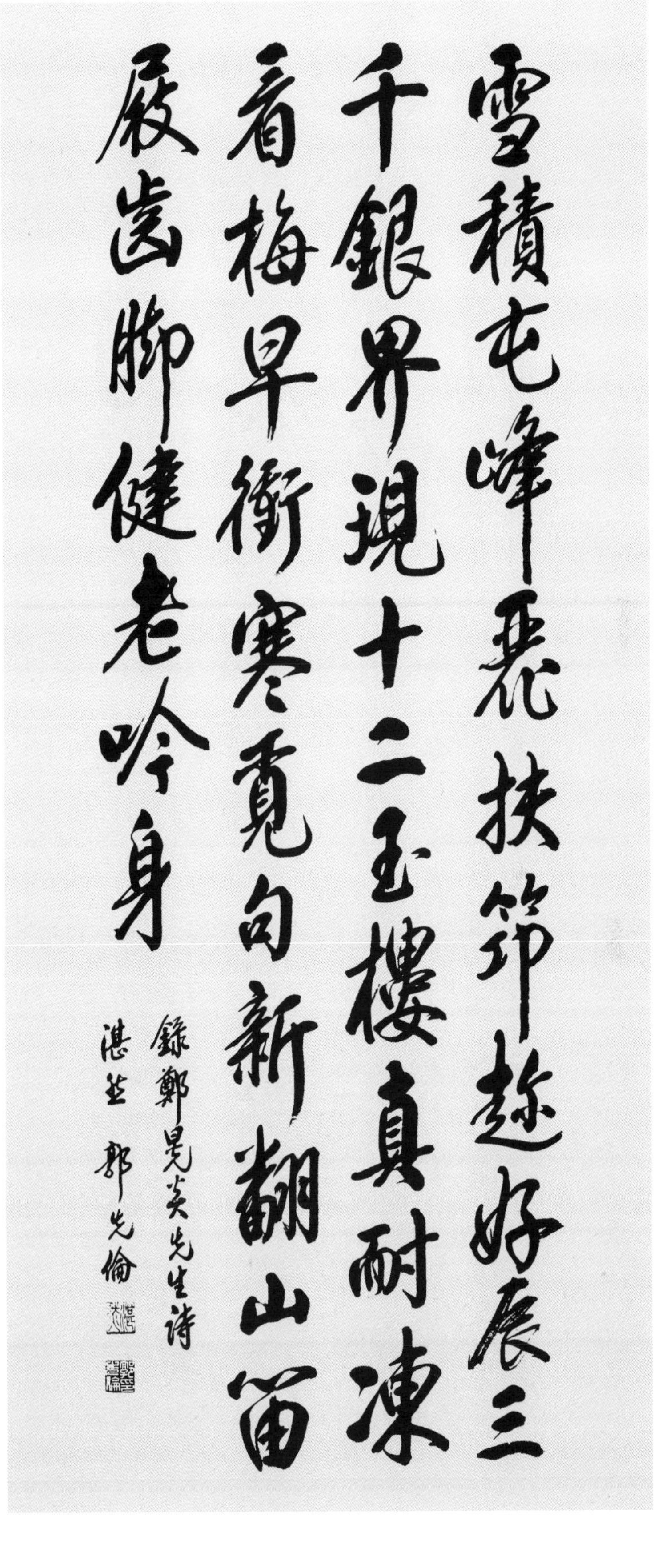

作品標題：屯山踏雪（五律）

釋　　文：雪積屯峰麗，扶笻趁好辰。三千銀界現，十二玉樓眞。
耐凍看梅早，衝寒覓句新。翻山留屐齒，腳健老吟身。

作品標題：迎春

釋　文：泥牛拂曉試春鞭，循例官家勸力田。紫陌繡旗明麗日，青郊芝蓋繞祥煙。山河氣象蓬蓬遠，禾麥耕耘著著先。萬類欣沾新雨露，東皇德澤總無偏。

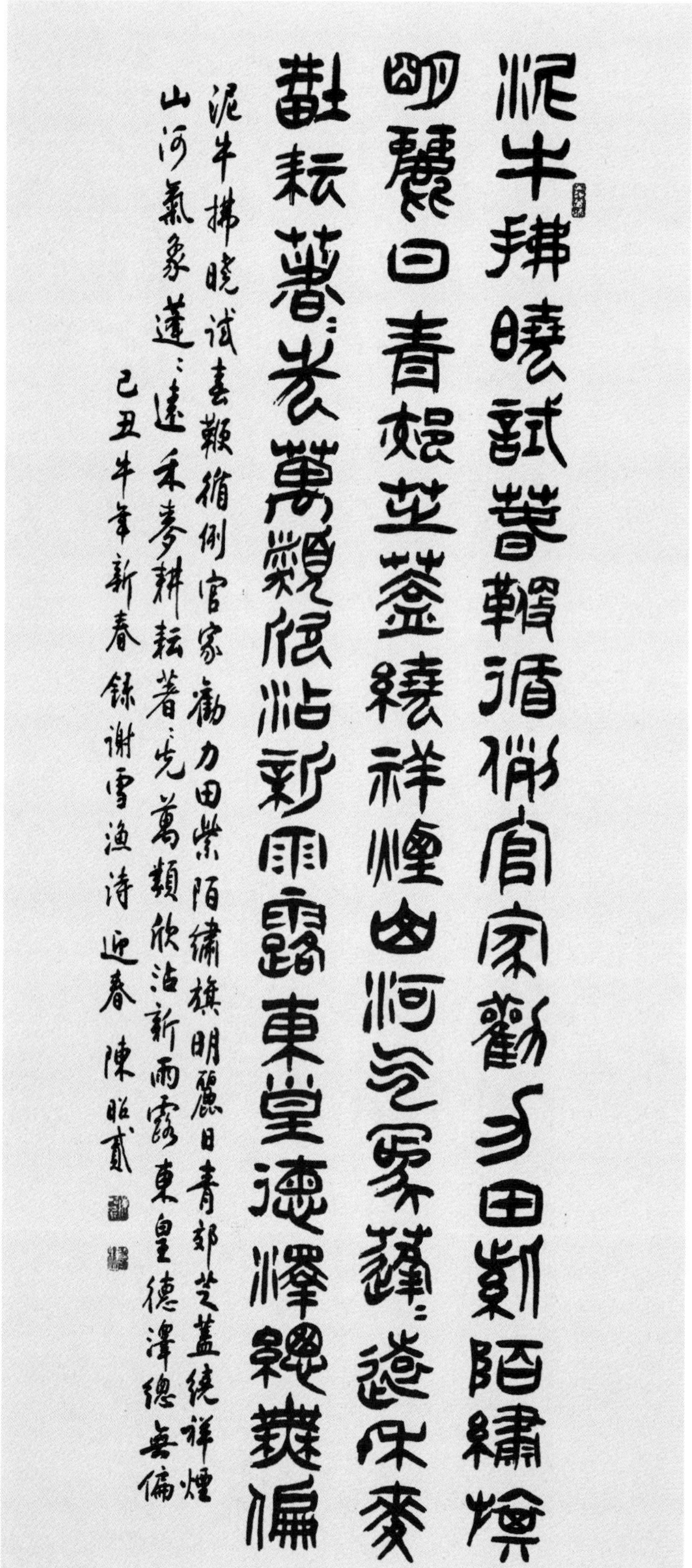

款識：（重複內文）己丑牛年新春　錄謝雪漁詩迎春　陳昭貳

鈐印：陳昭貳　更層樓

引首：幽趣春情

款識：洪以南詩　瀛社雅集即事　己丑年春
　　　陳昭貳書
鈐印：陳昭貳　更層樓

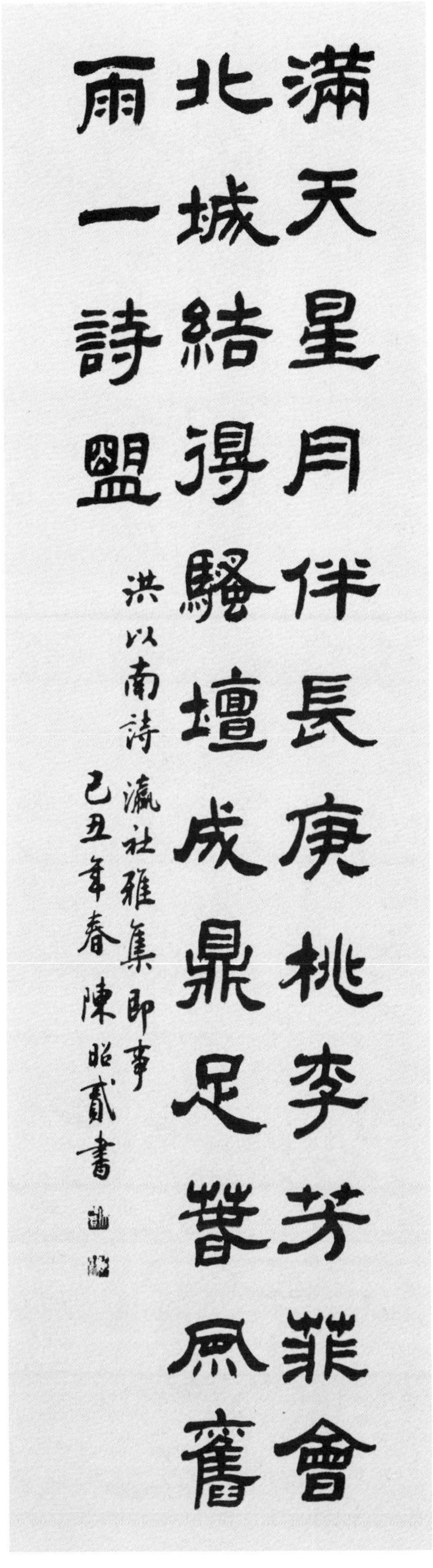
滿天星月伴長庚桃李芳菲會
北城結得騷壇成鼎足春風舊
雨一詩盟
洪以南詩　瀛社雅集即事
己丑年春　陳昭貳書

作品標題：瀛社雅集即事（七絕）
釋　　文：滿天星月伴長庚，桃李芳菲會北城。結得騷壇成鼎足，春風舊雨一詩盟。

作品標題：寶藏寺消夏（五律）

釋　文：蘭若盤桓日，談今說古時。岩前雲入畫，檻外雨催詩。覽勝飛山嶺，登臨蓄水池。參天森綠樹，避暑最相宜。

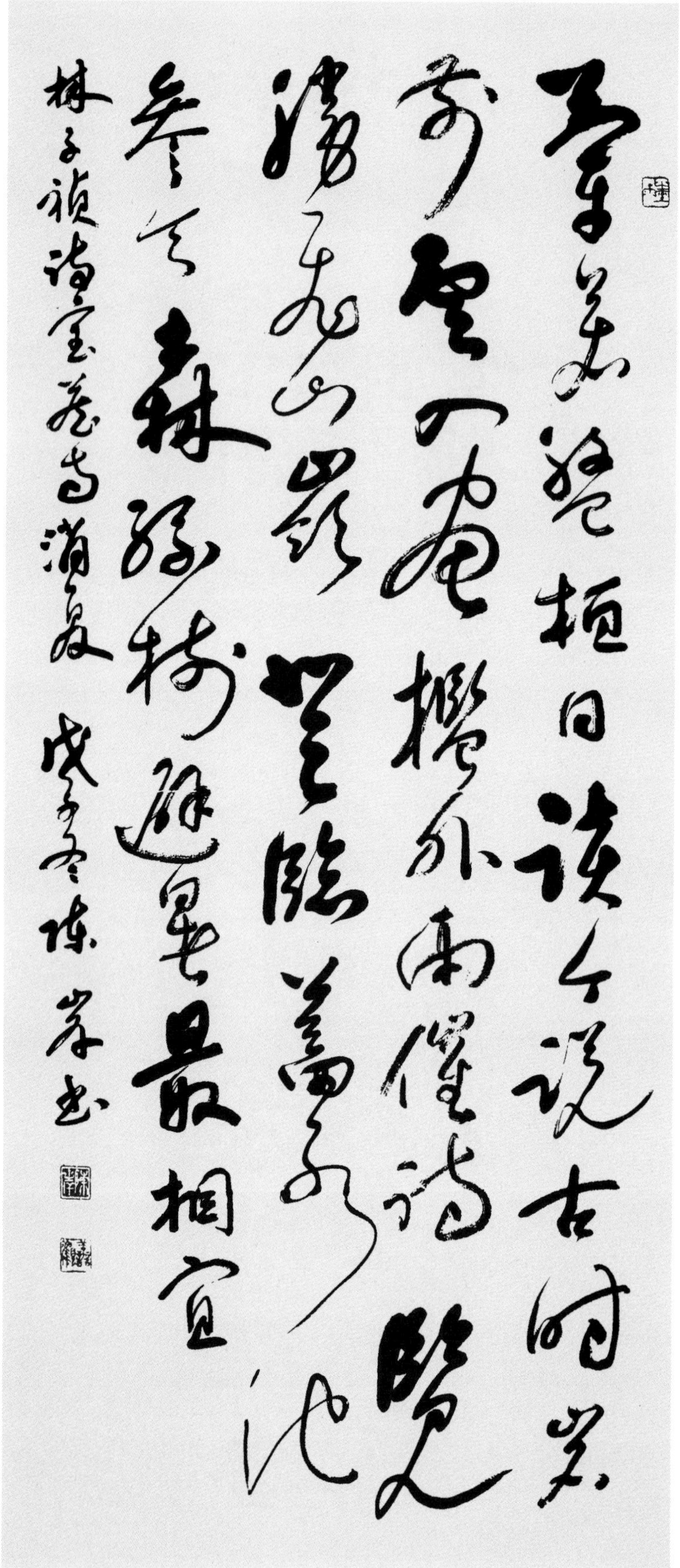

款識：林子楨詩　寶藏寺消夏　戊子冬　陳岸書

鈐印：陳岸　善觀

引首：墨雨

作品標題：大稻埕巡禮（七絕）
釋　文：北地絃歌憶昔年，人文蔚起地行仙。回眸一覽繁華夢，彷彿當時不夜天。

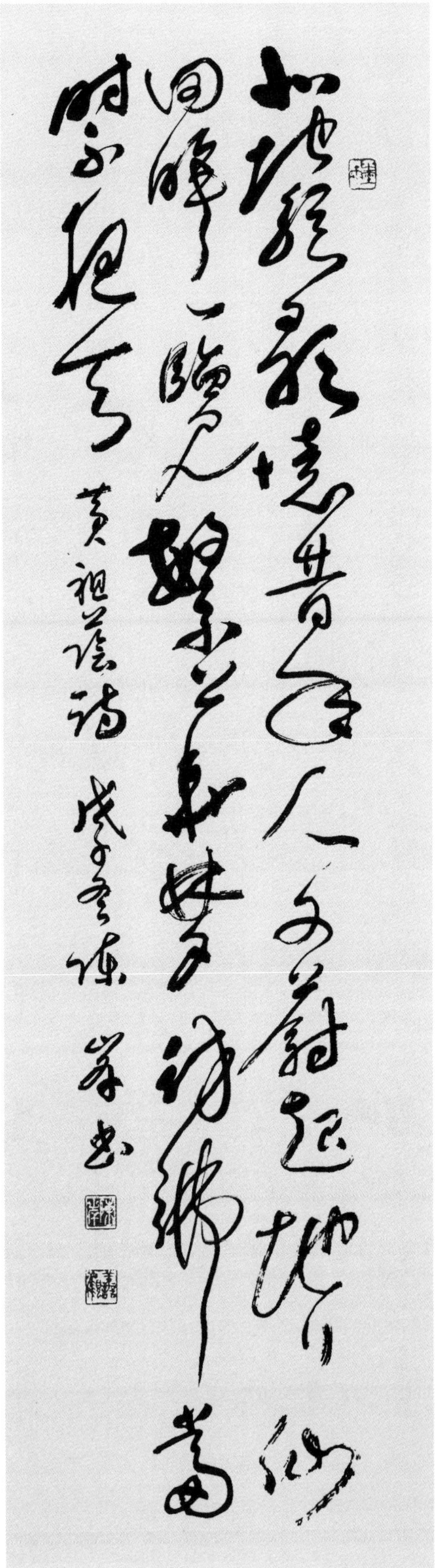

黃祖蔭詩　戊子冬　陳岸書
鈐印：陳岸　善觀
引首：墨雨

作品標題：北城懷古（五律）

釋　文：淡水龍蟠護，圓山虎踞瞪。建城居管鑰，禦寇衛蓬瀛。
朝改牆垣毀，街興貿易榮。四門遺舊跡，懷古發幽情。

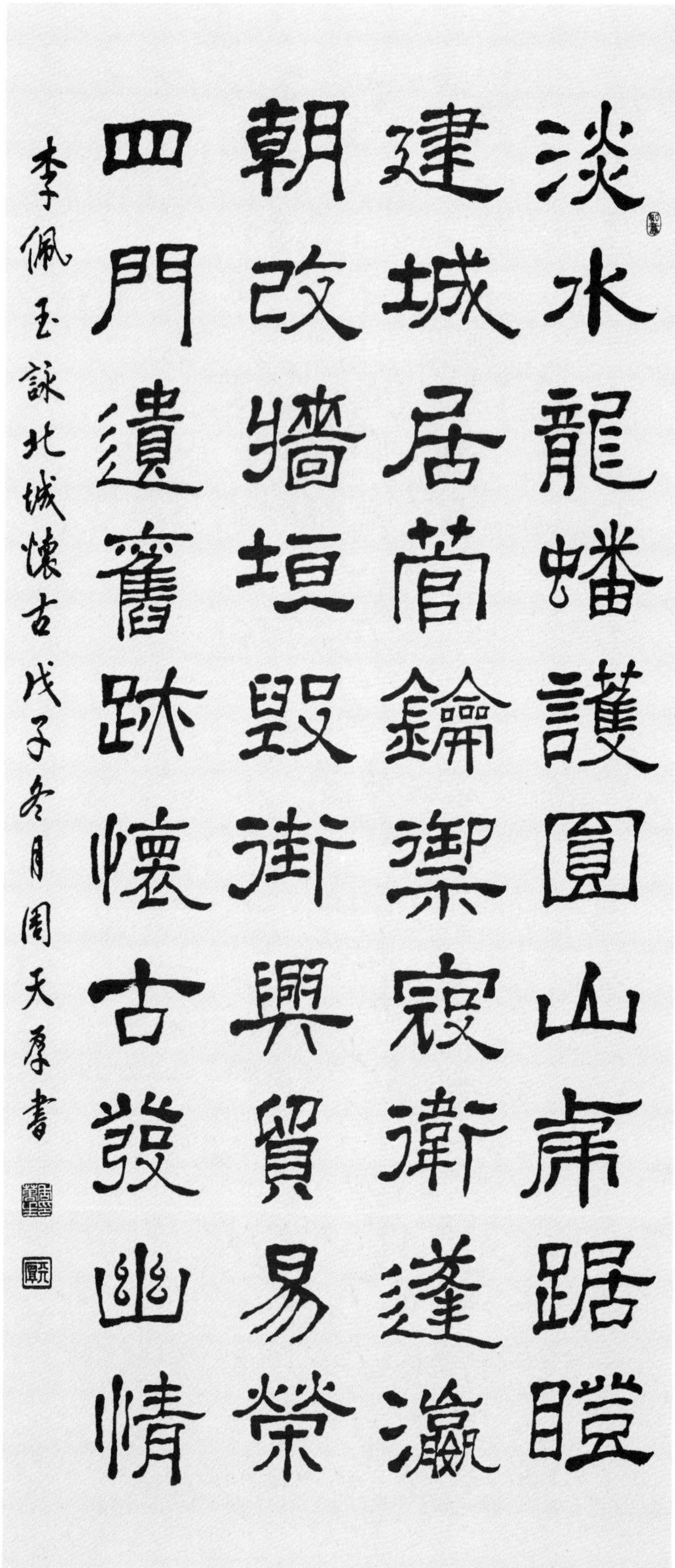
淡水龍蟠護圓山虎踞瞪
建城居管鑰禦寇衛蓬瀛
朝改牆垣毀街興貿易榮
四門遺舊跡懷古發幽情
李佩玉詠北城懷古 戊子冬月 周天厚書

款識：李珮玉詠北城懷古　戊子冬月　周天厚書

鈐印：周萬生　天厚

引首：如意

款識：洪淑珍詩　瀛社百周年文物展　陳献龍書

鈐印：友雲　陳献龍

引首：如意

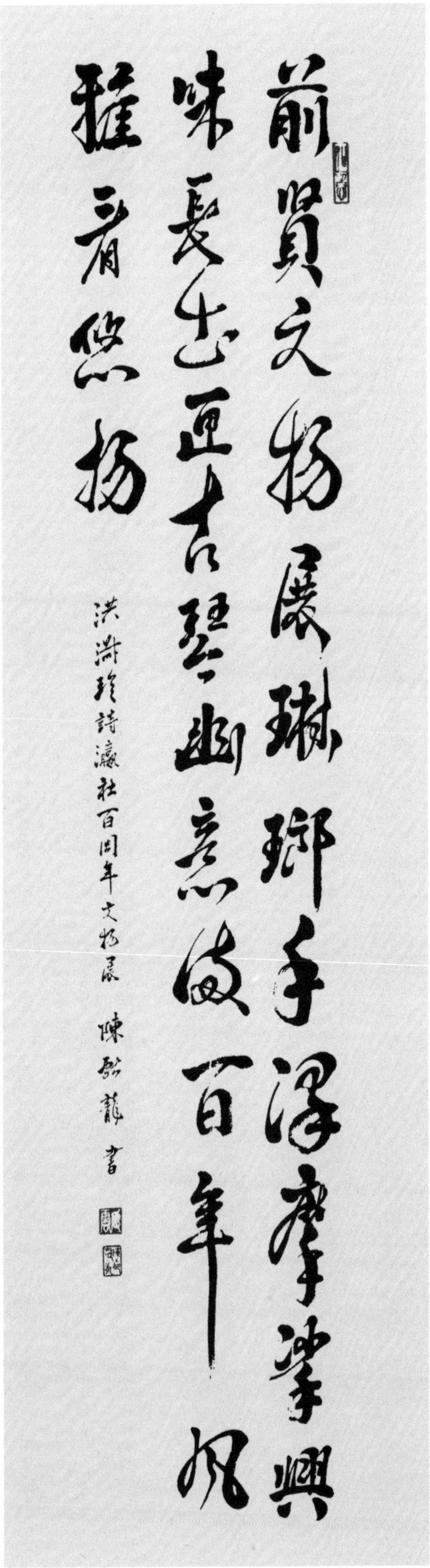

作品標題：瀛社百年文物展

釋　　文：前賢文物展琳瑯，手澤摩挲興味長。出匣古琴幽意滿，百年風雅看悠揚。

作品標題：北城懷古（五律）

釋　　文：貝塚殘碑在，江城捷運通。興衰傷往事，造化憶前功。淡水河流遠，澄潭劍氣沖。重來參孔廟，同振聖人風。

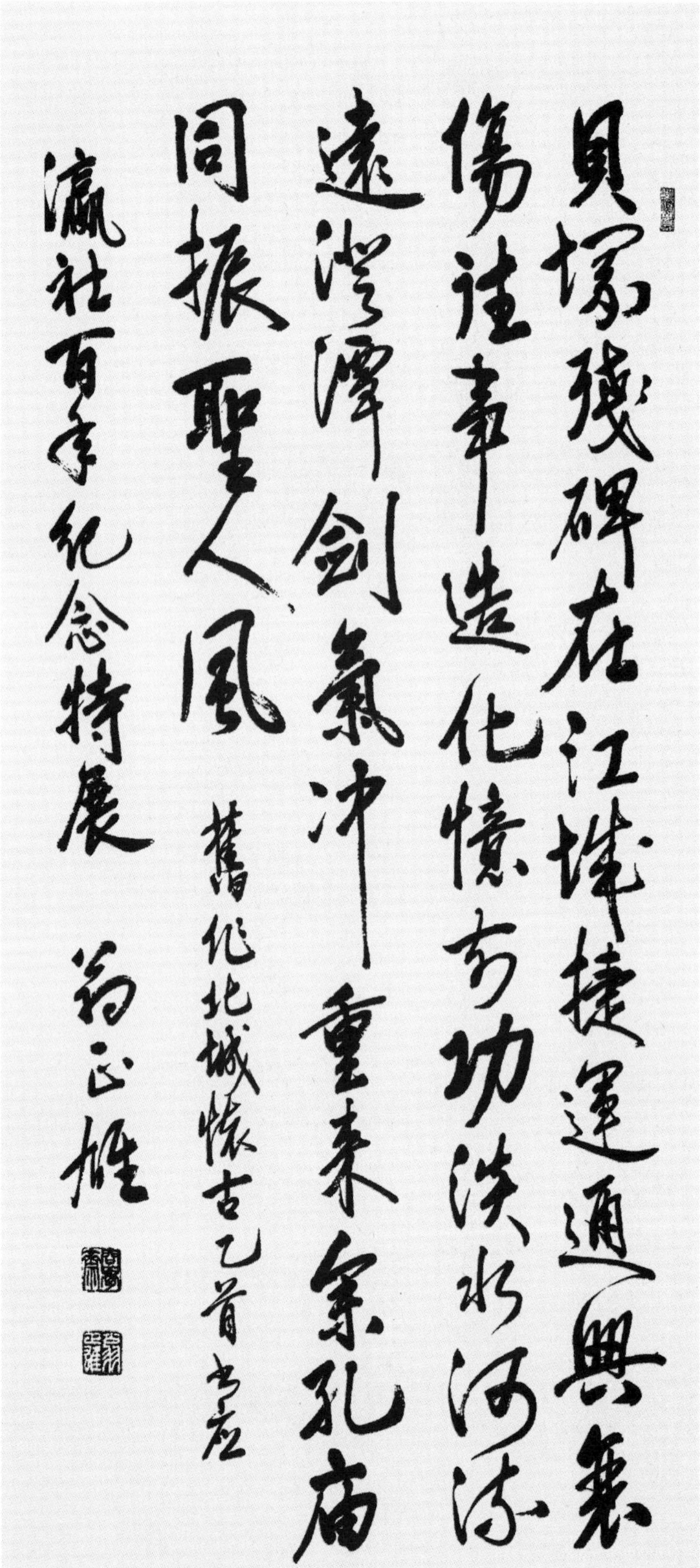

款識：舊作北城懷古乙首　書應瀛社百年紀念特展　翁正雄

鈐印：問學齋　翁正雄

引首：平澹而眞

款識：戊子仲冬　錄陳欽財詩　訪陽明書屋　蘭閔
鈐印：黃蘭閔
引首：無罣礙

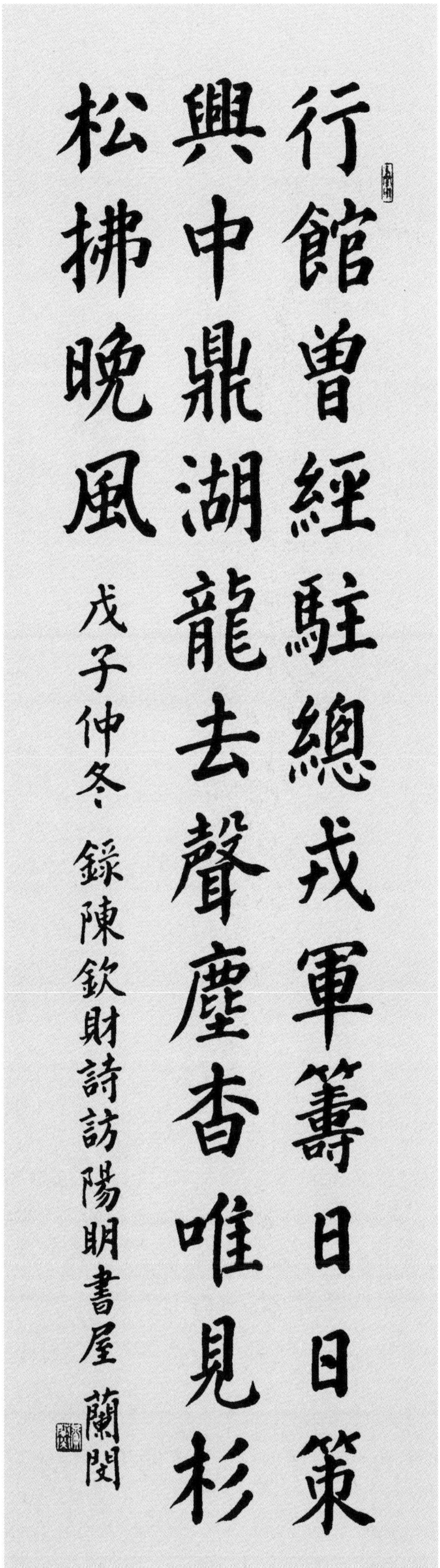
行館曾經駐總戎軍籌日日策
興中鼎湖龍去聲塵杳唯見杉
松拂晚風
戊子仲冬　錄陳欽財詩訪陽明書屋　蘭閔

作品標題：訪陽明書屋（七絕）
釋　　文：行館曾經駐總戎，軍籌日日策興中。鼎湖龍去聲塵杳，唯見杉松拂晚風。

作品標題：謁臺北聖廟（五律）

釋　　文：龍峒參聖域，齋沐仰宮牆。道統乾坤大，文章世代昌。
維誠昭洞洞，如在本洋洋。墜緒茫茫日，欣瞻禮樂彰。

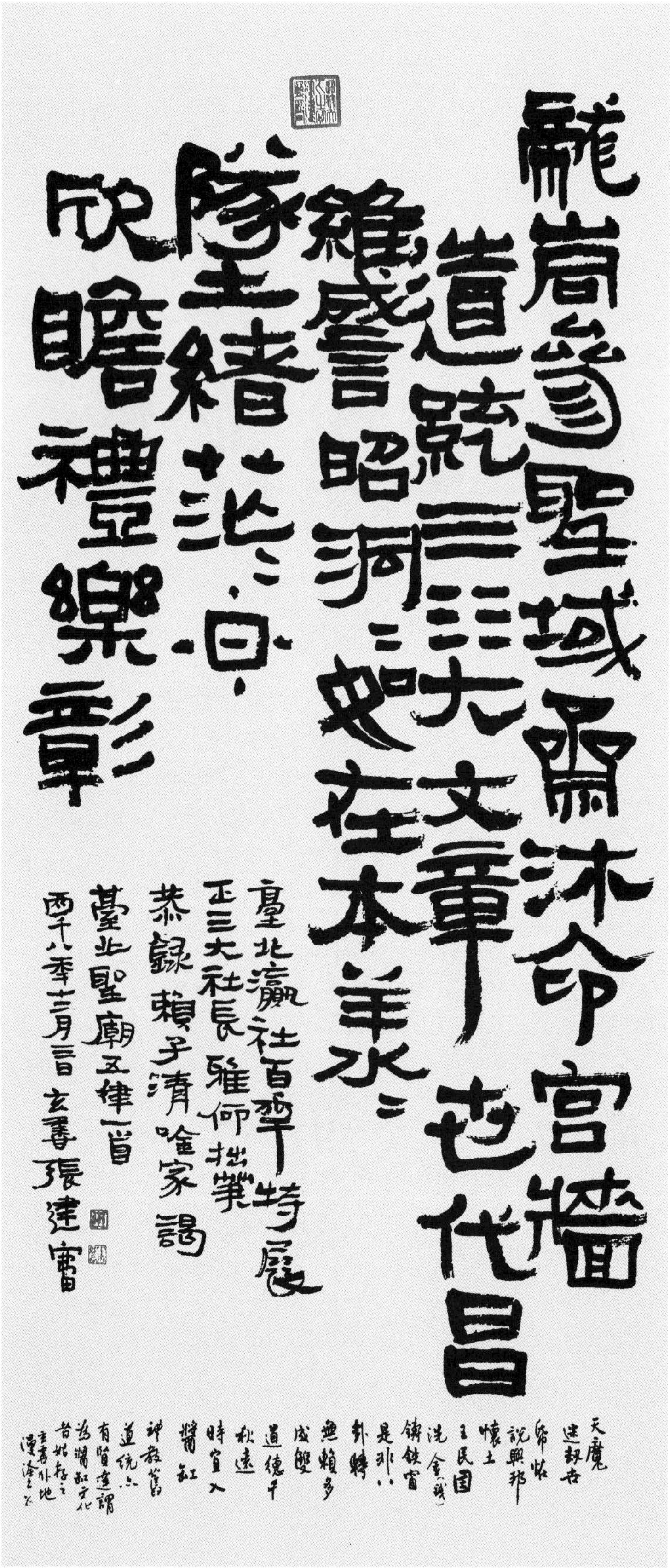

款識：臺北瀛社百年特展　正三大社長雅命拙筆　恭錄賴子清吟家謁臺北聖廟五律一首　兩千八年十二月三日　玄香　張建富

鈐印：張建富印　玄香課稿　　引首：巡狩天下之寶

賦詩：天魔迷劫世，紙怪說興邦。懷土王民國，洗金（錢）鑄鐵窗。是非八卦轉，無賴多成雙。道德千秋遠，時宜入醬缸。亦有賢達謂
爲醬缸文化者，姑存之。玄香臥地漫塗。

款識：臺北瀛社百年特展　正三大社長屬託拙掃　敬謄林耀西大書家玉律芝山岩懷古一首　兩千八年十二月三日　玄香　張建富

引首：巡狩天下之寶

賦詩：我亦詩家不讓人，千年俗劫恨無因。貪魔海角驅錢鬼，道法天中舞棍神。愚民可愛街頭主，虎吏賢能廟裡猖。扁馬西風龍漢冷，
瀛社共來掃秦塵。拙筆下片每作折聲，手民積習有自稱變法，吾其奈我何耶！玄香唐突，吠草亂書。

鈐印：張建富印　玄香課稿

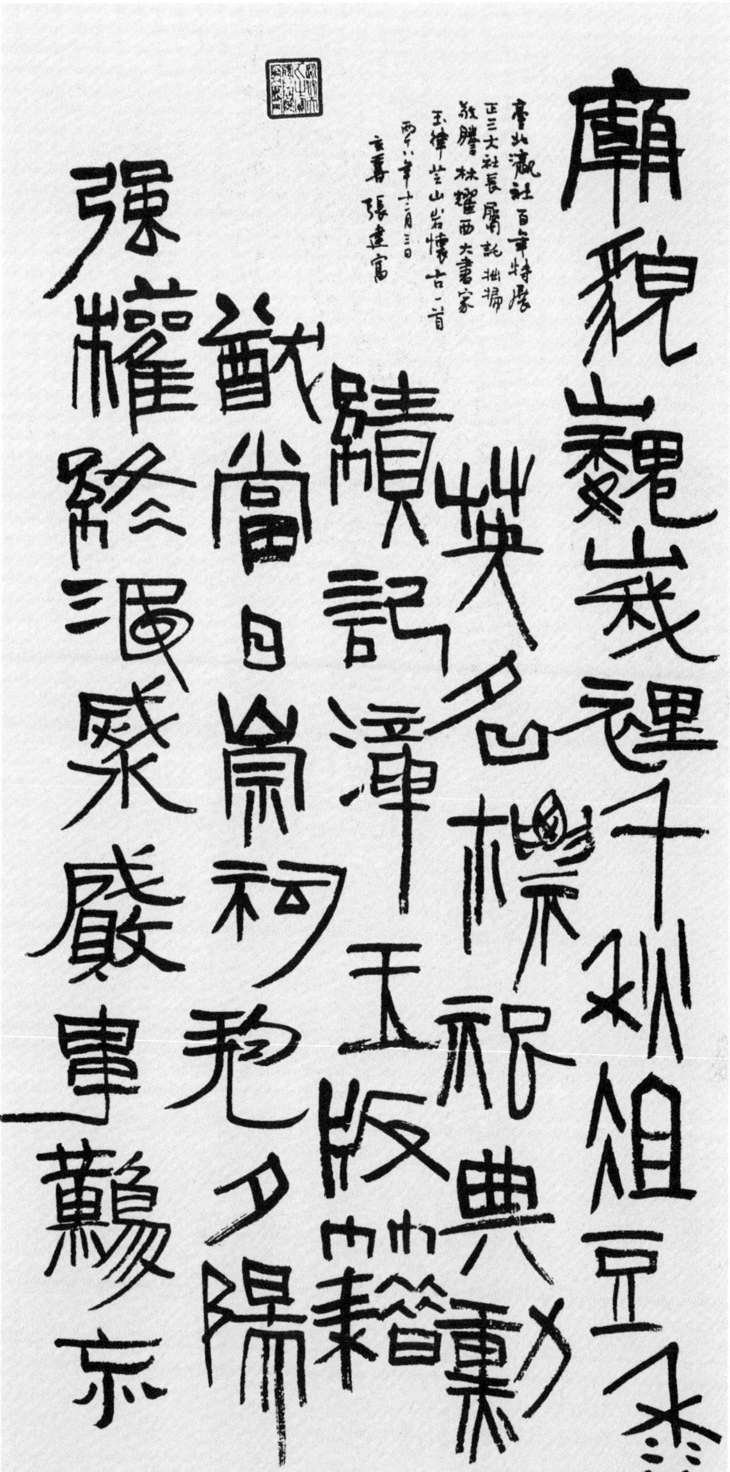

作品標題：芝山巖懷古（五律）

釋　文：廟貌巍峨裡，千秋俎豆香。英名標祀典，勳績記漳王。
版籍猶當日，崇祠抱夕陽。強權終泯滅，成敗事難忘。

作品標題：鵑城之美（七律）

釋　文：北臺名勝冠瀛東，藻繪鵑城淑氣融。放眼稻江千浪碧，回眸草嶺百花紅。
春含窈窕芳枝艷，人愛繁華景象雄。絕好高樓一零一，登臨彷在太空中。

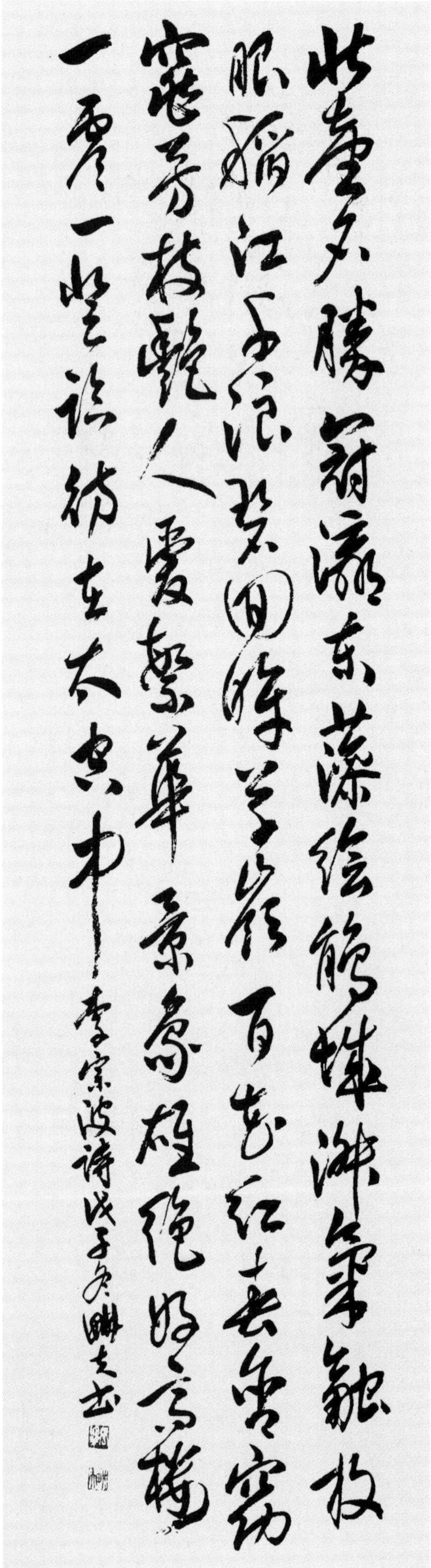

款識：李宗波詩　戊子冬　畊夫書

鈐印：張明萊　畊夫

款識：王自新先生詩　戊子年冬　畊夫書
鈐印：張明萊　畊夫

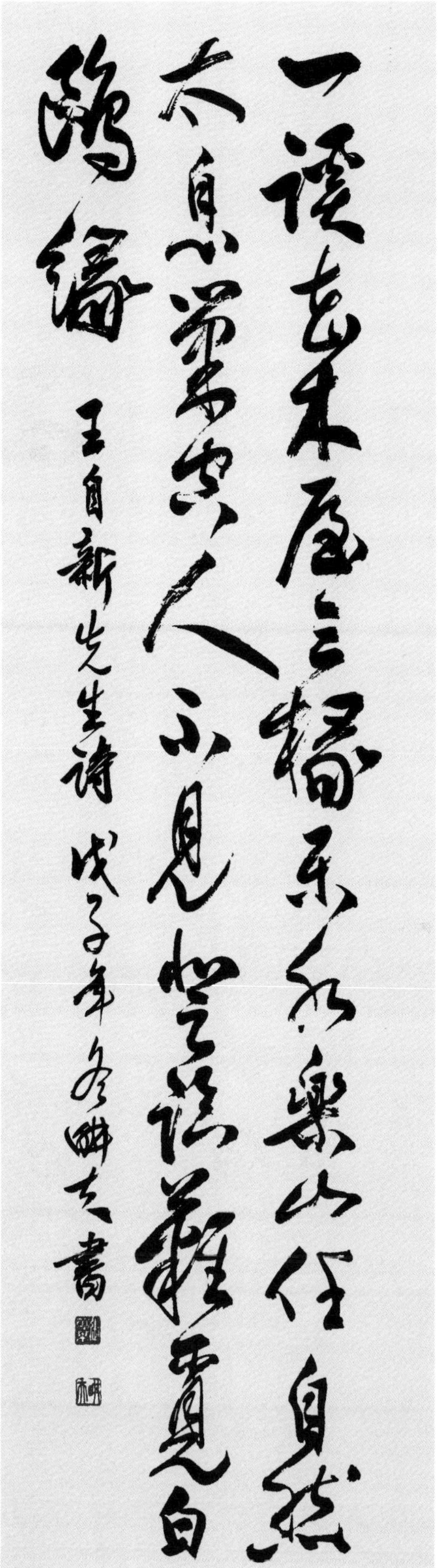

作品標題：太古巢懷古（七絕）
釋　　文：一蹊花木屋三椽，樂水樂山任自然。太息巢空人不見，登臨難覓白鷗緣。

作品標題：春日遊陽明公園（七律）

釋　　文：南轅北轍此留連，春暖風和二月天。四面青垂屯嶺秀，百花紅映草山妍。謝家遊屐休嫌遠，洛社吟箹欲占先。今日獻園碑下過，也應把筆入詩篇。

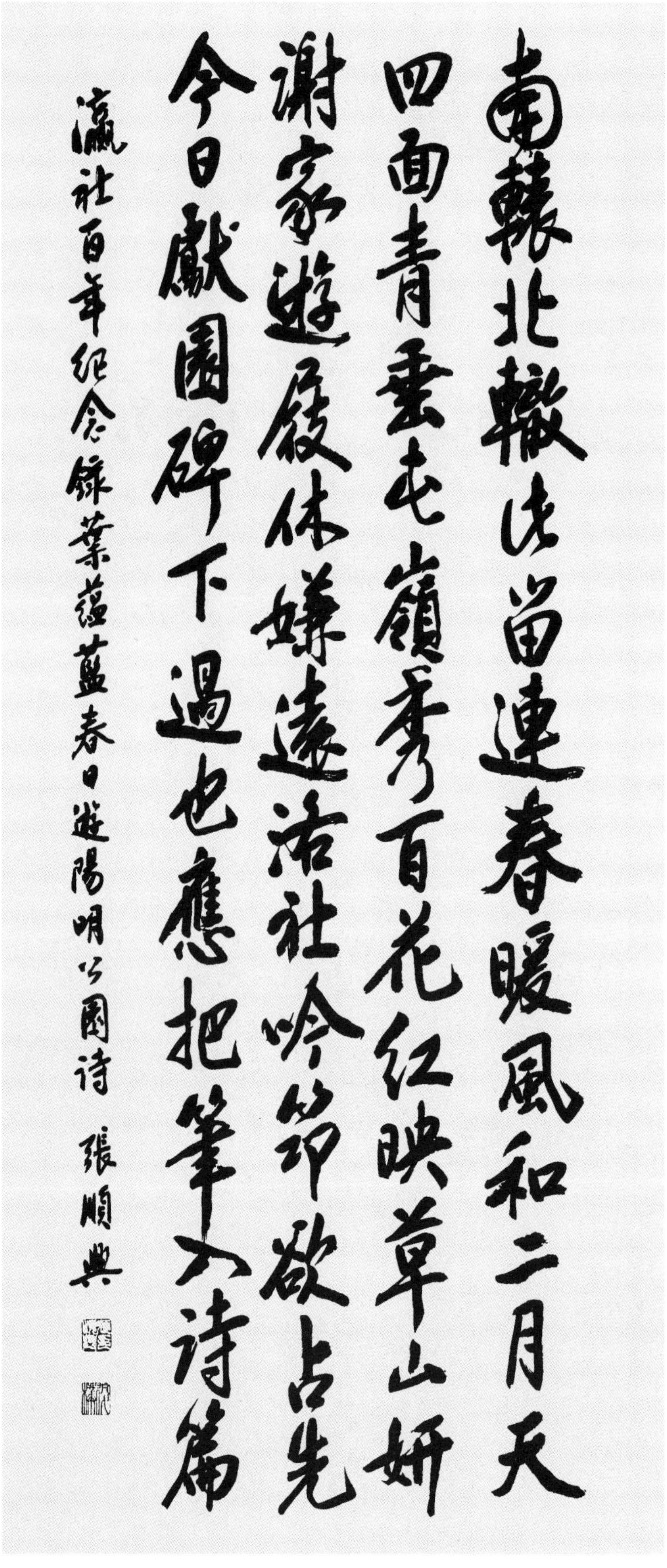
南轅北轍此留連春暖風和二月天
四面青垂屯嶺秀百花紅映草山妍
謝家遊屐休嫌遠洛社吟箹欲占先
今日獻園碑下過也應把筆入詩篇
瀛社百年紀念錄葉蘊藍春日遊陽明公園詩　張順興

款識：瀛社百年紀念　錄葉蘊藍春日遊陽明山公園詩　張順興

鈐印：張順興印　復樸

款識：瀛社百年紀念　錄張高懷北投冬曉詩
張順興
鈐印：張順興　復樸

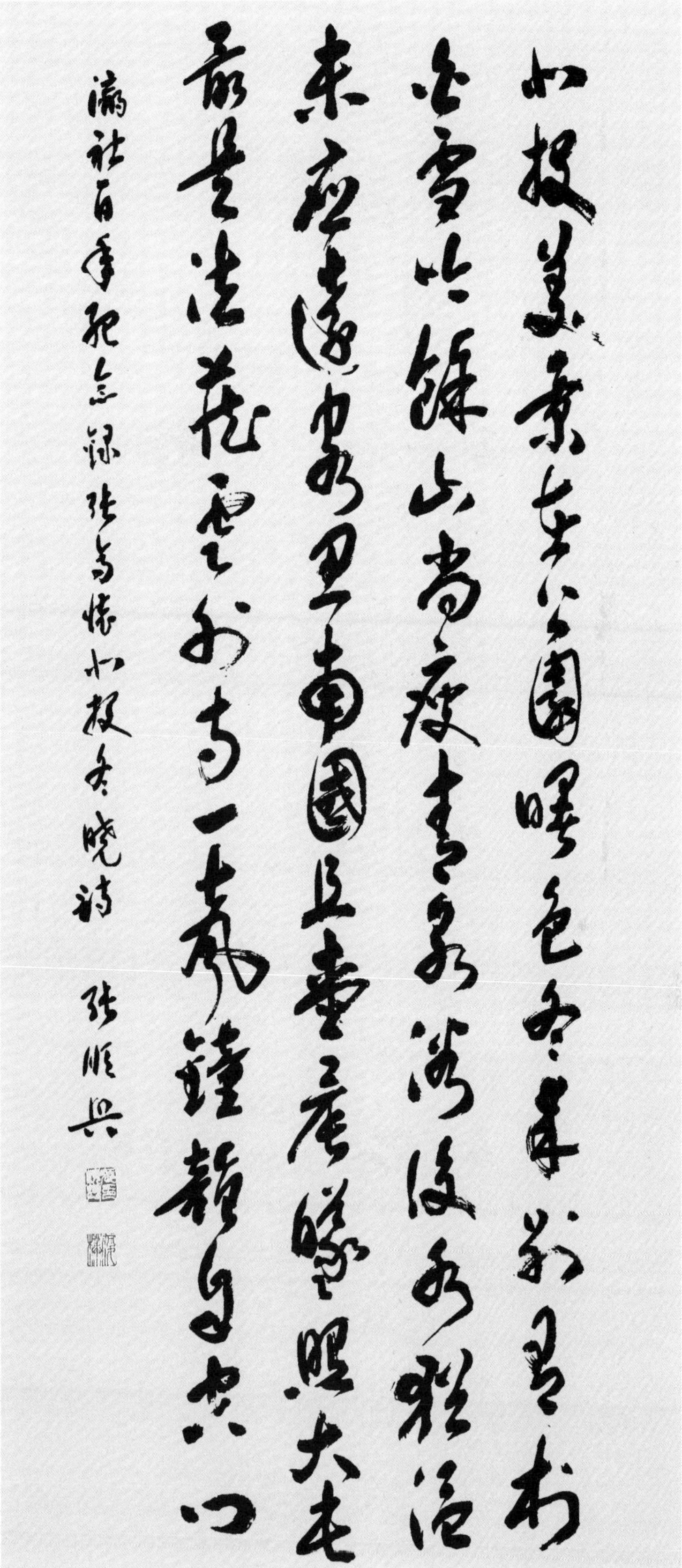

作品標題：北投冬曉（七律）
釋　　文：北投美景在公園，曙色冬來別有村。白雪吟餘山尚瘦，青泉浴後水猶溫。
未應遠客思南國，且愛晨曦照大屯。最是法藏雲外寺，一聲鐘韻自空門。

作品標題：屯山積雪（五律）

釋　文：雪積屯峰麗，扶笻趁好辰。三千銀界現，十二玉樓眞。耐凍看梅早，衝寒覓句新。翻山留屐齒，腳健老吟身。

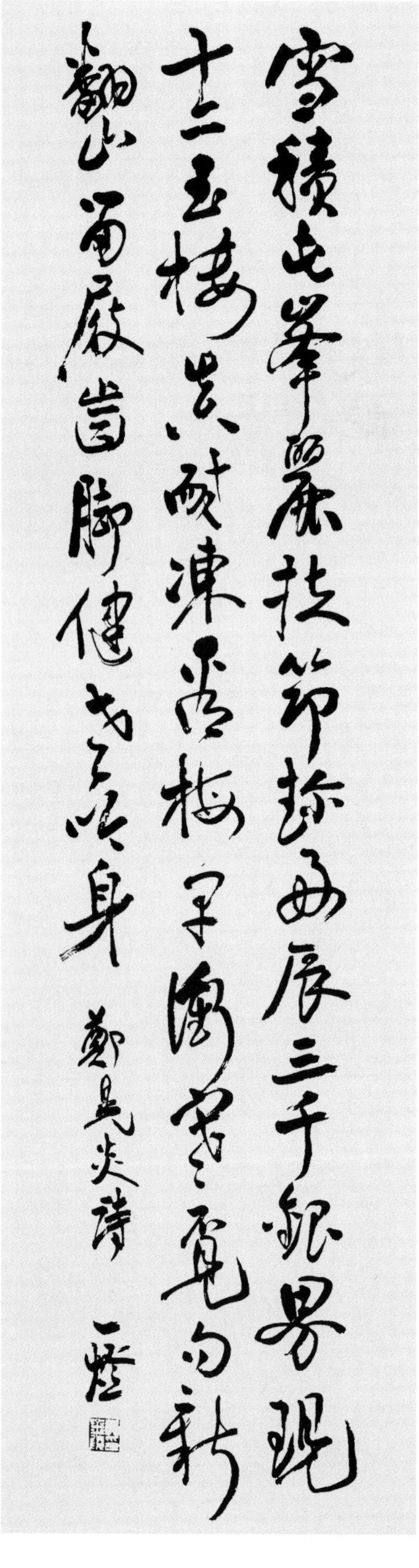

款識：鄭晃炎詩　一燈

鈐印：黃金陵印

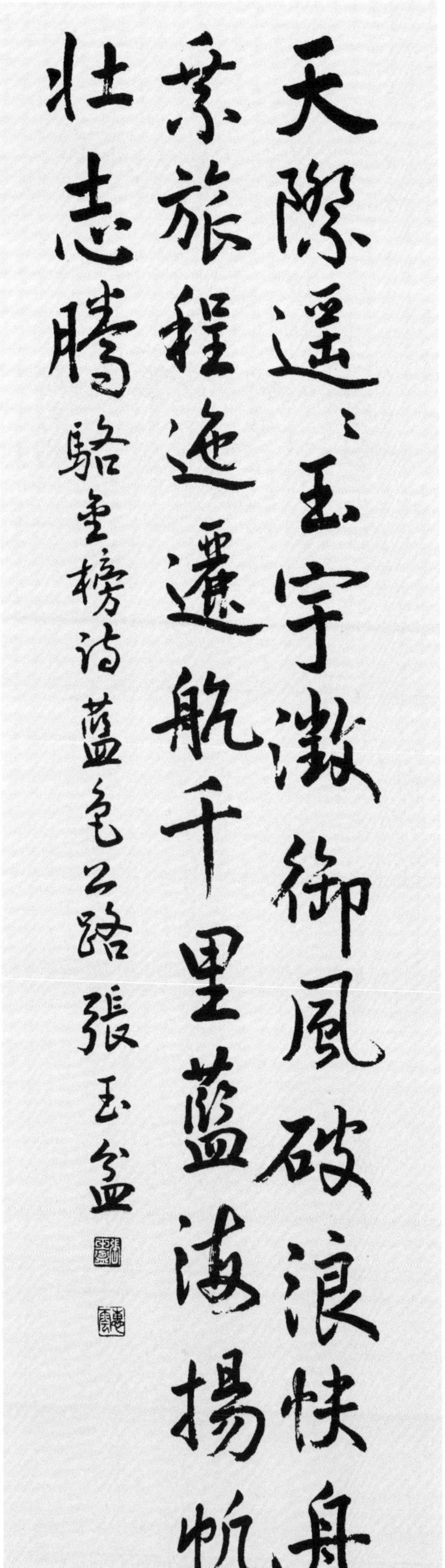
天際遙遙玉宇澂御風破浪快舟
乘旅程迤邐航千里藍海揚帆
壯志騰
駱金榜詩藍色公路張玉盆

作品標題：藍色公路（七絕）

釋　文：天際遙遙玉宇澂，御風破浪快舟乘。旅程迤邐航千里，藍海揚帆壯志騰。

款識：駱金榜詩　藍色公路　張玉盆

鈐印：張玉盆　惠雲

作品標題：彩虹橋啓用有賦（七律）

釋　文：內湖錫口跨新橋，欣見通行在今朝。擬頌彩虹尋雋句，出遊暖日唱清謠。

繞堤目送悠悠水，佇岸心懷點點勠。雀躍鵲城添勝景，江濱起賦夕陽嬌。

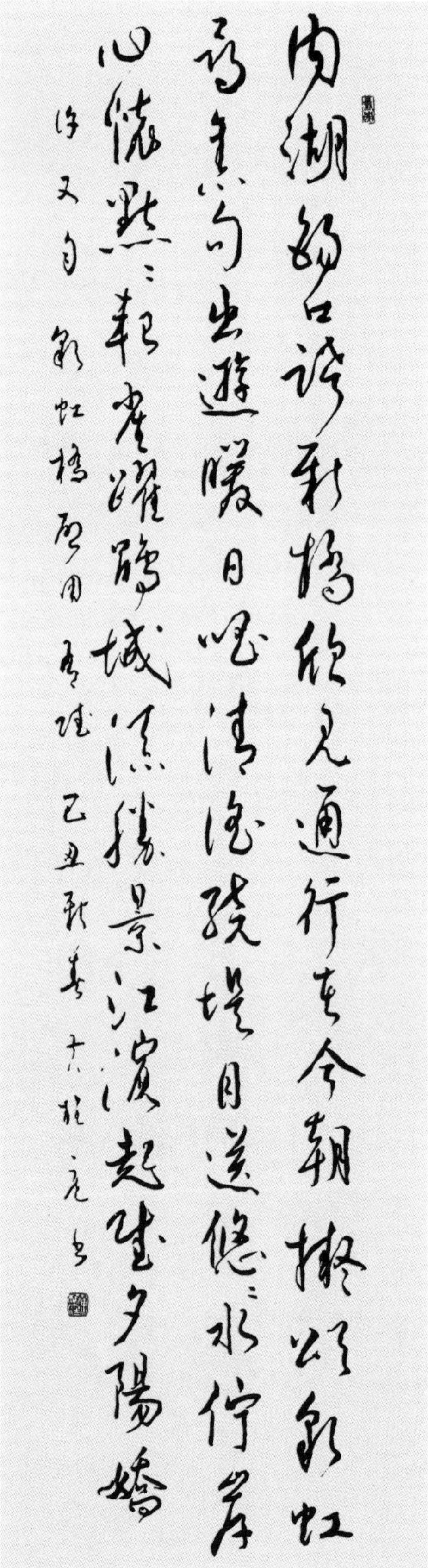

款識：許又勻彩虹橋啓用有賦　己丑新春

黃植庭書

鈐印：黃植庭

引首：長樂

款識：許哲雄鷗城之美　黃賢能書
鈐印：黃賢能　清靜心
引首：己丑

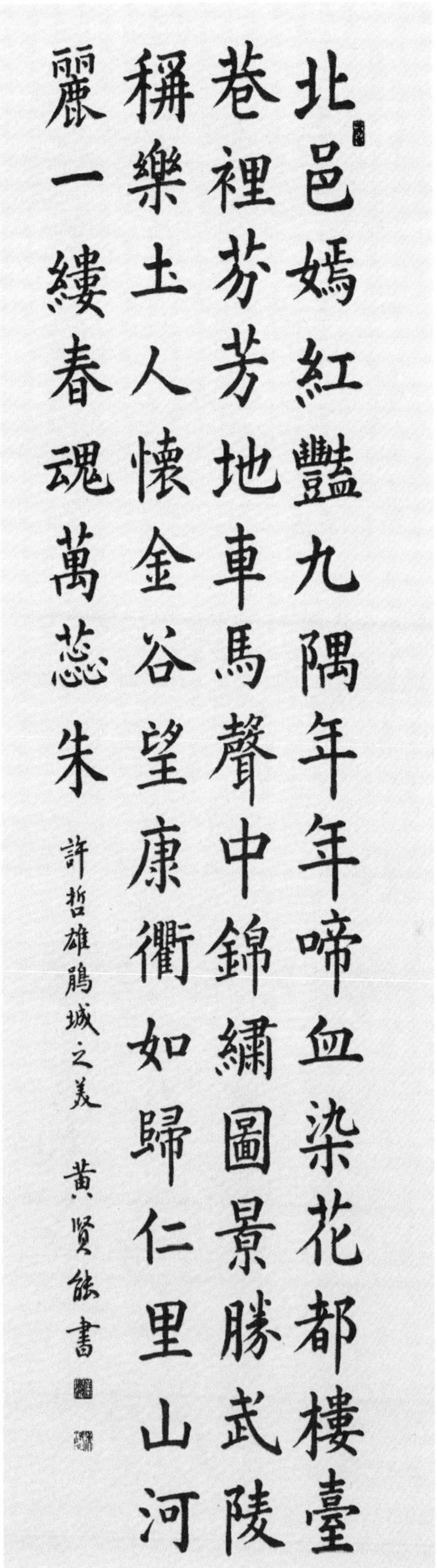
北邑嫣紅豔九隅年年啼血染花都樓臺
巷裡芬芳地車馬聲中錦繡圖景勝武陵
稱樂土人懷金谷望康衢如歸仁里山河
麗一縷春魂萬蕊朱
許哲雄鷗城之美
黃賢能書

作品標題：鷗城之美

釋　文：北邑嫣紅豔九隅，年年啼血染花都。樓臺巷裡芬芳地，車馬聲中錦繡圖。景勝武陵稱樂土，人懷金谷望康衢。如歸仁里山河麗，一縷春魂萬蕊朱。

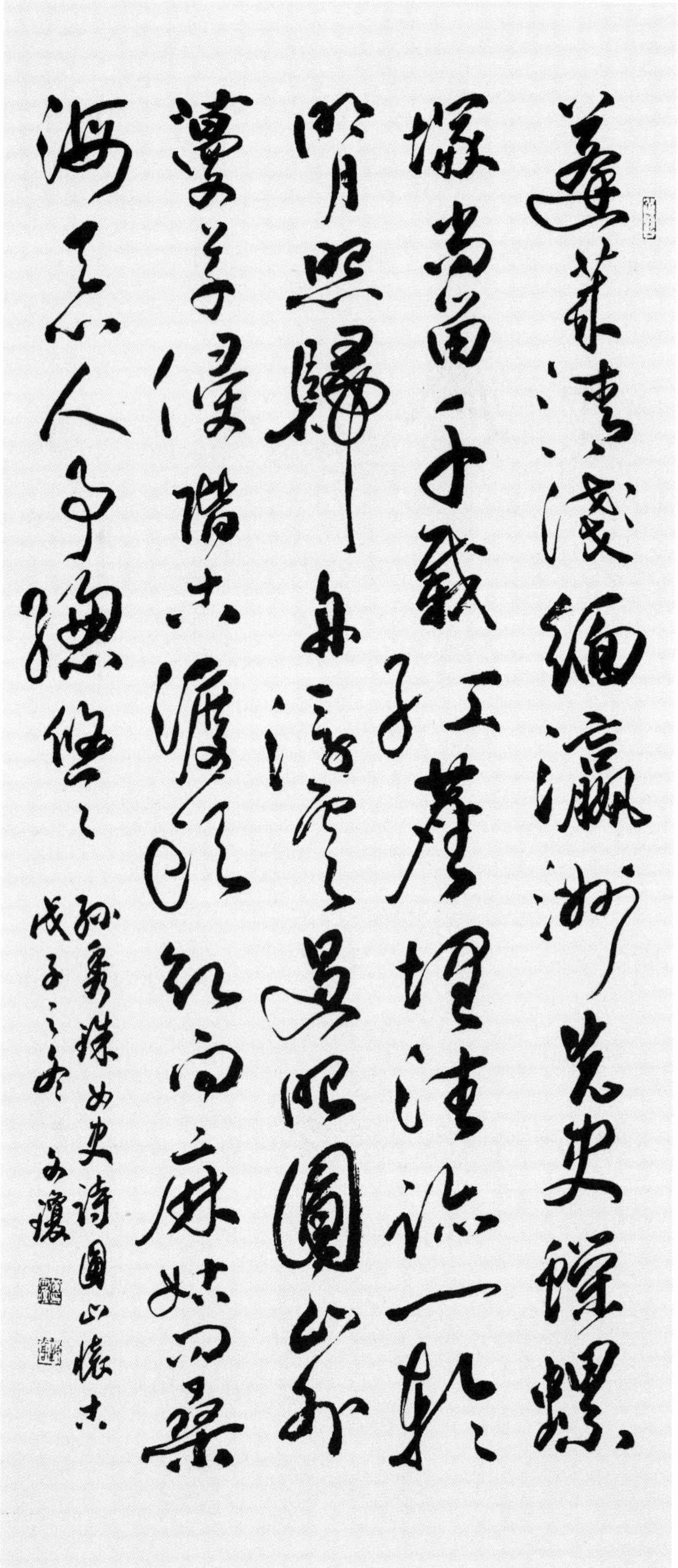

作品標題：圓山懷古（七律）

釋　文：蓬萊清淺緬瀛洲，先史蝶螺塚尚留。千載紅塵埋往跡，一輪明月照歸舟。浮雲過眼圓山外，蔓草侵階古渡頭。欲向麻姑問桑海，天心人事總悠悠。

款識：孫秀珠女史　圓山懷古　戊子之冬　文瓊

鈐印：黃文瓊印　歆喬

引首：心畫

款識：鄭中中詞長詩　圓山懷古　戊子冬月　文瓊
鈐印：黃文瓊印　歆喬
引首：心畫

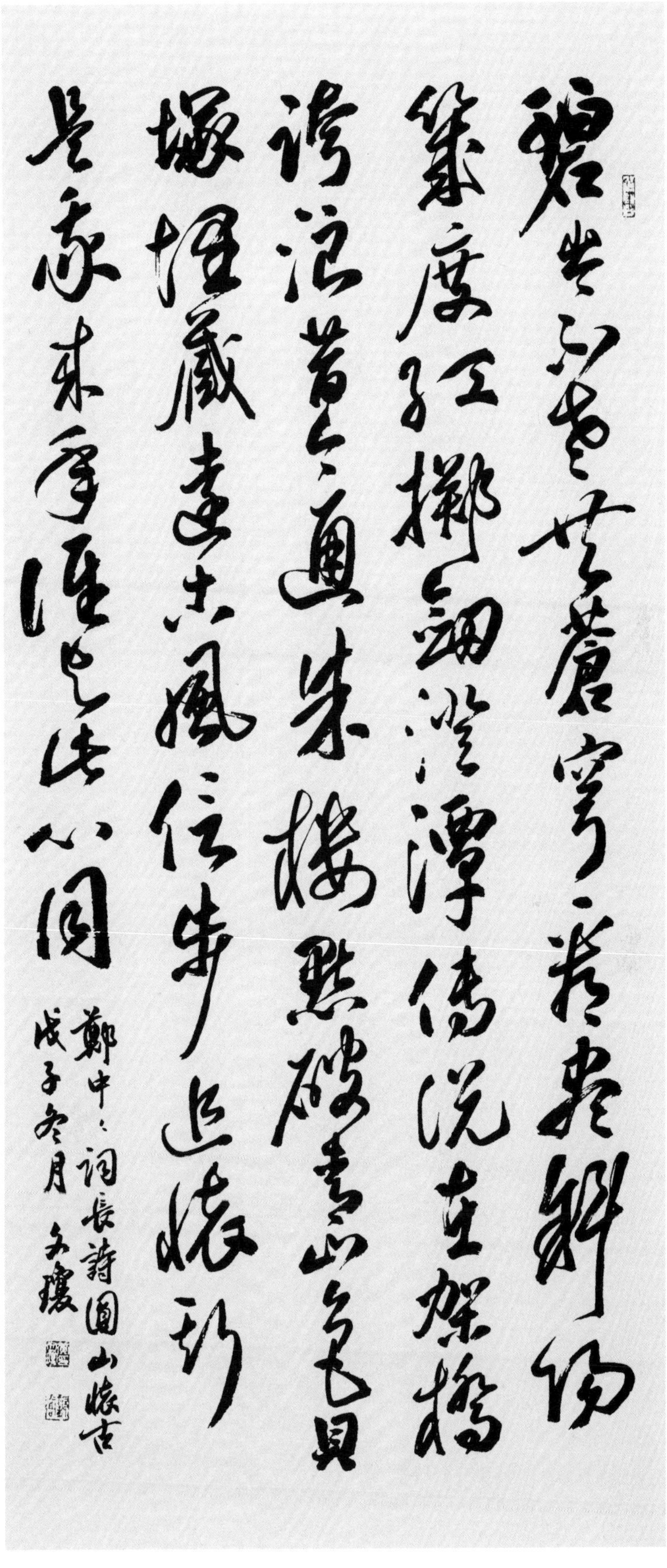

作品標題：圓山懷古（七律）
釋　文：碧岑不老共蒼穹，看盡斜陽幾度紅。擲劍澄潭傳說在，架橋跨浪昔今通。朱樓點破青山色，貝塚埋藏遠古風。信步追懷斯是我，來年誰與此心同。

作品標題：大稻埕巡禮（七絕）

釋　　文：先民築埠淡江邊，霞海花燈燦樹天。燕舞笙歌車馬驟，圓環散策憶當年。

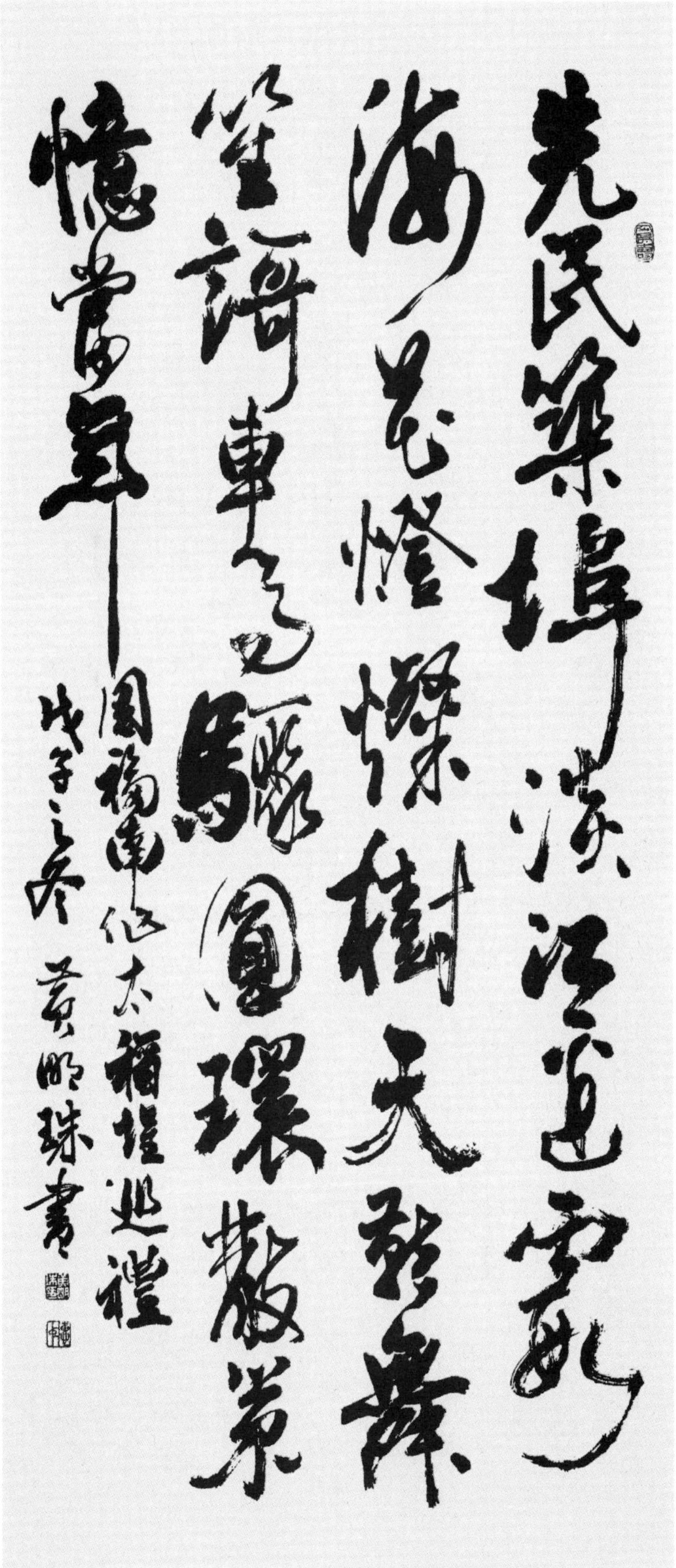

款識：周福南作　大稻埕巡禮　戊子之冬　黃明珠書

鈐印：黃明珠印　惠中

引首：人長壽

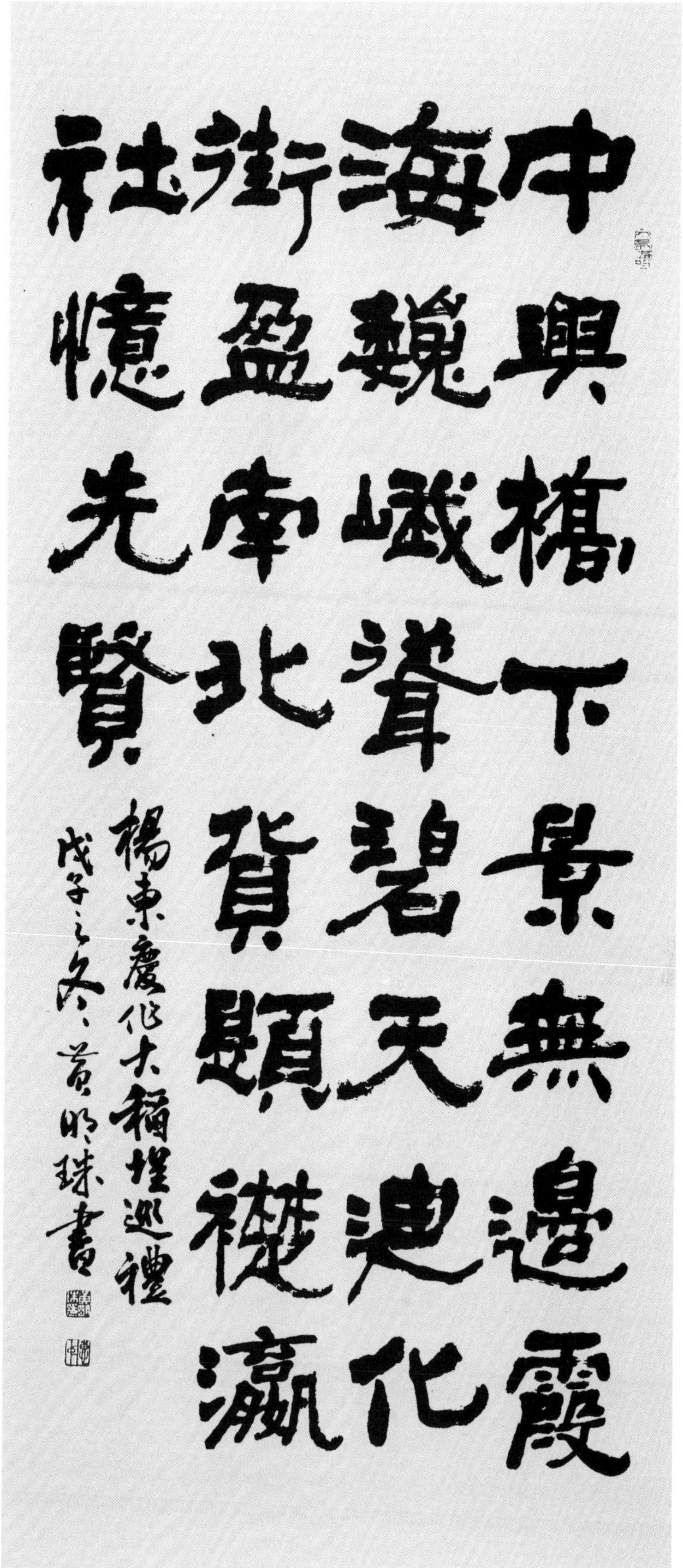
中興橋下景無邊
霞海巍峨聳碧天
迪化街盈南北貨
題襟瀛社憶先賢
楊東慶作大稻埕巡禮
戊子之冬黃明珠書

作品標題：大稻埕巡禮（七絕）

釋　　文：中興橋下景無邊，霞海巍峨聳碧天。迪化街盈南北貨，題襟瀛社憶先賢。

款識：楊東慶作　大稻埕巡禮　戊子之冬　黃明珠書

鈐印：黃明珠印　惠中

引首：人長壽

作品標題：臺北橋曉霧（七律）

釋　文：疏鐘響徹水雲鄉，坐愛橋邊學楚狂。霧鎖圓山疑豹隱，波瀠淡渚卜龍藏。一江漠漠迷晨景，五里濛濛掩日光。大地妖氛行掃盡，化成瑞氣兆禎祥。

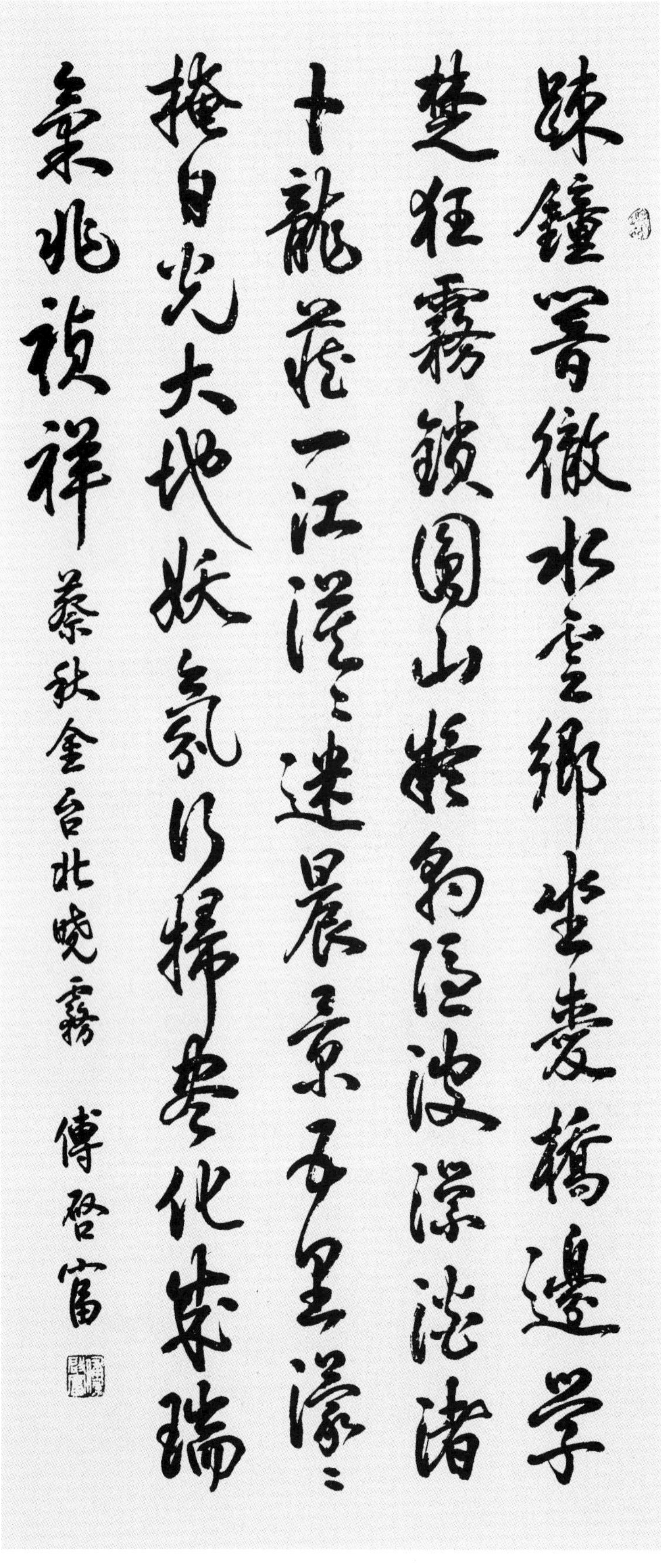

款識：蔡秋金臺北曉霧　傅啓富

鈐印：傅啓富

引首：寧靜致遠

款識：陳炳澤　台北竹枝詞　傅啓富
鈐印：傅啓富
引首：戩穀

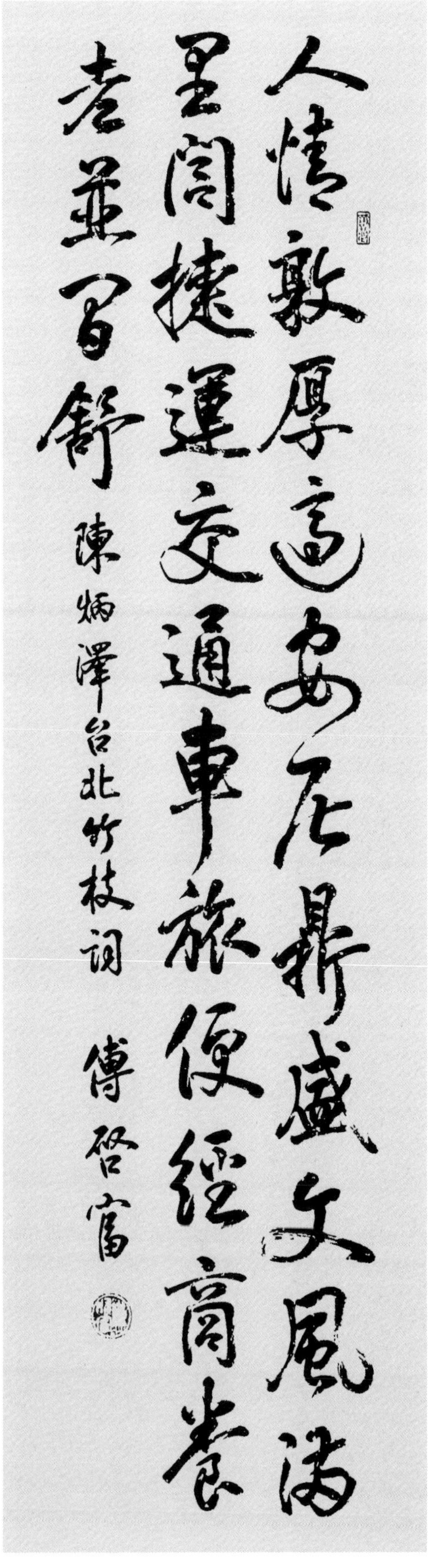

作品標題：臺北竹枝詞（七絕）
釋　文：人情敦厚適安居，鼎盛文風滿里閭。捷運交通車旅便，經商養老並閒舒。

作品標題：北城懷古（五律）

釋　　文：貝塚東郊望，中山竟拆橋。虹銷悲去歲，跡認緬前朝。
雉堞名留夢，風光勝入謠。誰堪興替感，追溯思如潮。

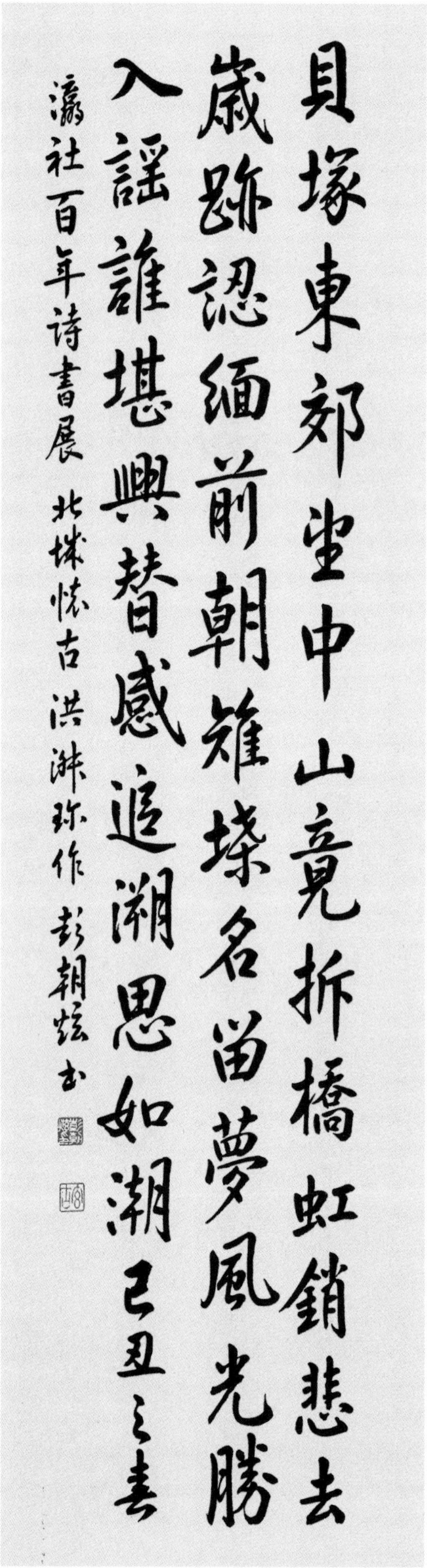
貝塚東郊望中山竟拆橋虹銷悲去
歲跡認緬前朝雉堞名留夢風光勝
入謠誰堪興替感追溯思如潮己丑之春
瀛社百年詩書展　北城懷古　洪淑珍作　彭朝炫書

款識：瀛社百年詩書展　北城懷古　洪淑珍作
彭朝炫書

鈐印：彭朝炫印　玄古

款識：瀛社百年詩書展　大稻埕巡禮　陳麗華作
彭朝炫書
鈐印：彭朝炫印　玄古

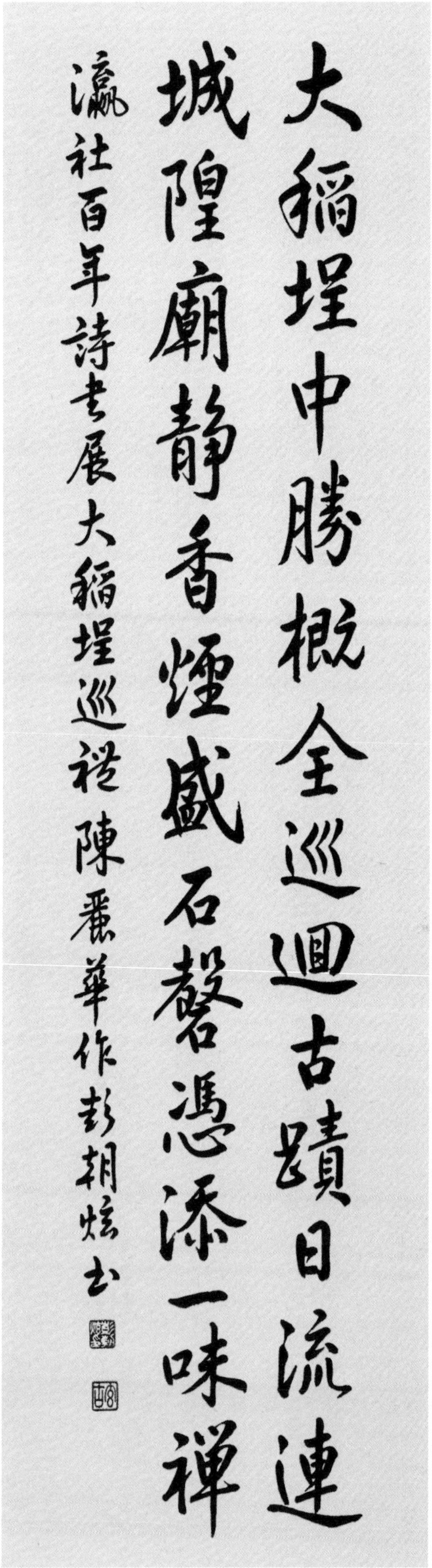

作品標題：大稻埕巡禮（七絕）
釋　文：大稻埕中勝概全，巡迴古蹟日流連。城隍廟靜香煙盛，石磬憑添一味禪。

作品標題：臺北竹枝詞（七絕）

釋　文：流行頭掛手機垂，台北街頭幾萬支。傾耳談心無礙遠，約來千里未嫌遲。

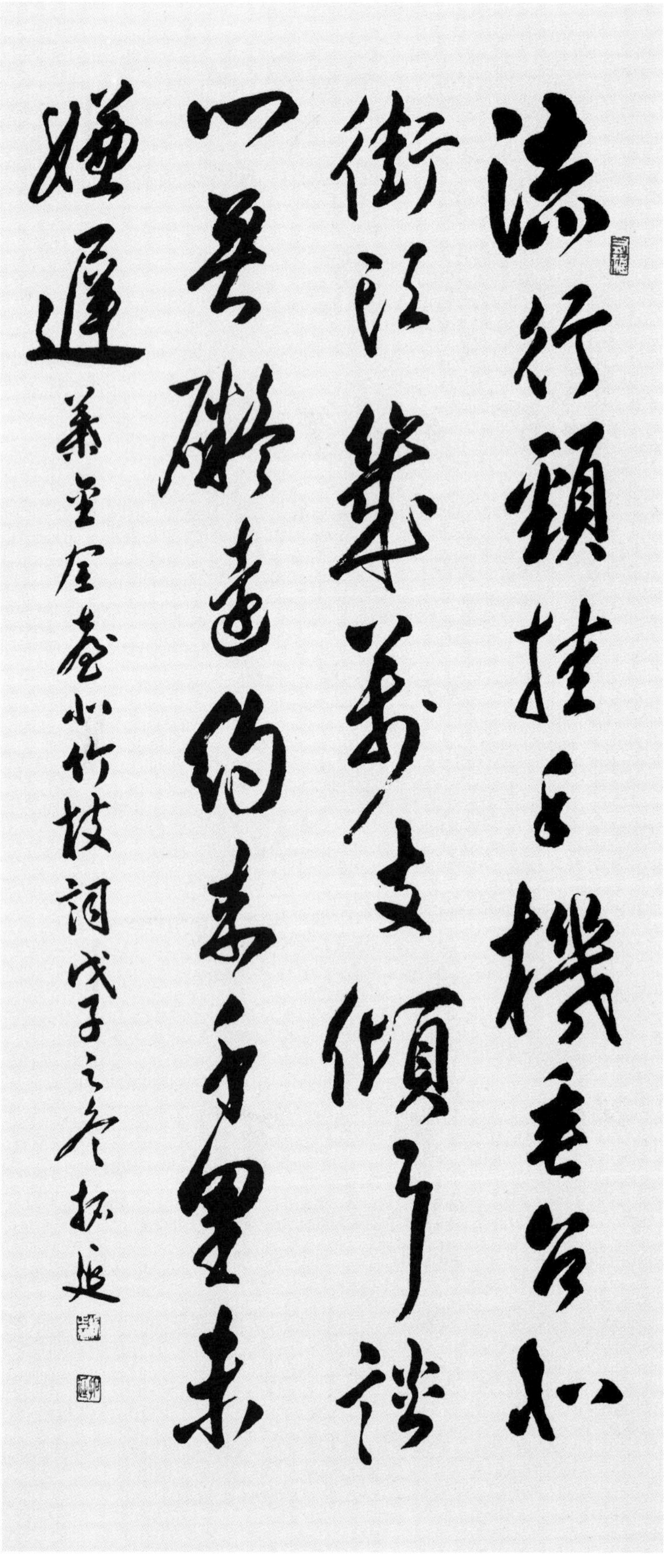

款識：葉金全台北竹枝詞　戊子之冬　拓延

鈐印：楊正堯　拓延

引首：有福

款識：甄寶玉大稻埕巡禮　戊子冬　拓延
鈐印：楊正堯　拓延
引首：有福

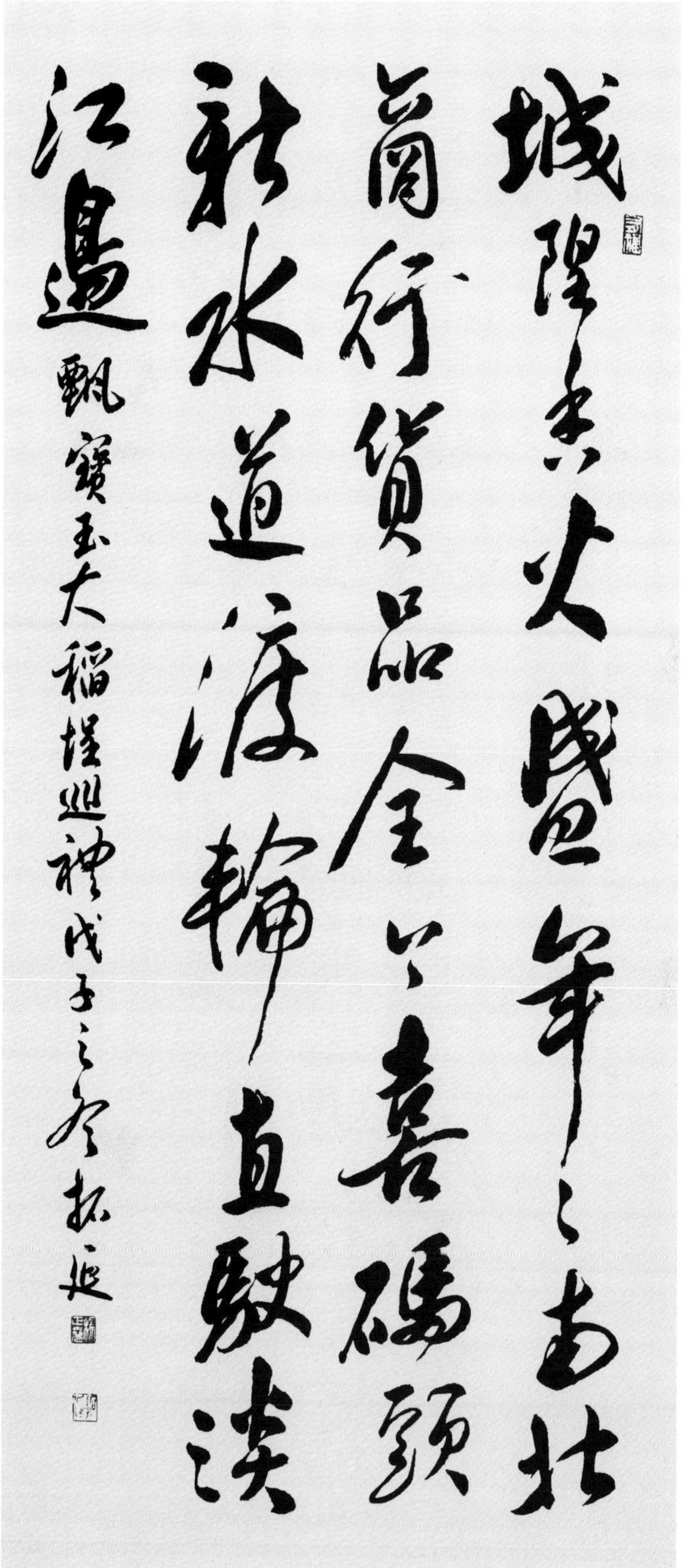

作品標題：大稻埕巡禮（七絕）

釋　　文：城隍香火盛年年，南北商行貨品全。今喜碼頭新水道，渡輪直駛淡江邊。

作品標題：稻江春晴（七絕）

釋　文：陽和氣暖地天清，紅紫舒葩萬物榮。更盼春暉同大選，稻江瑞色象昇平。

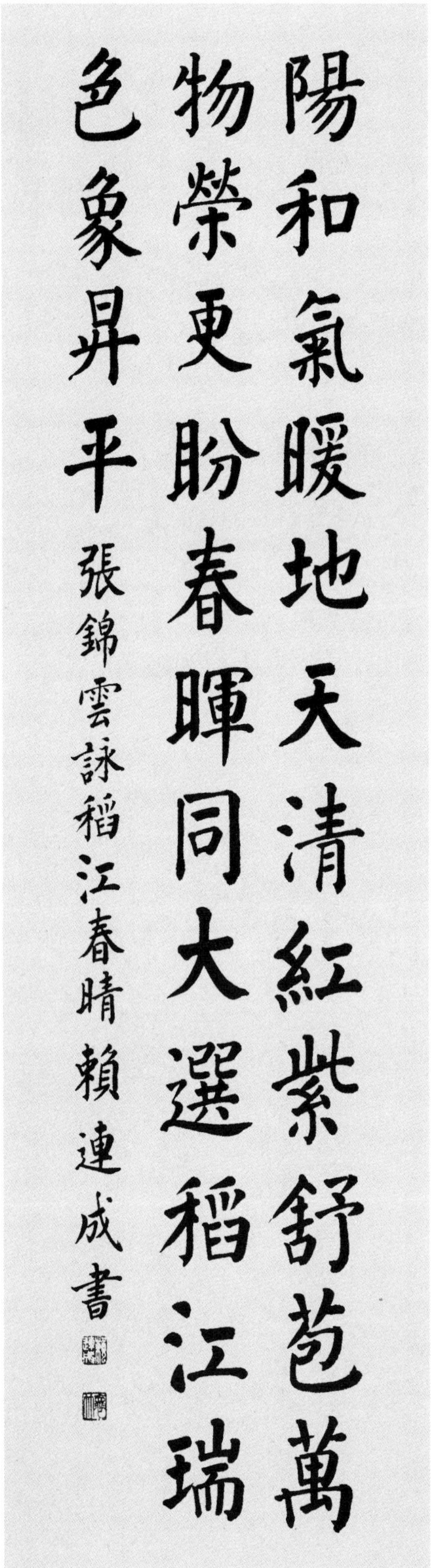
陽和氣暖地天清紅紫舒葩萬
物榮更盼春暉同大選稻江瑞
色象昇平
張錦雲詠稻江春晴　賴連成書

款識：張錦雲詠稻江春晴　賴連成書

鈐印：賴連成　懷竹

款識：鵑城之美　楊錦秀撰書
鈐印：楊錦秀　拱蓮

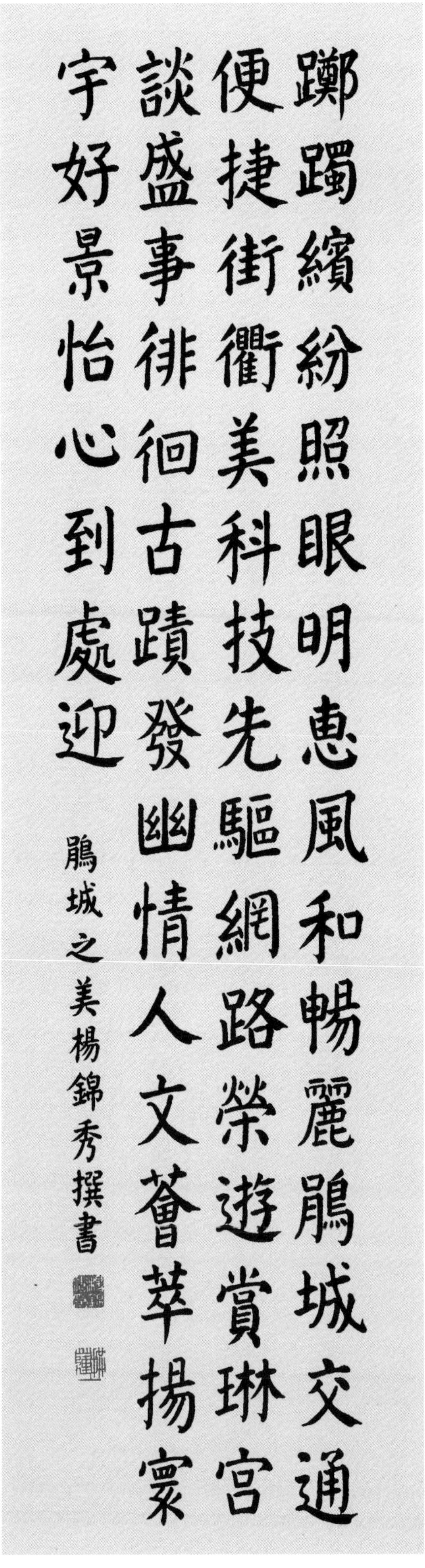
躑躅繽紛照眼明惠風和暢麗鵑城交通
便捷街衢美科技先驅網路榮遊賞琳宮
談盛事徘徊古蹟發幽情人文薈萃揚寰
宇好景怡心到處迎
鵑城之美楊錦秀撰書

作品標題：鵑城之美（七律）
釋　　文：躑躅繽紛照眼明，惠風和暢麗鵑城。交通便捷街衢美，科技先驅網路榮。
遊賞琳宮談盛事，徘徊古蹟發幽情。人文薈萃揚寰宇，好景怡心到處迎。

作品標題：寒月照梅花（七律）

釋　文：橫斜疏影隱朦朧，大地陽回淑氣融。處士縞衣酣鶴夢，主人翠袖戀蟾宮。
雙標清格蒼蒼裏，獨挺香氛淡淡中。羞煞群芳都落後，一枝御苑沐春風。

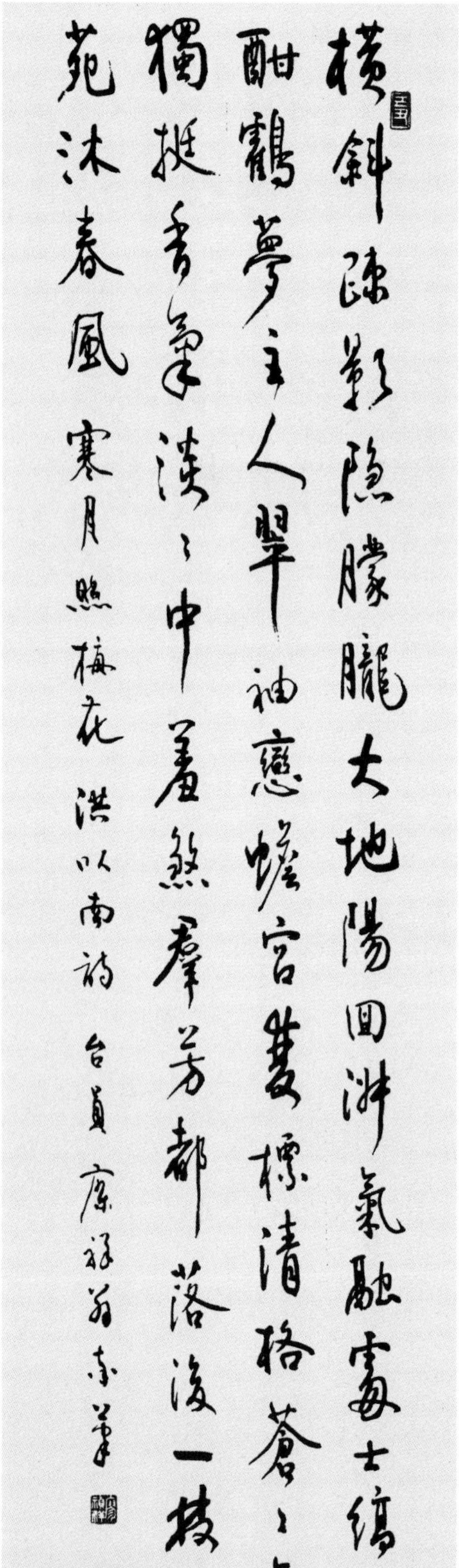

款識：寒月照梅花　洪以南詩　廖祥翁率筆
鈐印：廖禎祥　萃庵八十歲後書
引首：己丑

款識：膺任國際扶輪三四九〇地區年度總監志感
姚啓甲詩　台員廖禎祥書

鈐印：廖禎祥　萃庵八十歲後書

引首：己丑

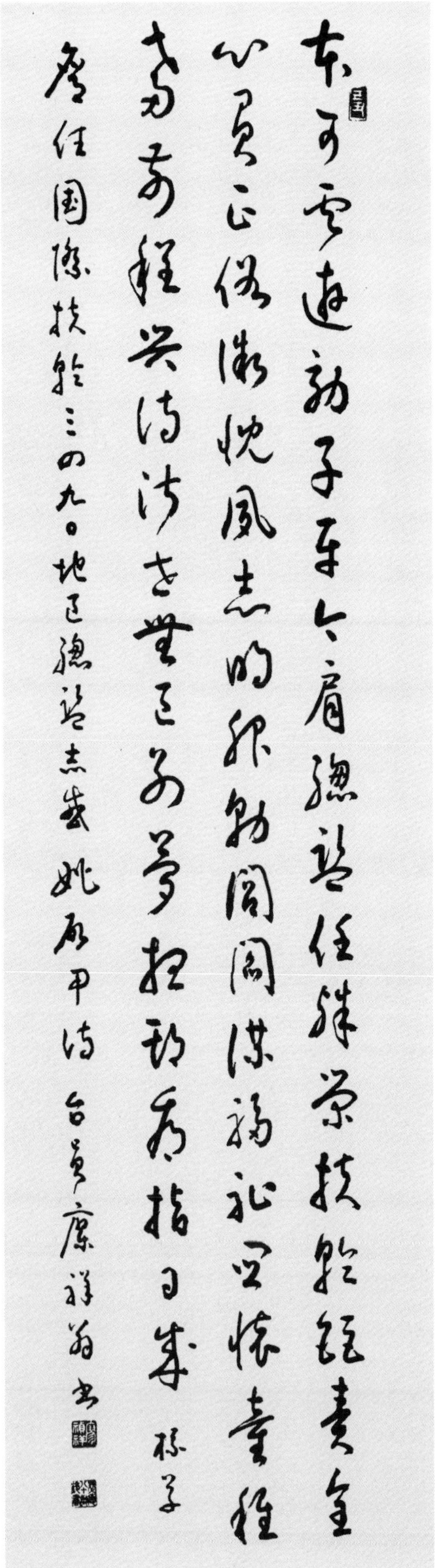

作品標題：膺任國際扶輪三四九〇地區年度總監志感

釋　　文：本可雲遊效子平，今肩總監任殊榮。扶輪鉅責全心負，正俗微忱夙志明。
服務閭閻謀福祉，關懷童稚奮前程。興詩淑世無區別，夢想期看指日成。

標題：鵲城之美（七律）

釋文：北邑嫣紅豔九隅，年年啼血染花都。樓臺巷裡芬芳地，車馬聲中錦繡圖。景勝武陵稱樂土，人懷金谷望康衢。如歸仁里山河麗，一縷春魂萬蕊朱

款識：許哲雄鵲城之美詩 芝山人鄭康生書

鈐印：鄭康生印

引首：芝山人

款識：錄陳麗卿圓山懷古詩句　柳葉居士鄭康生書于戊子年之冬
鈐印：鄭康生
引首：柳浪拍岸

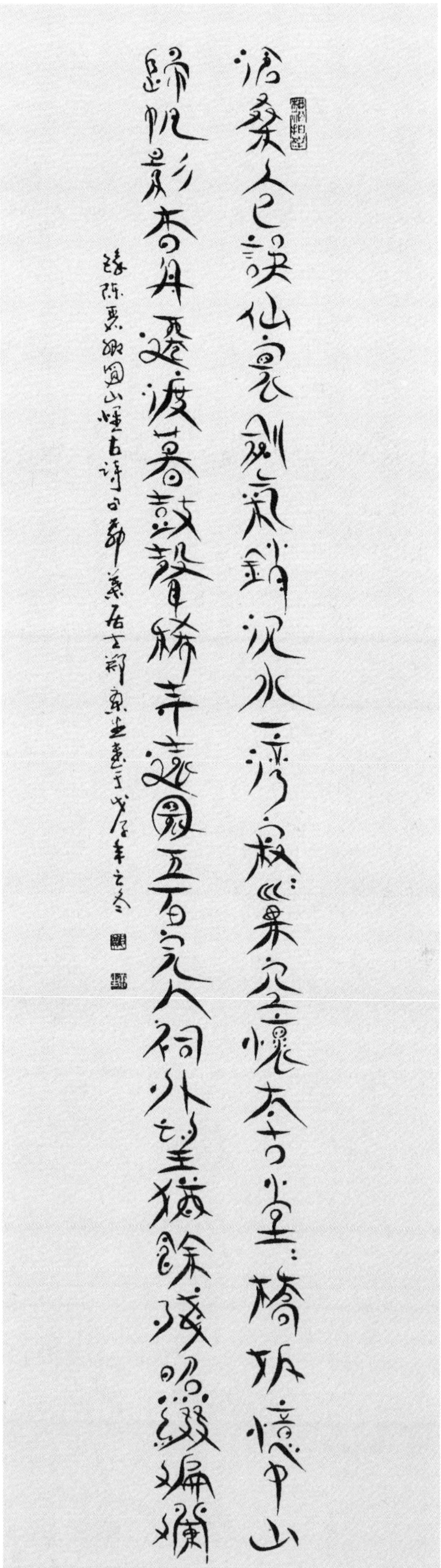

作品標題：圓山懷古（七律）
釋　文：滄桑久已誤仙寰，劍氣銷沉水一灣。寂寂巢空懷太古，堂堂橋拆憶中山。歸帆影杳舟遷渡，暮鼓聲稀寺遠圜。五百完人祠外望，猶餘殘照綴媥爤。

作品標題：春日遊陽明山（七律）

釋　文：草山春色浩無涯，策杖來遊正及時。萬樹櫻花迎客笑，千株柳線惹人癡。茵鋪錦簇香盈袖，燕語鶯簧韻入詩。安得浮生閒半日，盡情觀賞不忘疲。

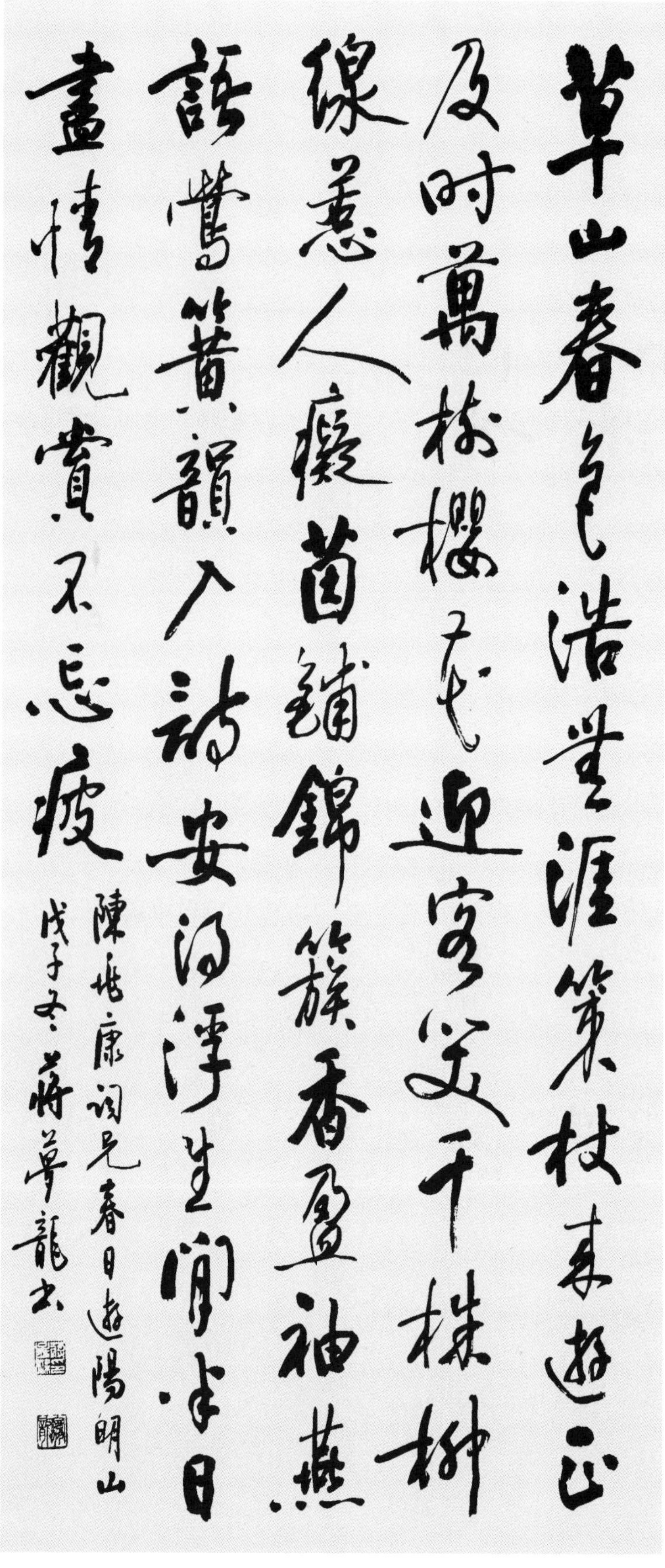

款識：陳兆康詞兄春日遊陽明山　戊子冬　蔣夢龍書

鈐印：蔣孟樑　夢龍

款識：戊子春錄鵑城之美舊作　心廣齋　蔣夢龍
鈐印：蔣孟樑印　夢龍

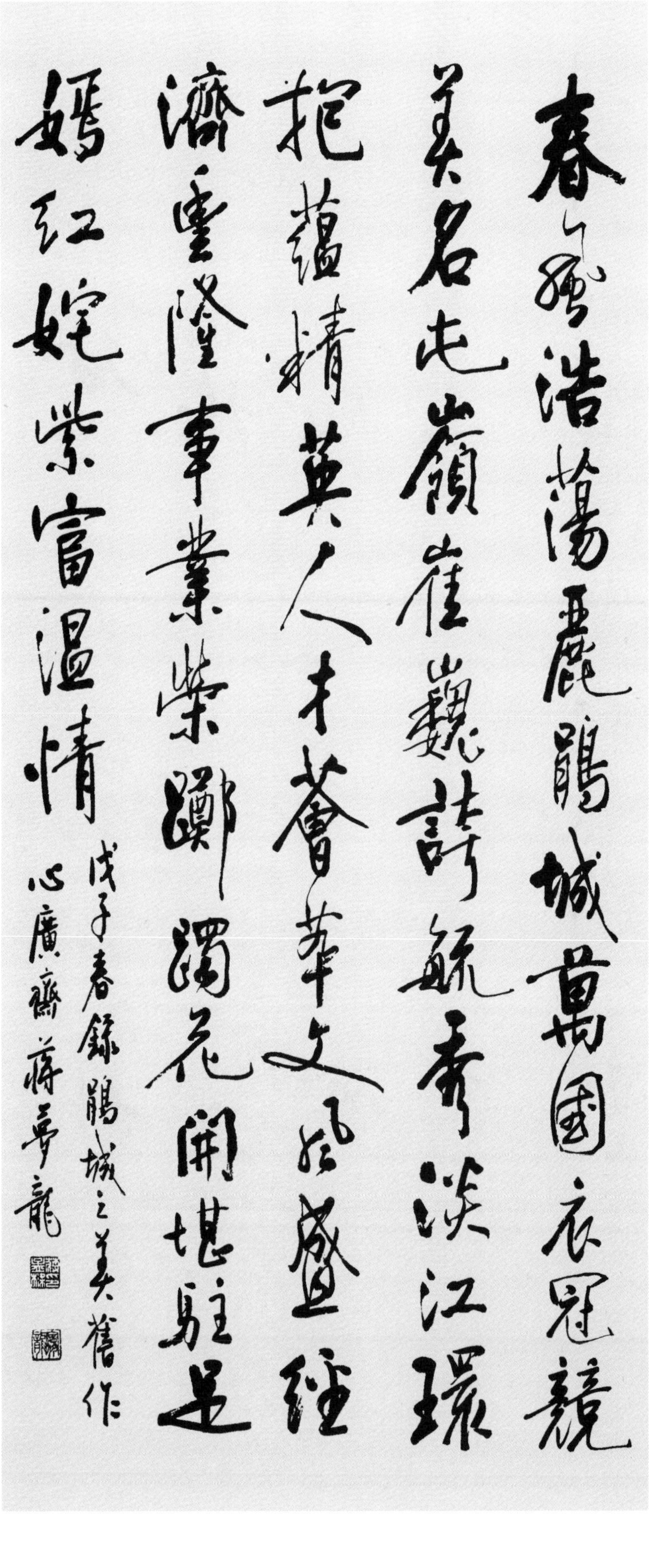

作品標題：鵑城之美（七律）

釋　文：春風浩蕩麗鵑城，萬國衣冠競美名。屯嶺崔巍誇毓秀，淡江環抱蘊精英。人才薈萃文風盛，經濟豐隆事業榮。躑躅花開堪駐足，嫣紅姹紫富溫情。

作品標題：鷗城之美（七律）

釋　文：雙河如帶水源長，茂樹繁花夾路香。沸沸陽明泉熱湧，啾啾關渡鳥輕翔。故宮文物珍千載，劇院聲光炫兩廂。捷運全台誇第一，鷗城信是好家鄉。

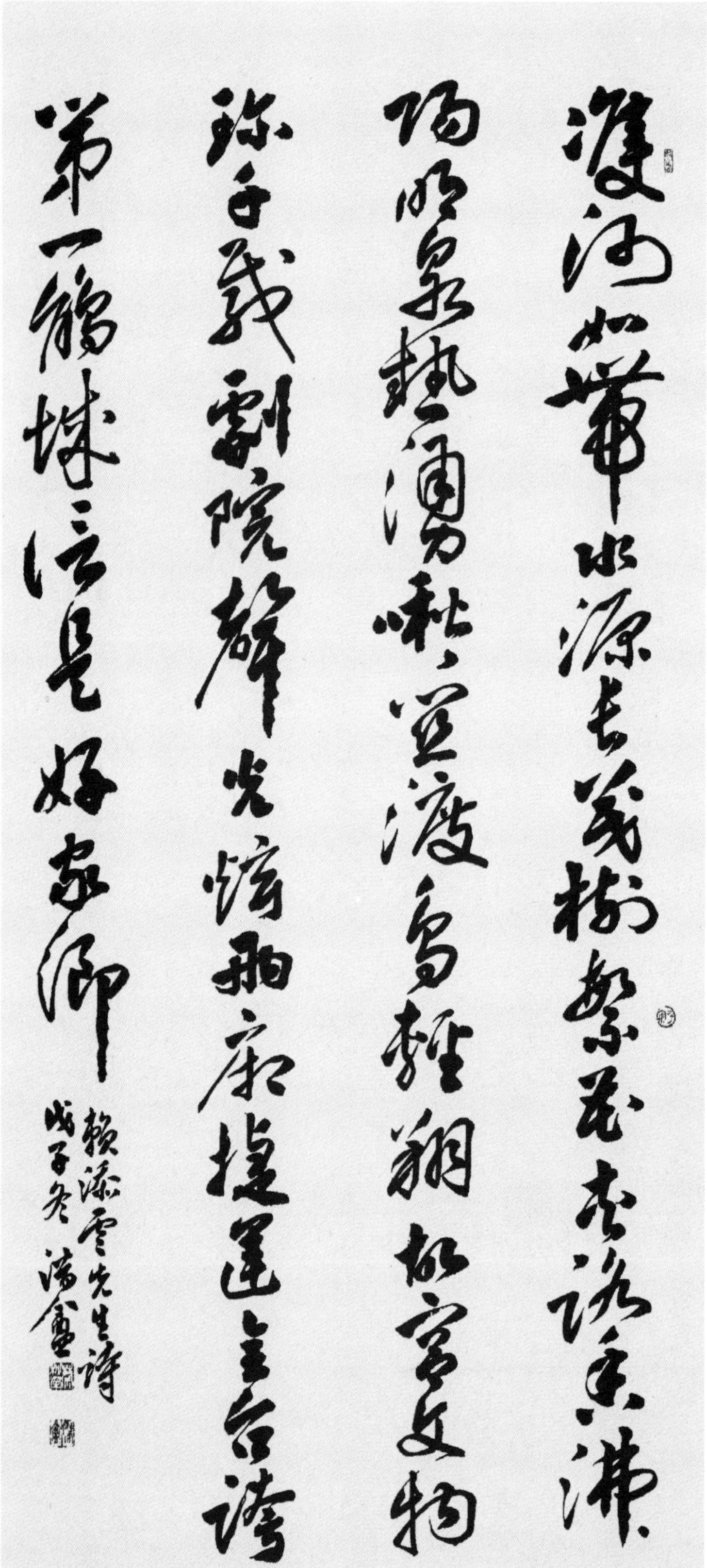

款識：賴添雲先生詩　戊子冬　潛庵

鈐印：蔡秋榮　潛庵

引首：如意　平安

款識：甄寶玉先生詩　鵑城之美　歲次戊子仲冬
蔡潛庵
鈐印：蔡秋榮　潛庵
引首：平安

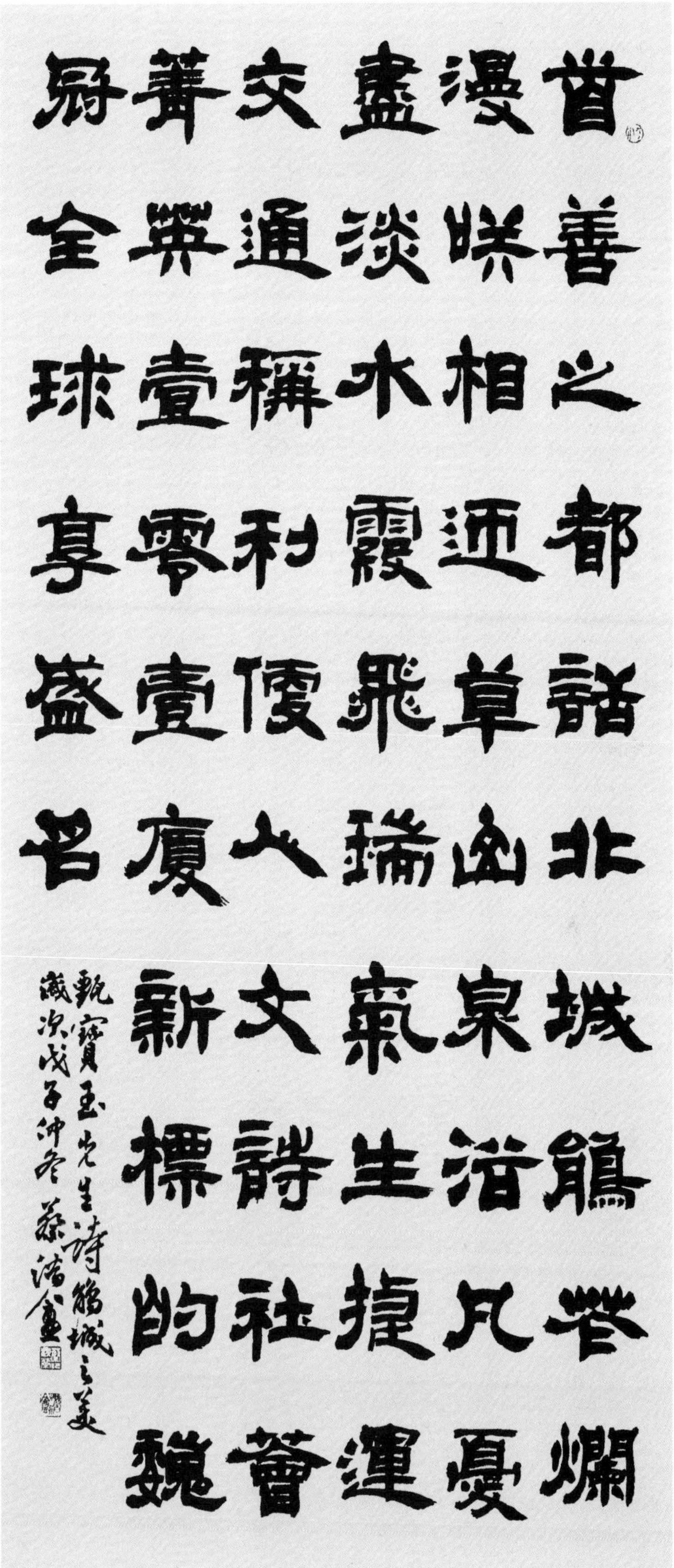

作品標題：鵑城之美（七律）

釋　　文：首善之都話北城，鵑花爛漫笑相迎。草山泉浴凡憂盡，淡水霞飛瑞氣生。捷運交通稱利便，人文詩社薈菁英。壹零壹廈新標的，巍冠全球享盛名。

作品標題：淡江初秋（七律）

釋　文：業就新涼樹影稀，淡江江上坐苔磯。火流尚覺驕陽在，葉脫方知畏日非。曠達陶潛憐菊瘦，清高張翰愛鱸肥。偶從獅子橫舟過，無限情懷嘆落暉。

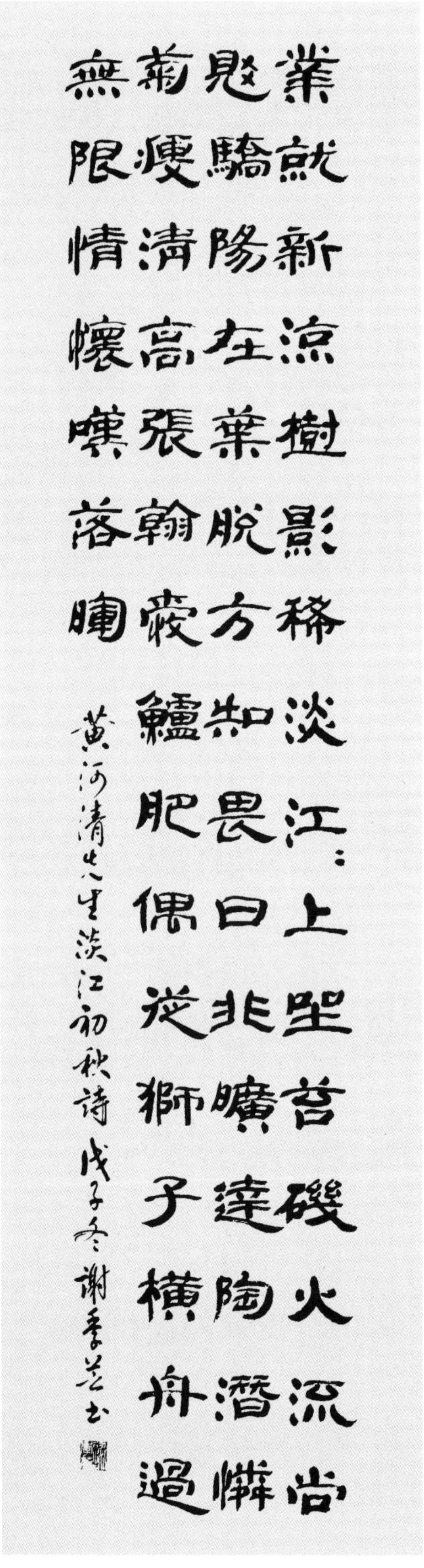
業就新涼樹影稀淡江江上坐苔磯火流尚
覺驕陽在葉脫方知畏日非曠達陶潛憐
菊瘦清高張翰愛鱸肥偶從獅子橫舟過
無限情懷嘆落暉
黃河清先生淡江初秋詩　戊子冬　謝季芸書

款識：黃河清先生淡江初秋詩　戊子冬　謝季芸書

鈐印：謝季芸

款識：陳友梅先生百齡橋吟月詩　戊子仲冬
玥櫻謝季芸書。
鈐印：謝季芸。

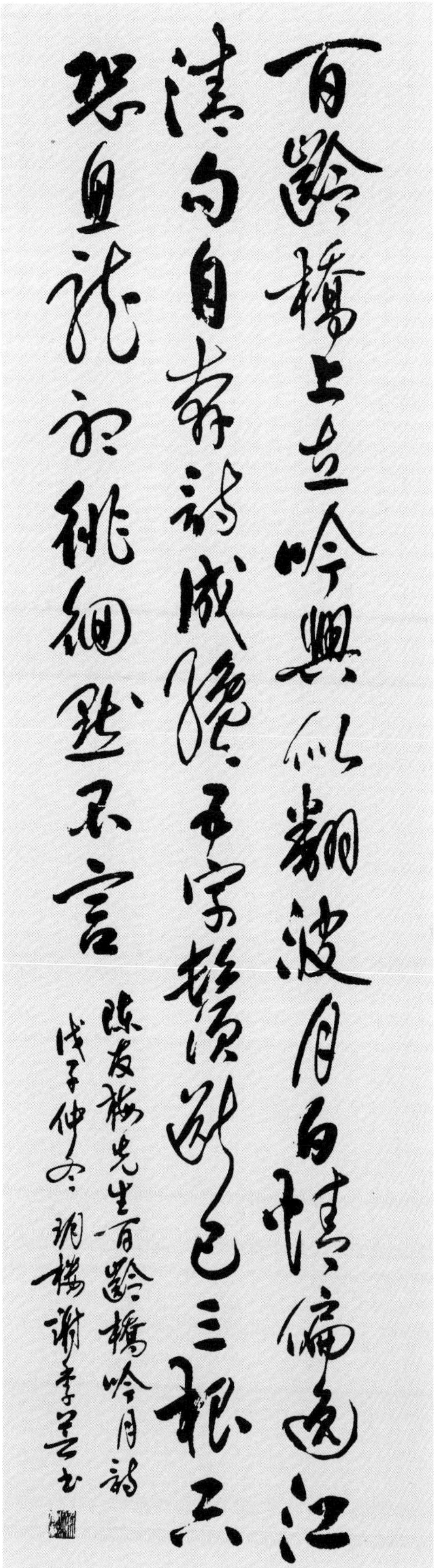

作品標題：百齡橋吟月（五律）

釋　文：百齡橋上立，吟興似波翻。月白情偏逸，江清句自奔。
詩成纔五字，鬢斷已三根。只恐魚龍聽，徘徊默不言。

作品標題：屯山觀潮（五律）

釋　　文：觀潮屯嶺上，目極興猶酣。澎湃風雷動，喧豗天地涵。
淡江波湧白，關渡浪拖藍。彷彿奔千馬，錢塘一例探。

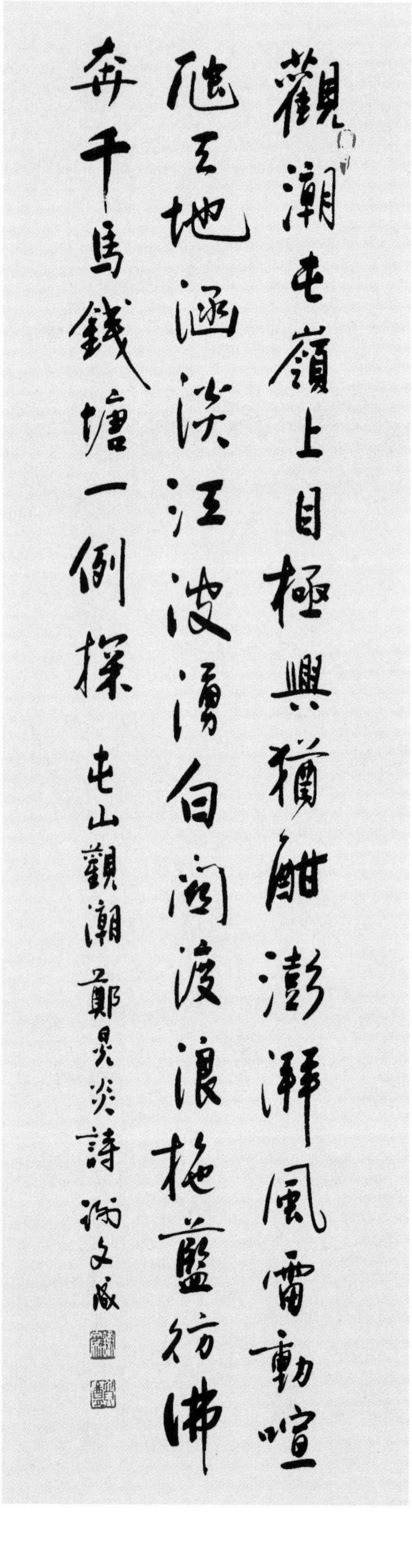

款識：屯山觀潮　鄭晃炎詩　　謝文成
鈐印：謝文成　質盦
引首：書趣

款識：圓山秋曉 葉蘊藍詩 謝文成
鈐印：謝印 文成
引首：妙香

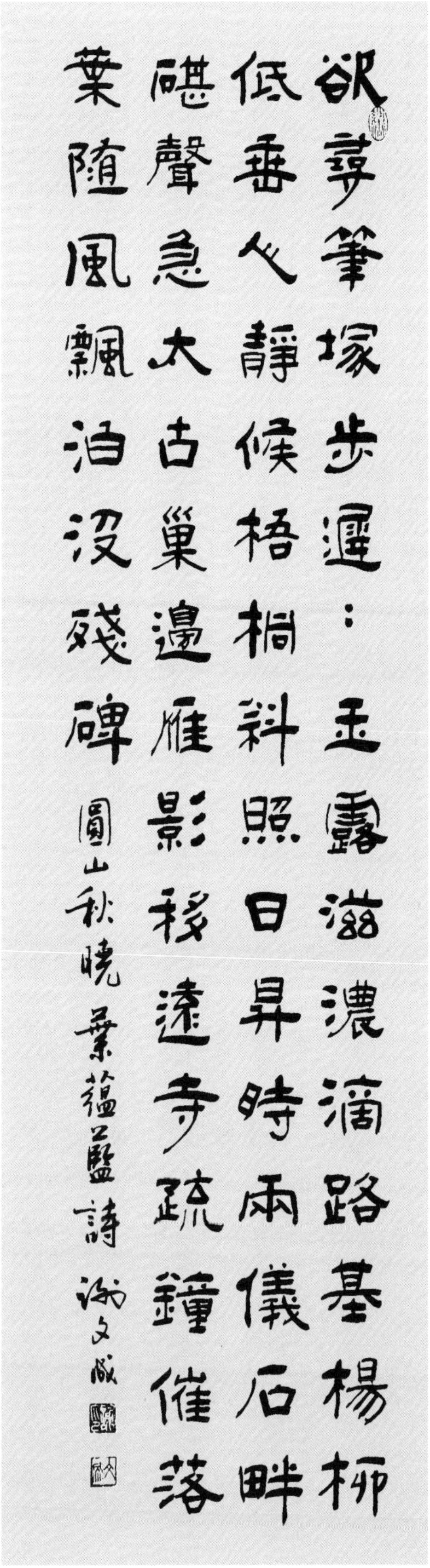

作品標題：圓山秋曉（七律）

釋　文：欲尋筆塚步遲遲，玉露滋濃滴路基。楊柳低垂人靜候，梧桐斜照日昇時。兩儀石畔碪聲急，太古巢邊雁影移。遠寺疏鐘催落葉，隨風飄泊沒殘碑。

作品標題：圓山懷古（七律）

釋　文：圓山貝塚啓文明，勝蹟登臨萬感縈。太古巢空遺舊德，劍潭寺僻訴冤情。花開花落豐碑識，朝滅朝興正史評。天地悠悠人百歲，石光蝸角又何爭。

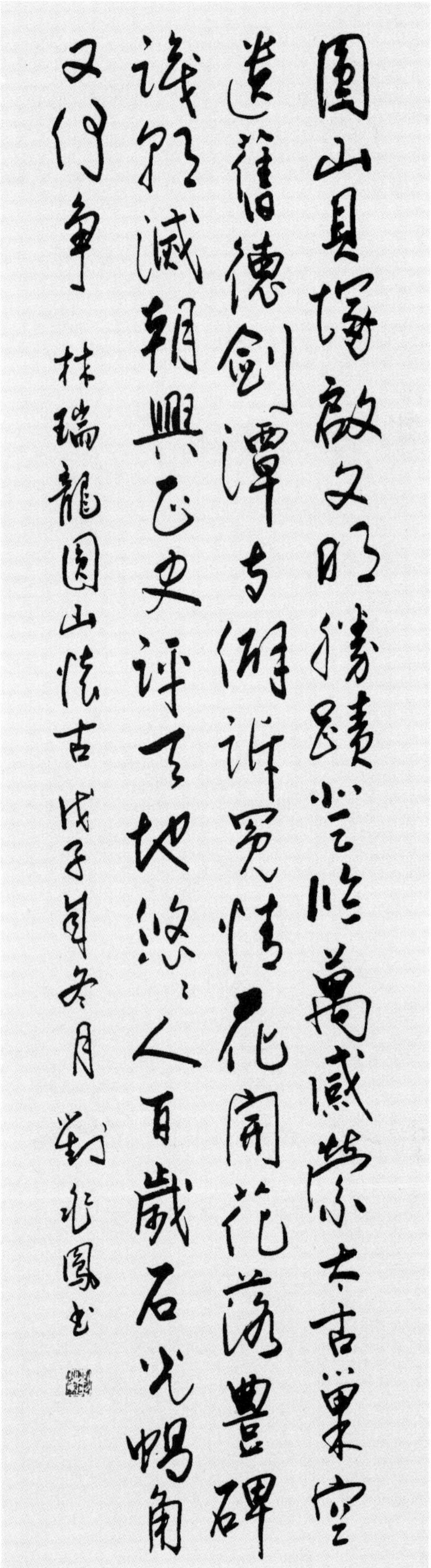

款識：林瑞龍圓山懷古　戊子年冬月　劉兆鳳書

鈐印：劉兆鳳

款識：林正三先生作圓山懷古　歲在屠維奮赤若
芳春　嚴建忠書於吉緣軒
鈐印：嚴建忠　子客翰墨　引首：

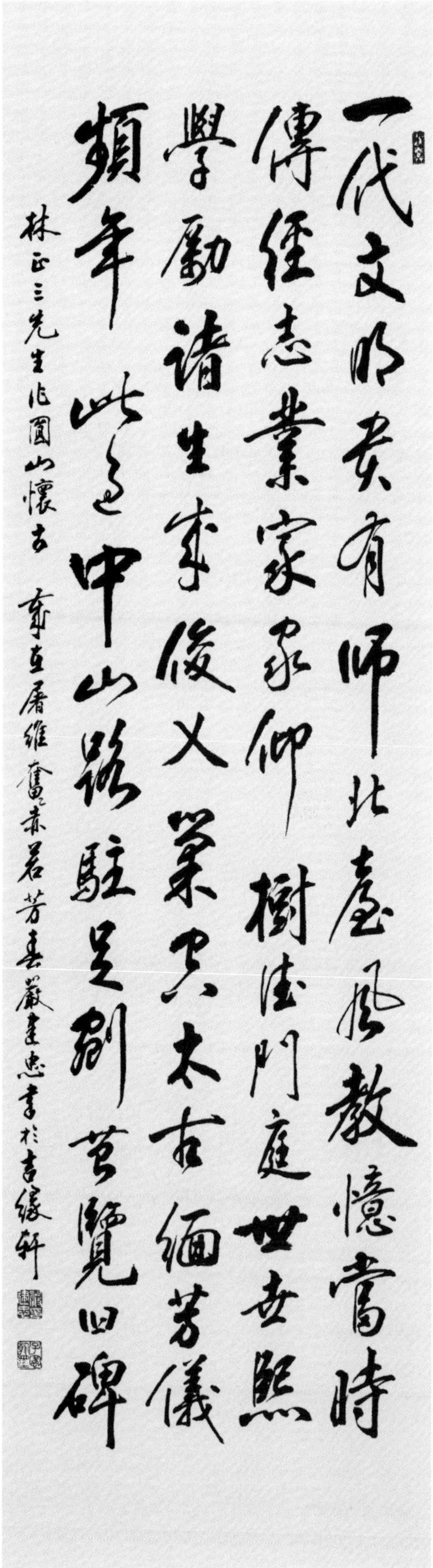

作品標題：圓山懷古
釋　　文：一代文明貴有師，北臺風教憶當時。傳經志業家家仰，樹德門庭世世熙。
學勵諸生成俊乂，巢空太古緬芳儀。頻年此過中山路，駐足剜苔攬舊碑。

作品標題：題北投溫泉博物館

釋　文：每從舊跡憶翩躚，九十年來劇變遷。硫磺尚憐歌寂寞，羽衣猶記舞纏綿。浮名眞似煙霞散，山色還餘風月眠。只有遊人仍不改，古今一例浣溫泉。

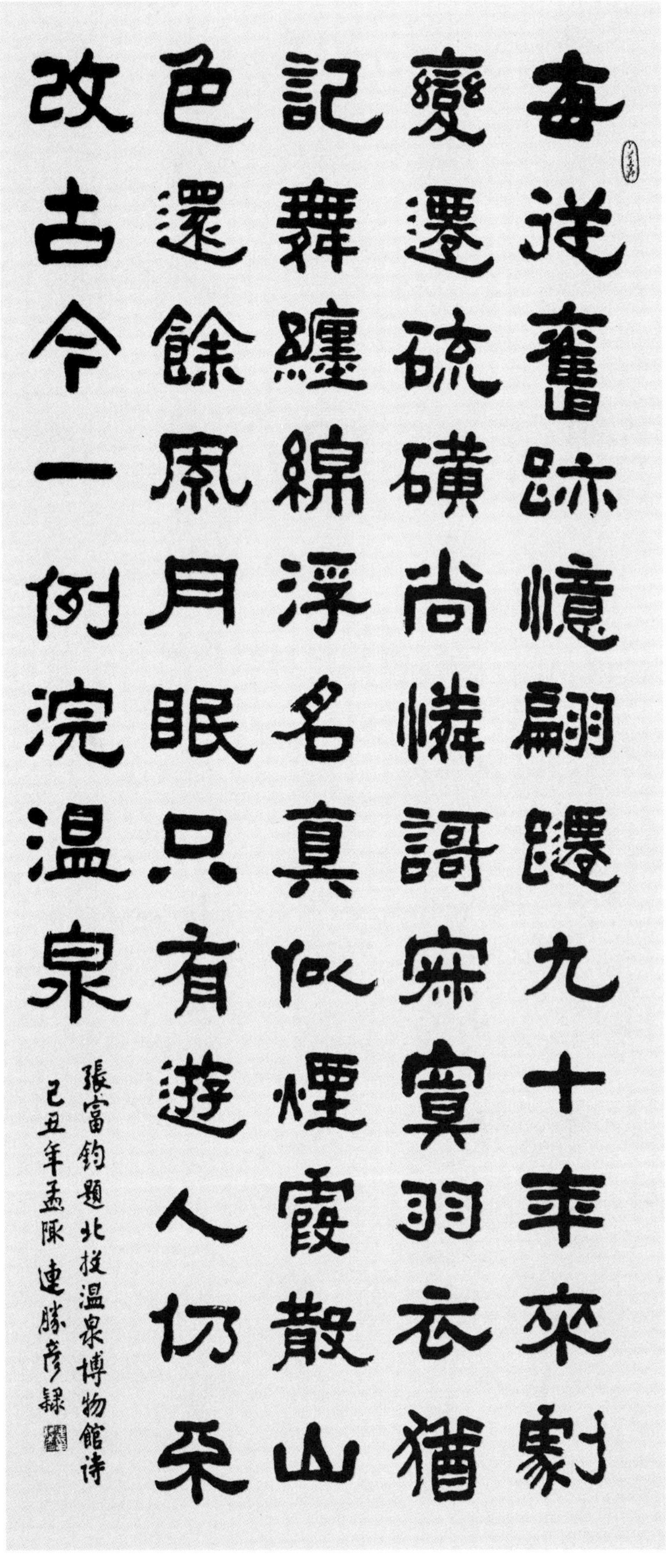

款識：張富鈞題北投溫泉博物館詩　己丑年孟陬
連勝彥錄
鈐印：連勝彥
引首：止於至善

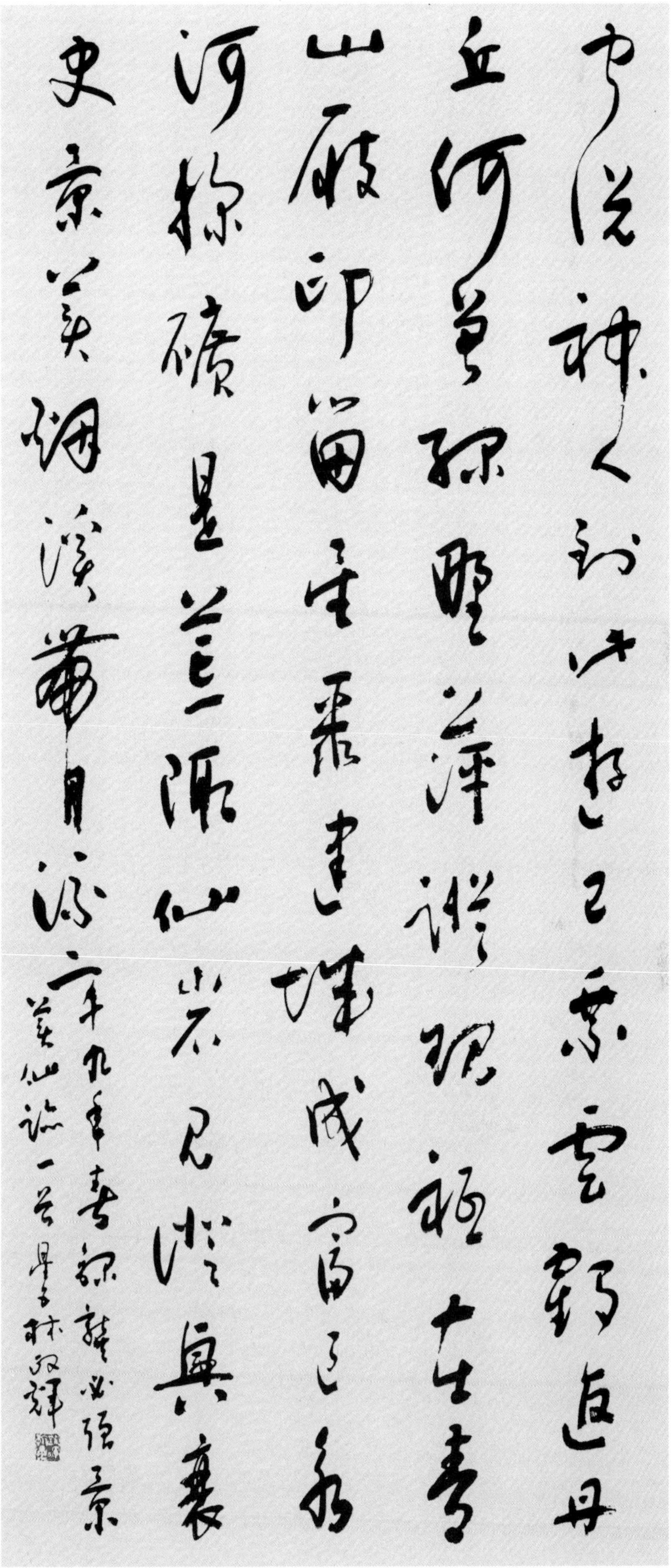

作品標題：景美仙跡岩

釋　文：聞說神人到此遊，已乘雲鶴返丹丘。何曾綠野萍蹤現，祇在青山屐印留。星聚建城成富邑，永河探礦是荒陬。仙岩見證興衰史，景美煙溪帶月流。

款識：二千九年錄龔必強景美仙跡一首　星五
林政輝

鈐印：政輝翰墨

作品標題：台北城懷古

釋　文：開墾陳公世所尊，銘傳銳意建城垣。寶成難見尋無跡，景福仍留尙有門。寬闊湯池成大廈，巍峨雉堞變名園。撫今思昔滄桑感，牆沒樓高對曉昏。

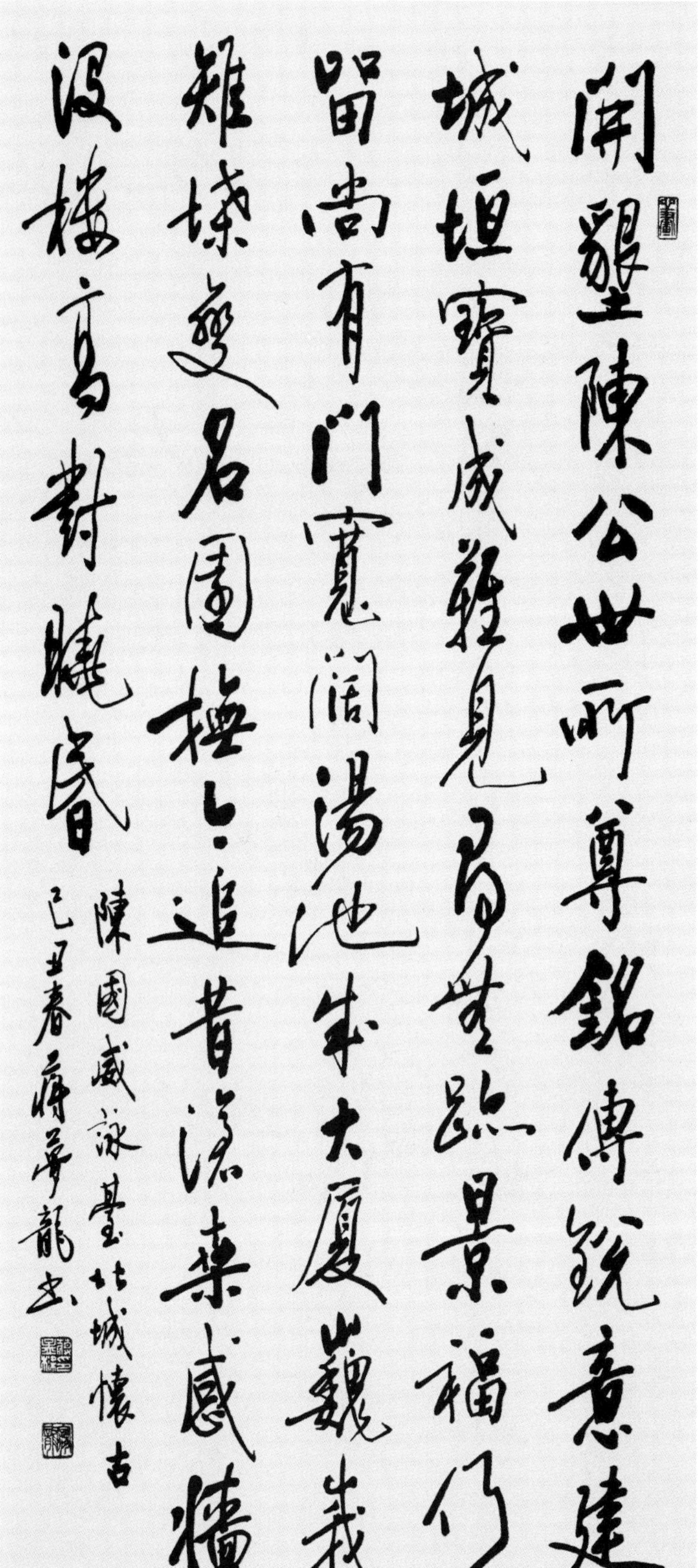

款識：陳國威詠臺北城懷古　己丑春蔣夢龍書

鈐印：蔣孟樑印　夢龍

引首：心畫

作品標題：題吉安慶修院（七律）

釋　　文：渡海移民吉野村，登臨不見舊精魂。遺居已圮成新院，荒野無由覓故園。梵唄幻餘王霸夢，春風老去劫灰痕。堪憐石佛依然在，一列無言對曉昏。

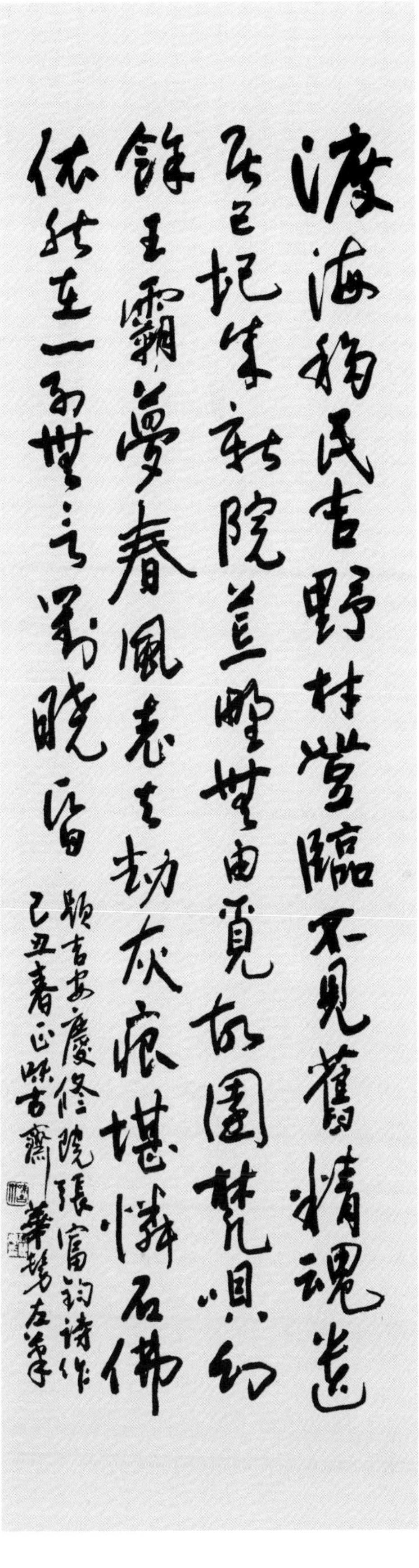

款識：題吉安慶修院　張富鈞詩作　己丑春正　味古齋
華鬘左筆

鈐印：味古齋　林麗華

作品標題：基隆仙洞巖

釋　文：古洞名仙未見仙，此中歲月不知年。雲連海氣波連月，風帶潮聲樹帶煙。萬仞丹崖迷醉客，千尋白塔入詩箋。最宜逭暑清遊地，宛若桃源別有天。

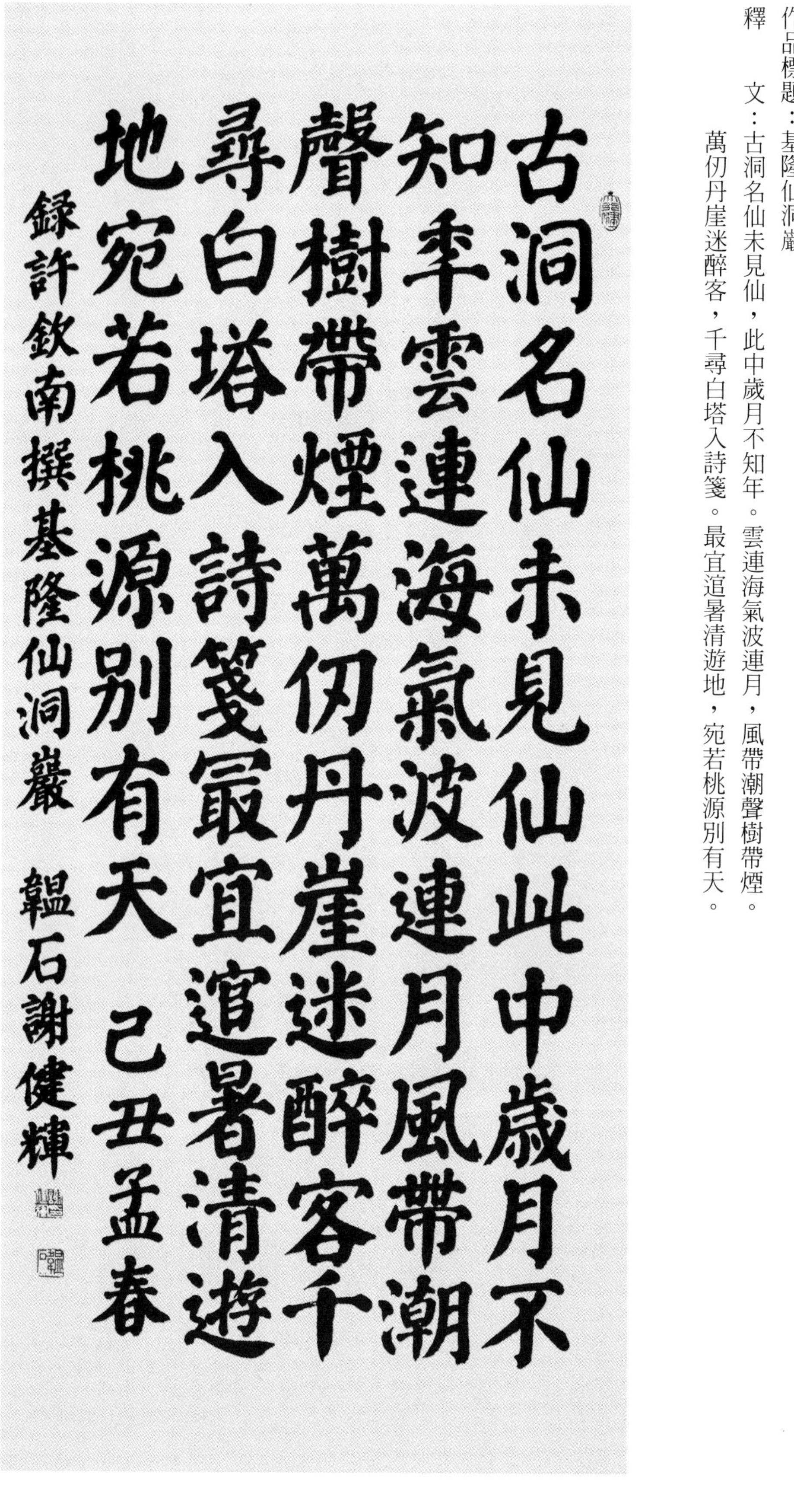
古洞名仙未見仙此中歲月不
知年雲連海氣波連月風帶潮
聲樹帶煙萬仞丹崖迷醉客千
尋白塔入詩箋最宜逭暑清遊
地宛若桃源別有天　己丑孟春
錄許欽南撰基隆仙洞巖　韞石謝健輝

款識：錄許欽南撰基隆仙洞巖　韞石　謝健輝

鈐印：謝健輝　韞石

引首：天行健

款識：瀛社百年紀念特刊　扶輪社三四九〇地區徵詩
邱天來作　千疊敷遠眺己丑初春　一眞　曾安田
鈐印：曾安田　一眞行者（二一五）

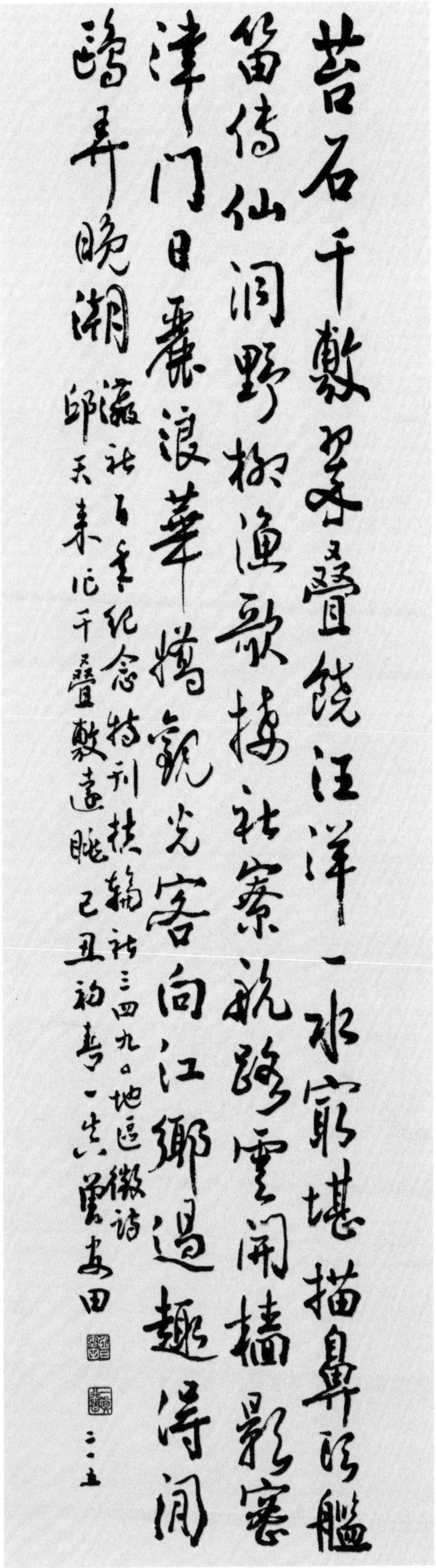

作品標題：千疊敷遠眺

釋　　文：苔石千敷翠疊饒，汪洋一水最堪描。鼻頭艦笛傳仙洞，野柳漁歌接社寮。航路雲開檣影密，津門日麗浪花嬌。觀光客向江鄉過，趣得閒鷗弄晚潮。

作品標題：浪漫情人湖

釋　　文：幾分浪漫幾分奇，六水同流五義碑。不掃煙波明如鏡，未沾翰墨美如詩。入林閒步山含笑，聞鳥高歌客欲癡。身在情人湖畔處，眼中彷彿出西施。

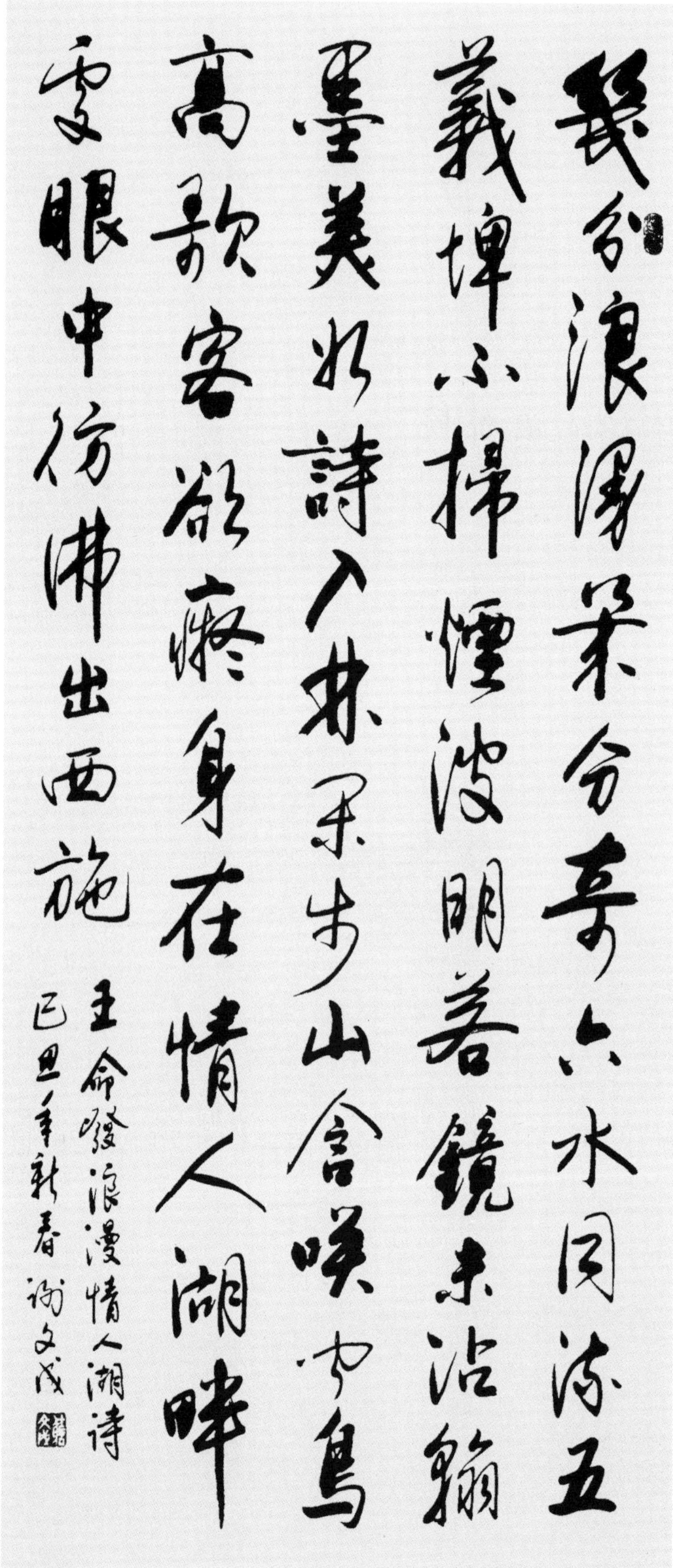

款識：王命發浪漫情人湖詩　己丑年新春　謝文成

鈐印：謝文成　引首：書爲心畫

跋

我臺數百年來之文學向以古典詩爲主流，詩人與詩作，以人口比例來論，可以說數冠全球，營造出臺灣特殊的詩教文化。而社齡榮登整百的瀛社，它見證了自日治以來本省詞壇發展的軌跡。爲了不使在期頤之慶這一極具意義日子，留下空白的回憶，更爲了紀念這光輝與榮耀的一刻，而有一系列的慶祝活動。

瀛社百年慶祝活動中，衷心感謝國立臺灣文學館與臺灣大學臺灣文學研究所特地舉辦的「瀛社成立一百週年學術研討會」，以及臺北市文化局與文獻會策畫展出的「瀛社百年記念特展」。而由本會籌辦的活動則有「拓碑示範教學暨書法揮毫贈送春聯活動」、「百週年慶全國詩人聯吟大會」、「古典漢詩吟唱發表活動」以及「詩心墨趣／瀛社成立百年詩書聯展」等等。在活動經費方面，即應感謝行政院文化建設委員會及臺北市文化局對《臺灣瀛社詩學會會志》等叢書的補助；以及財團法人臺北市艋舺龍山寺及臺北市臺灣省城隍廟、瑞三公司等單位以及賴謝琇兒、黃承志、王俊夫、黃義君、魏如琳諸熱心人士的大力捐助，亦使我全體會友永銘在心。而本會理監事及會友同仁之踴躍捐輸，亦是所有慶祝活動之所以能夠順利成功的主因。對於在活動中提供支援的澹廬書會及基隆、新莊、鹿港等地諸多書法名家，正三在此代表瀛社致以最誠摯的謝意。瀛社慶祝成立百週年系列活動也將在今歲年底的「瀛社成立百年詩書聯展」之後圓滿完成。

古典詩詞的傳承，目前正面臨到青黃不接甚至於後繼無人的窘境，每一個詩人，對於詩教的傳承與詩運的延續，必須要有高瞻遠矚的見識及遠大而穩重的目標與捨我其誰之雄心偉略。並多多獎掖後進，鼓勵新人出頭，使人人能讀、能作、能吟，則流風所及，溫柔敦厚之社會可立而待也。而學會方面，亦應致力結合學術單位，吸收正確的藝術概念，方不致淪爲封閉狀態。亦應積極推動社區教學，以傳播文種與詩苗。至於詩人本身，亦應努力充實自身之學養，並改進缺失，揚棄以擊鉢詩爲主之遊戲心態。並體認安於現狀即是落伍，積極跟上時代潮流，成爲進步的動力。

有關今日種種，到了明天即成歷史。爲了不使瀛社輝煌的史程，過早汩沒於歷史洪流之中，也爲了使本會有關百年大慶的諸多活動，能留下完整的紀錄，而有本專集之編纂。本書之成，除了感謝諸位顧問之惠序外，尤以唐羽顧問之費心審稿，澹廬書家謝健輝先生之協助書法部分之編排，著力實多；林政輝顧問以及本會洪淑珍、陳麗卿之精細校稿，也應在此一併申謝。乃於書成之日，敬綴數言，以紀本末。

民國九十八年秋日　林正三於惜餘齋

國家圖書館出版品預行編目資料

瀛社百年紀念集 / 林正三主編. -- 初版 --

臺北市：文史哲，民 98.10

頁； 公分（臺灣瀛社詩學會叢書；5）

ISBN 978-957-549-868-9 (精裝)

1. 臺灣瀛社詩學會 2. 臺灣詩 3. 中國詩
4.機關團體

863.064 98018252

臺灣瀛社詩學會叢書 5

瀛社百年紀念集

主編者：林正三
助理編輯：洪淑珍
書法編輯：謝健輝
校對：林政輝・陳麗卿
審稿：唐羽
出版者：文史哲出版社
http:// www.lapen.com.tw
e-mail：lapen@ms74.hinet.net
登記證字號：行政院新聞局版臺業字五三三七號
發行人：彭正雄
發行所：文史哲出版社
印刷者：文史哲出版社
臺北市羅斯福路一段七十二巷四號
郵政劃撥帳號：一六一八〇一七五
電話886-2-23511028・傳真886-2-23965656

實價新臺幣六〇〇元

中華民國九十八年（2009）十月初版

ISBN 978-957-549-868-9